VIES DE SORCIÈRES

Illustration de couverture : Lorenzo Mattotti

Titre original : *Sorceress*
Pour l'édition originale publiée en 2002 par Bloomsbury Publishing

Dépôt légal : mai 2003
ISBN : 2-02-051084-7
N° 51084-3

Imprimé en France

www.seuil.com

Celia Rees

VIES DE SORCIÈRES

Traduit de l'anglais
par Anne-Judith Descombey

Ouvrage traduit avec le concours
du Centre National du Livre

Seuil

REMERCIEMENTS

Cet ouvrage est une œuvre de fiction dont j'assume l'entière responsabilité. J'ai fait en sorte qu'il soit aussi précis que possible et j'aimerais remercier ici tous ceux qui m'ont aidée dans ce travail.

Afin d'écrire ce livre, je me suis rendue aux États-Unis pour effectuer des recherches. J'aimerais d'abord remercier Karen Lotz et Candlewick Press pour leur gentillesse et leur hospitalité envers ma famille et moi-même. Durant ce séjour, j'ai eu la chance de rencontrer John Fadden lors d'une visite au splendide Six Nations Indian Museum, près d'Onchiota, dans l'État de New York. Ce musée a été fondé par son père, Ray, et il est à présent dirigé par John et son fils David. C'est un endroit fascinant où j'ai longuement parlé avec John, qui a eu la bonté de m'offrir son assistance et ses conseils sur l'histoire et la civilisation anciennes et modernes des Iroquois et des Mohawks. Je tiens particulièrement à le remercier pour la patience avec laquelle il a répondu à mes questions et collaboré à mes recherches, ainsi que pour ses commentaires précieux sur le manuscrit. J'aimerais également remercier son épouse Eva et la mère de cette dernière, Elizabeth Thompson, pour l'aide qu'elles m'ont généreusement apportée pour tout ce qui concerne la langue et les noms dans cet ouvrage.

Je souhaiterais également exprimer ma reconnaissance à Gillian Irving, du Herbert Art Gallery & Museum de Coventry, et au docteur Mary M. Brooks, qui dirige le département d'études et de recherche du centre de restauration de textiles de l'université de Southampton, pour leur assistance concernant la restauration des objets et des textiles.

Enfin, j'aimerais remercier Sarah Odedina, mon éditeur, pour son enthousiasme et pour le soutien qu'elle m'a apporté dans la réalisation de cette œuvre, et pour avoir pressenti deux livres là où je n'en avais vu qu'un.

À Terry et Catrin, qui m'ont accompagnée

Le présent ouvrage est tiré d'une remarquable série de documents connus sous le nom de *Journal de Mary*. Retrouvés à l'intérieur d'une couverture en patchwork de la période coloniale, ces documents constituent un journal intime tenu par Mary Newbury. Cette jeune fille de 14 ans avait été contrainte de fuir l'Angleterre en 1659 après avoir été témoin de l'exécution de sa grand-mère pour sorcellerie. Le journal de Mary décrit son voyage vers l'Amérique puis sa vie sur le Nouveau Continent, dans une colonie de puritains. Il est resté inachevé car, soupçonnée de sorcellerie à son tour, la jeune fille dut s'enfuir afin de ne pas connaître le même sort que sa grand-mère. À l'exception d'une ou deux pages écrites de la main d'une autre, le journal s'arrête là. Avant même la fin de sa transcription, je voulais en savoir plus sur le sort de Mary. J'ai reçu de nombreuses réponses à l'e-mail que j'avais envoyé pour recueillir des informations complémentaires et j'aimerais remercier ici tous les correspondants qui m'ont aidée à reconstituer l'histoire d'un grand nombre de personnes que Mary a rencontrées. J'ai essayé autant que possible d'intégrer ces informations dans le texte. Lorsque je n'ai pas pu le faire, j'ai ajouté des notes à la fin du livre. Toutefois, le sujet de ce roman est en premier lieu l'histoire de Mary, qui, de toutes ces personnes, s'est révélée la plus insaisissable. Pour cette raison, je dois finalement remercier Agnes Herne et sa tante Miriam Lazare, qui ont retrouvé sa trace pour moi. Sans leur aide, ce livre n'aurait jamais vu le jour.

Alison Ellman.
L'Institut, Boston, Massachusetts.

CHAPITRE PREMIER

MARY, DANS LE MASSACHUSETTS, NOVEMBRE 1660

Si je suis une sorcière, ils ne tarderont pas à le savoir. Je n'avais encore jamais souhaité de mal à personne, mais tandis que je m'enfuyais de Beulah, la colère et la haine se heurtaient en moi, tels le silex et l'acier, faisant jaillir les malédictions comme autant d'étincelles. Je n'avais rien fait de mal, pourquoi étais-je alors forcée de fuir ? Les coupables, c'étaient celles qui m'avaient accusée, Deborah Vane et les autres filles. Alors même qu'elles me dénonçaient comme sorcière, leurs yeux luisaient de ruse et de malveillance. La folie qui déformait leur visage était feinte, n'était-ce pas assez visible ? « Ils ont des yeux, mais ils ne verront rien. » Ces paroles de ma grand-mère me revenaient en mémoire. C'était une sage, mais sa sagesse ne lui a apporté que douleur. Elle a fini sur la potence, et à présent le même sort m'attendait.

Ils avaient fouillé la maison avec zèle. Tapie dans la chambre où Rebecca accouchait, je m'étais crue en sécurité pour un court instant. Ils avaient exigé qu'on les laisse entrer, jusque dans cette chambre, avec des voix sonores où vibrait le sentiment du bien et du devoir. Seule Martha leur avait tenu tête, affrontant le révérend Johnson avec la bravoure du rouge-gorge face au faucon fondant sur lui. Ils ne s'étaient éloignés qu'à contrecœur. J'avais suivi leurs déplacements alors qu'ils fouillaient le reste de la maison, passant d'une pièce à l'autre d'un pas lourd, chargé de haine.

Je m'enfuis, mais ils poursuivirent les recherches. Je les entendais s'appeler à grands cris à travers les bois et je voyais leurs torches, minuscules étincelles de bûcher dans les ténèbres. J'entendais les chiens aboyer et hurler. Les chiens courent plus vite que les hommes.

Peu après que je me fus enfuie de la ville, la neige se mit à tomber en grains glacés parsemant le vent. Elle tombait de plus en plus dru, blanchissant peu à peu le sol, si bien que les chiens pouvaient plus facilement me repérer. Le premier à me rejoindre fut le vieux Tom, le chien de chasse de Josiah Crompton. C'est un chien à l'œil perçant, qui chasse à vue. Surgi des broussailles, il s'approcha de moi en bondissant, puis il rejeta en arrière sa longue tête osseuse et un son jaillit du fond de sa gorge, entre le jappement et l'aboiement de triomphe étouffé. Le bruit fit accourir la meute en désordre. Les chiens formèrent un cercle autour de nous, langue pendante et yeux brillants.

Ils m'avaient cernée. Je m'adossai à un arbre et les fixai du regard en attendant l'assaut. Tom se rapprocha, suivi des autres chiens, le cercle se rétrécit autour de moi, puis il s'arrêta. Il resta immobile, la tête penchée, ses courtes oreilles dressées comme s'il écoutait un bruit. Les cris des hommes se rapprochaient. Je crus que c'était ce qu'il entendait, et qu'il allait se mettre à aboyer d'un instant à l'autre, mais il n'en fit rien. Il me lança un dernier regard, pivota et s'éloigna, suivi par le reste de la meute, en petits groupes.

Les aboiements et les hurlements décrurent et s'éteignirent. Tom avait éloigné les chasseurs. J'étais de nouveau seule dans le silence glacé de la forêt. J'envisageai de reprendre la fuite, mais la fatigue m'envahit soudain. Je m'affaissai, le dos contre le tronc rugueux de l'arbre, tout en m'exhortant à rassembler mes dernières forces.

Je suis toujours là. La neige n'a cessé de tomber, traversant l'air sans un bruit, effleurant mes joues comme des doigts d'anges, pesant sur mes paupières, se déposant sur moi, me recouvrant comme un édredon fourré du plus fin duvet.

Je ne sens pas le froid, mais je ne peux plus remuer. Mes membres sont devenus insensibles. J'ai beau savoir que le sommeil signifierait la mort, je ne parviens pas à rester éveillée. Parfois, j'en viens presque à espérer qu'ils vont revenir et me trouver, mais je rejette cette pensée dès qu'elle surgit. Je préférerais mourir plutôt que d'être capturée. Je préférerais geler sous cet arbre plutôt que d'être pendue.

CHAPITRE 2

BOSTON, DANS LE MASSACHUSETTS, DÉBUT DU XXIE SIÈCLE, AU MOIS D'AVRIL, À 20 H

Agnes bascula en avant et sa tête heurta brutalement le verre. L'espace d'une seconde, l'économiseur d'écran tressauta, puis l'écran devint noir et elle se retrouva face à son reflet qui la dévisageait, les pupilles dilatées par la douleur, mais également par une autre sensation. Que lui était-il arrivé ? Était-ce une vision ou un rêve ? Elle avait froid, elle était même gelée. Ses doigts étaient exsangues et desséchés, ses ongles bleus. Elle jeta un coup d'œil à la fenêtre en s'attendant à voir la neige tomber, mais non. Le ciel était d'un bleu limpide de crépuscule.

Ce qui venait de se produire était aussi réel que tout ce qu'elle avait vécu, que tout ce qu'elle avait connu jusqu'à présent. Elle tremblait sans pouvoir s'arrêter. Elle se leva et prit son couvre-lit. Aussi pratique que beau, c'était un véritable joyau aux couleurs éclatantes, cadeau d'adieu de tante M. Agnes empoigna les bords pour l'enrouler étroitement autour d'elle, mais elle ne parvenait toujours pas à se réchauffer. Claquant des dents, elle s'approcha de la fenêtre qui donnait sur la place en contrebas et l'ouvrit. Dehors, les lampes au sodium des réverbères s'allumaient, donnant aux feuilles des arbres une teinte de bronze. En face, des lampes de bureau commençaient à éclairer les fenêtres de rangées de petites chambres semblables à la sienne. Elle referma la fenêtre et, dans l'obscurité de plus en plus dense, se concentra sur son reflet, fixant ce visage qui la regardait.

Elle leva la main et rejeta en arrière ses cheveux d'un noir de jais. Elle les portait longs, au-dessous des épaules. Elle n'avait que dix-huit ans, mais déjà quelques fils argentés striaient sa chevelure. Elle aurait plus tard une mèche blanche, comme sa tante et sa grand-mère avant elle. Elle fronça les sourcils, des sourcils noirs et épais qui s'abaissèrent. Au-dessous, ses yeux étaient gris et l'iris cerclé de noir. Une couleur plutôt rare, surtout dans sa famille. En raison de cette couleur et de son regard lointain, sa grand-mère lui avait donné le nom de Karonhisake, Celle qui scrute le ciel.

Ici, personne ne l'appelait ainsi. Pour ses camarades, pour le personnel de la faculté, elle était Agnes Herne. Son nom tribal n'était utilisé qu'à la réserve. Elle ne faisait rien pour dissimuler ses origines indigènes. Elle ne tentait ni de les masquer, ni de les exhiber. C'était tout simplement son identité. Elle rentrait chez elle dès que ses moments de loisir et ses vacances le lui permettaient, mais elle était partie pour étudier à l'université et, désormais, elle aimait séparer nettement les différents éléments de sa vie.

À l'université, elle s'était inscrite en anthropologie.

« Tu vas nous exposer comme des insectes sur une planche », avait commenté tante M., puis elle avait ri, balayant de la main les dénégations de sa nièce, avant d'ajouter : « Fais attention, mon chou, sinon ils vont faire de toi une espionne dans ta propre maison. »

À présent, le froid diminuait et la pièce retrouvait peu à peu sa température normale. Agnes retourna s'asseoir en s'efforçant de comprendre ce qui avait bien pu déclencher ce qu'elle venait de vivre. Elle fixa l'économiseur d'écran qui défilait sur la console. Elle était restée assise ici pendant un certain temps, en se disant qu'elle avait peut-être besoin de prendre l'air. Elle avait mal à la tête et ses épaules semblaient aussi rigides que si elles avaient été sculptées dans la pierre. Elle avait dû fermer les yeux une seconde à peine, et c'est alors que c'était arrivé. Elle secoua la tête comme si ce geste pouvait dissiper la confusion de ses pensées. Elle avait indéniablement vécu quelque chose de très particulier. Elle en ressentait encore les effets. Ce n'était pas tout à fait une vision, mais cela allait certainement au-delà du rêve.

Elle n'avait encore jamais rien éprouvé de semblable, d'aussi intense. Elle en restait hébétée. Une part obscure d'elle-même savait qu'elle avait attendu toute sa vie l'arrivée de cet instant précis. En même temps, son cerveau continuait de lutter, à la recherche d'une explication rationnelle.

Elle était certainement sous l'influence du livre qu'elle venait de terminer. Elle avait passé presque toute la journée à le lire, séchant des cours pour le finir, et lorsqu'elle était allée consulter le site Internet, elle se sentait fatiguée et vide, comme en apesanteur. Elle appuya sur une touche pour faire disparaître l'économiseur d'écran et un visage apparut, un visage de jeune fille tout en nuances de noir passé et de sépia. Il était censé représenter Mary, le personnage du livre. Agnes se surprit à s'interroger sur la jeune fille du portrait. Était-ce un modèle ? Avait-elle été choisie au hasard dans la rue ? S'agissait-il d'une photographie d'archives ? Était-ce un membre de la communauté amish ? Ou une immigrante fraîchement débarquée, saisie par l'objectif avant d'avoir commencé sa longue marche vers l'Ouest ? Quoi qu'il en fût, c'était un bon choix. La fille était jeune, c'était visible, et son visage avait quelque chose de fascinant. Les sourcils épais, le regard clair et calme et les lèvres légèrement entrouvertes, comme si elle était sur le point de sourire ou de parler.

Agnes imprima la page et la punaisa au panneau accroché au-dessus de son bureau. Sous le portrait, on pouvait lire un texte semblable à celui qui figurait à la fin du livre :

> Depuis la découverte de ces feuillets, des recherches ont été lancées afin de retrouver la trace de Mary Newbury et des autres personnes dont il est question dans ce récit.
> Si vous possédez une information quelconque concernant l'un ou l'autre des individus et familles mentionnés, contactez-nous s'il vous plaît sur notre site Internet www.witchchild.com, ou par e-mail à l'adresse suivante : alison-ellman@witchchild.com.

Agnes relut le message, bien qu'elle le sût déjà par cœur. Elle déplaça le curseur jusqu'à ce qu'il prenne la forme d'une main au doigt pointé sur l'adresse soulignée, mais elle ne cliqua pas dessus. Elle savait bien quelque chose sur Mary Newbury et sur ce qui lui était arrivé, mais cliquer constituait un pas décisif qu'elle n'était pas certaine de vouloir accomplir. Surtout maintenant, après ce qui venait de se produire. C'était un signe. Elle en savait assez pour le savoir. Comme la mèche de cheveux blancs, le don de sorcellerie se transmettait dans sa famille par les femmes. Sa tante, sa grand-mère et la grand-mère de cette dernière, toutes avaient suivi la voie de la sorcellerie.

« Si ça doit t'arriver, ça t'arrivera, lui avait dit sa tante. C'est aussi naturel que tes règles. Pas moyen d'y échapper. »

Cela non plus, Agnes ne l'avait pas voulu. À présent, c'était arrivé et elle ne savait que faire. Elle resta un long moment indécise, le doigt en suspens, la main sur la souris.

« Garde l'esprit ouvert : on ne sait jamais qui peut te rendre visite. »

La voix de sa tante résonnait de nouveau à ses oreilles, et Agnes regarda autour d'elle comme si quelqu'un avait réellement prononcé ces paroles. Mais il n'y avait personne.

La chambre était dans un ordre impeccable. Agnes était quelqu'un de soigné qui aimait également prendre soin de ses affaires. Sur les murs, affiches et gravures mettaient des notes de couleurs vives, et la pièce était remplie de curiosités qu'elle avait amassées, des objets rapportés de chez elle. Elle avait espéré que le tout rendrait la pièce accueillante, mais les visiteurs avaient mis quelque temps à venir et à l'apprécier.

Elle avait été seule ici. Très seule, même. Les amis qu'elle avait chez elle avaient décidé de poursuivre leurs études sur place, ou de ne pas aller du tout à l'université, alors qu'elle avait voulu obtenir un diplôme et choisi d'étudier ici. Cette dernière décision avait été prise pour ainsi dire au hasard, tellement il y avait d'universités et de cursus. Elle avait surtout voulu partir de chez elle, et cet endroit lui avait semblé convenir aussi bien qu'un autre, mais, une fois sur place, tout s'était révélé différent de ses attentes. À présent, elle avait bien quelques amis au foyer d'étudiants et à la faculté où elle suivait ses cours, mais les débuts avaient été difficiles. À l'époque, des doutes l'avaient rongée, minant son assurance. Elle était restée confinée dans sa chambre, écoutant les voix des autres s'élever au-dehors pour se saluer et se donner rendez-vous, s'interpeller dans le couloir et fuser au-dessus de la place par les fenêtres. Au bout de quelques jours, elle avait l'impression que les autres se connaissaient depuis toujours, et que personne n'avait seulement remarqué sa présence. Elle était restée dans son coin, seule dans sa chambre, se demandant si elle avait fait le bon choix et si elle parviendrait même à tenir jusqu'à la fin de l'année.

Elle avait souvent été seule par le passé, mais il y avait toujours eu une présence, ne fût-ce que celle de sa mère. Ici, chaque visage qu'elle voyait était celui d'un inconnu. Les grandes rues de la ville l'avaient fait se recroqueviller intérieurement, comme si son véritable moi s'était glissé dans la peau d'une autre personne.

Pendant un moment, elle avait même envisagé de repartir, mais ces projets avaient été de courte durée. Elle avait une dette envers les siens. Elle ne pouvait pas abandonner sans raison valable. Ils avaient fait des sacrifices pour elle. Du reste, elle n'était pas lâche et elle s'était un peu endurcie depuis son arrivée. Désormais, cela ne la gênait plus guère de rester seule ici à la veille d'un tiède week-end printanier, alors que tous les autres étaient partis. De toute façon, elle ne s'était pas attendue à avoir de la compagnie.

Pourtant, quelqu'un lui avait bel et bien rendu visite. Sur le mur, la fille du portrait la regardait tandis qu'elle commençait à taper son message.

À : alison ellman
Cc :
Bcc :
Sujet : Mary Newbury
De : Agnes Herne

Chère madame Ellman,
Une amie m'a prêté votre livre. Elle l'avait beaucoup aimé et pensait qu'il en irait peut-être de même pour moi. Elle avait raison : je l'ai lu d'une traite, mais il y avait quelque chose qu'elle ne pouvait pas savoir. L'une des raisons pour lesquelles je n'ai pas pu refermer ce livre avant de l'avoir terminé concerne Mary, le personnage principal de cette histoire.

Le pianotement rapide des doigts d'Agnes sur le clavier s'interrompit. Taper les mots suivants l'entraînerait dans un engrenage, et il était impossible de savoir où cela la mènerait. Agnes hésita. Lorsqu'en lisant le récit elle s'était rendu compte qu'il y avait *peut-être* un lien entre les deux histoires, son cœur avait bondi, mais aussitôt sa raison avait commencé à s'en mêler. Après tout, elle n'avait fait qu'entrevoir certaines possibilités, ces histoires pouvaient aussi bien concerner quelqu'un d'autre, et pas du tout Mary. Comment en être sûre ? Comment quiconque pouvait-il être sûr qu'il s'agissait bien de *la* personne en question, parmi tous les morts anonymes qui l'avaient précédée ? Plus elle y réfléchissait, plus cela lui paraissait improbable. Sa tante en saurait certainement plus, mais cela pourrait également constituer l'obstacle principal.

Même s'il s'agissait bel et bien de Mary, il serait difficile de convaincre tante M., d'apporter les objets en ville et de les faire examiner. Non, pas difficile, impossible. Parce qu'ils étaient à part. Sacrés. En tant que gardienne de ces objets, tante M. ne le permettrait jamais. Elle avait mené des campagnes et fait signer des pétitions pour exiger le retour des objets sacrés sur leur lieu d'origine. De son point de vue, la plupart des objets fabriqués par les Indiens d'Amérique que l'on exposait dans les musées avaient été rassemblés comme du bric-à-brac ethnique, des curiosités folkloriques, par des collectionneurs qui n'avaient aucune idée de leur valeur véritable pour ceux auxquels ils avaient été enlevés. À ses yeux, c'étaient purement et simplement des objets volés.

La voix de tante M. s'élevait de nouveau dans son esprit. « Quel droit ont-ils sur un seul de ces objets, ces pilleurs de tombes ? Ça leur plairait à eux qu'on se mette à flanquer la pagaille dans leurs églises, à arracher les croix des autels et à voler les calices et les crucifix ? Et qu'on ouvre leurs tombes pour déterrer leurs morts ? »

Il y eut un silence, puis la voix résonna de nouveau, plus forte encore qu'auparavant.

« Tu ne peux pas les avoir, un point c'est tout. Je préférerais encore les jeter aux ordures. »

Agnes se demanda si elle devait terminer sa lettre ainsi, mais elle se surprit à ajouter :

Je suis Kahniakehaka, de la tribu mohawk membre de Haudenosaunee, la Confédération des six nations iroquoises. Je viens de la réserve du nord de l'État de New York, mais en ce moment j'habite sur le campus de l'université de Boston.

Dehors, le ciel était noir et la nuit s'était refermée sur elle ; dès lors, tout devenait possible. Ce qu'elle écrivait à l'instant, tout ce qu'elle aurait pu écrire en devenait irréel. Le couvre-lit glissa de ses épaules pendant qu'elle ajoutait d'autres précisions :

Ma tante vit également à la réserve. Elle possède quelques objets qui ressemblent à ceux que Mary pourrait avoir emportés quand elle a quitté la colonie. La plus grande partie de notre histoire est racontée sous forme de récits oraux, et l'un d'eux concerne une Blanche venue vivre autrefois parmi les nôtres. Je crains cependant de ne pas très bien me souvenir de cette histoire, car je n'étais qu'une petite fille quand on me l'a racontée et je suppose que je n'ai pas dû y faire très attention. Je ne suis pas non plus absolument certaine que cette femme soit *vraiment* Mary, mais quand j'ai lu le message à la fin du livre, j'ai immédiatement su que je devais vous contacter.

Agnes relut ce qu'elle venait d'écrire, hésitant encore à cliquer sur Envoyer. Elle décida plutôt de fermer la fenêtre.

Voulez-vous enregistrer le message ?

Alors qu'elle allait cliquer sur Non, le portrait fixé au mur attira son attention. Ses yeux accrochèrent les siens. Elle s'inquiéterait à propos de tante M. plus tard. Tandis qu'elle rendait son regard au portrait, l'air de la pièce commença de nouveau à refroidir.

Elle ramassa le couvre-lit et l'enroula étroitement autour d'elle, incapable désormais de rejeter l'expérience qu'elle venait de vivre en l'interprétant simplement comme un rêve éveillé provoqué par la lecture du livre. Il s'agissait de tout autre chose. Même si elle ne l'avait pas consciemment recherché, cela lui était bel et bien arrivé. Il était impossible de le nier. Elle en gardait une sensation de froid. Ignorer un phénomène d'une telle puissance pouvait se révéler vraiment dangereux. Elle était assez imprégnée de sorcellerie pour savoir qu'un tel phénomène ne disparaissait pas de lui-même. Elle devait découvrir de quoi il retournait et suivre cette piste. Quelle qu'en soit la destination. Quelles qu'en soient les conséquences. Elle n'avait pas le choix.

Le premier pas à accomplir était évident. Elle plia ses doigts engourdis, rétablissant leur circulation dans un fourmillement douloureux. Puis elle cliqua sur Envoyer.

CHAPITRE 3

ALISON-ELLMAN@WITCHCHILD.COM

Ce soir-là, Alison Ellman était restée tard à l'Institut. Un icone surgit au coin de l'écran de son ordinateur, l'informant qu'elle venait de recevoir un message. Elle l'ignora pour se concentrer sur sa tâche. Elle avait désormais des informations et des dossiers sur presque tout le monde. Sur toutes les personnes mentionnées dans le journal de Mary : Martha, qui était devenue son amie, Jonah Morse et son fils Tobias, les Rivers et leur fille Rebecca, l'amie de Mary, Elias Cornwell et le révérend Johnson, les gens de Beulah, les filles qui avaient accusé Mary, et même Jack Gill, le garçon qu'elle avait rencontré sur le bateau. Tous étaient là, tous sauf Mary. C'était là le hic.

Chassant cette pensée, elle se replongea dans son travail, une transcription du journal d'Elias Cornwell. Il n'avait pas été complètement reconstitué, il manquait encore certaines parties, mais ces notes s'étaient révélées une bonne source d'informations sur ce qui s'était passé à Beulah après la fuite de Mary. Alison les avait lues entièrement, ainsi que tous ses autres écrits, à la recherche de la moindre référence à son séjour à Beulah, et à Mary.

Cornwell semblait avoir eu un faible pour Mary ; il n'avait pas été le premier à l'accuser de sorcellerie, mais, lorsque la pression était devenue trop forte, il avait suivi le mouvement sans trop se faire prier. Par la suite, ce sujet n'avait jamais cessé de l'intéresser et l'histoire ultérieure de la Nouvelle-Angleterre lui avait fourni maintes occasions d'exercer ses compétences. Ses théories étaient plutôt éculées (Cotton Mather avait fait beaucoup mieux), mais on y trouvait une ou deux allusions qui étaient peut-être fondées sur son expérience personnelle. Elles apparaissaient dans des sermons prononcés lors de visites à des colonies isolées, très semblables à Beulah. Il semblait les croire en proie à un grand danger. Alison ajouta un Post-it à ceux qui encadraient déjà l'écran de son ordinateur, pour se souvenir qu'elle devait suivre cette piste.

Elle avait enfin trouvé ce qu'elle avait cherché avec tant d'ardeur. Elle relut toutes les informations dont elle disposait. Il ne lui restait plus que quelques notes à transcrire et elle n'avait pas l'intention de quitter son bureau avant que les agents de la sécurité n'aient fait leur dernière ronde et branché le système d'alarme.

Sa transcription du journal de Cornwell[1] terminée, Alison se renversa dans son siège. Elle était soulagée de ne pas devoir passer plus de temps en sa compagnie. Il ne s'était guère amélioré avec l'âge. Il était seulement devenu plus pompeux, et ses

1. Se reporter aux notes historiques à la page 331 du présent ouvrage.

observations de plus en plus interminables et fastidieuses au fur et à mesure qu'il progressait de ministère en ministère. Il avait épousé Sarah Garner, l'une des filles qui avaient témoigné contre Mary et depuis, il avait fait enfant sur enfant à sa jeune femme. Ses accouchements s'étaient succédé sans interruption et elle était morte à son poste, pour ainsi dire. Elle était morte en couches avant d'avoir atteint trente ans. Dix ans à peine après son départ de Beulah, sa jeune existence était à son terme, ses forces épuisées et son corps usé.

Les autres filles ne s'en étaient guère mieux tirées. Les principales accusatrices de Mary avaient été Deborah Vane et sa sœur Hannah. D'après Cornwell, Hannah ne s'était jamais remise de sa « possession ». Dans son cas, la folie passagère était devenue chronique. Elle était morte dans l'année, minée par la maladie. Quant à Deborah, la meneuse du groupe, elle avait eu ce qu'elle voulait et épousé le révérend Johnson, mais les sorcières ne disent-elles pas : « Prends garde aux vœux que tu fais » ? Ce mariage n'avait pas été heureux. Après la mort de Johnson, Deborah avait refait sa vie avec Ned Cardwell, mais cette union n'avait pas mieux tourné que la première. Les archives révélaient une histoire émaillée de violences conjugales et de désordres. Elle avait fini par quitter Cardwell et s'était retrouvée en Virginie. Alison avait le sentiment qu'elle n'avait pas davantage réussi là-bas et qu'elle avait probablement fini dans les bordels de Jamestown ou d'un autre port. Selon tous les témoignages rassemblés jusqu'ici, les choix de vie de Deborah l'avaient menée tout droit au ruisseau [2].

2. *Id.*

Peut-être la fin de Deborah avait-elle eu un caractère inéluctable, tout comme la folie de sa sœur Hannah, mais de nouveau Alison avait l'impression – et à cette pensée, elle en avait la chair de poule – qu'il y avait eu autre chose là-dessous. Peut-être Mary leur avait-elle *vraiment* jeté une malédiction ?

Tout comme dans un autre lieu plus célèbre. La légende de Salem n'avait pas pris fin avec les procès des sorcières. Les juges et le shérif n'avaient pas quitté indemnes la salle du tribunal et le lieu de l'exécution : dès cet instant, une malédiction avait pesé sur eux. D'après ce que l'on racontait, de nombreuses personnes impliquées dans l'affaire étaient mortes prématurément et les malédictions s'étaient ensuite transmises à leurs descendants, de génération en génération.

Une ombre semblable entachait l'histoire de Beulah. À l'exception de Cornwell, tous les accusateurs et tous les persécuteurs de Mary avaient mal fini, d'une manière ou d'une autre. Ses deux principaux tourmenteurs étaient morts au cours de l'année suivante. Obadiah Wilson, le démasqueur de sorcières, avait suffoqué dans son propre sang. Johnson s'était noyé dans des eaux basses. En réalité, l'ombre s'était étendue jusqu'à ce qu'il ne reste plus rien de la communauté. Beulah avait été purement et simplement rayée de la carte. Son nom ne figurait sur aucune carte de l'époque moderne, ni sur aucune de celles qu'Alison avait pu se procurer. La colonie avait complètement disparu [3].

3. *Id.*

Se pouvait-il que ce fût l'œuvre de Mary ? S'agissait-il vraiment d'une malédiction ? Alison frotta ses bras sur lesquels la chair de poule s'étendait.

– Je vais fermer, docteur Ellman.

Les paroles de l'agent de sécurité la ramenèrent à la réalité dans un sursaut.

– Très bien, Lloyd.

Bien entendu, c'était absurde. Alison retira sa veste du dossier de sa chaise. L'air de la pièce s'était refroidi, voilà tout. Le chauffage s'était probablement éteint automatiquement pour la nuit. Elle avait si longtemps étudié l'histoire de ces puritains qu'elle commençait à réagir comme l'un d'entre eux.

Il y avait une explication rationnelle à chacun de ces événements. Ces explications étaient évidentes. Chacun de ces individus était responsable de son propre sort et tout le monde finit bien par mourir un jour ou l'autre, pour une raison ou une autre.

Pourtant, tout n'était pas sombre et sinistre dans cette histoire. D'autres personnes mêlées à ces événements avaient réussi, parfois dans des conditions presque miraculeuses. Jonah et Martha, par exemple. Ils s'étaient liés d'amitié avec Mary, ils avaient pris soin d'elle et, à la connaissance d'Alison, aucun malheur ne leur était arrivé. Jonah avait ouvert une pharmacie ici même, à Boston, dans le quartier actuel de North End. Ils avaient vécu là, dans la paix et la prospérité, jusqu'au jour de leur enterrement, au cimetière de Copp's Hill [4].

4. *Id.*

La famille Rivers, y compris Tobias et Rebecca, avait connu une existence beaucoup plus agitée. John Rivers avait emmené les siens à l'autre bout de l'État, dans la vallée du Connecticut, aux confins du monde exploré à l'époque. Ils y avaient rencontré toutes sortes de dangers et de difficultés. Rebecca et Tobias avaient même été attaqués par des Indiens durant le conflit connu sous le nom de « guerre du roi Philip ». Leur ville avait été désertée par ses habitants pendant quelque temps, mais ils étaient revenus. Ils avaient survécu ; non seulement ils avaient survécu, mais ils avaient même prospéré et, au bout du compte, fondé une véritable dynastie.

Alison avait reconstitué leur histoire avec l'aide de l'un de leurs descendants [5] et, comme un fil conducteur dans cette chronique, il y avait la couverture. Elle était passée des mains de Martha à celles de Rebecca, puis, selon la tradition familiale, elle avait été transmise par les femmes, de mère en fille ou en belle-fille. Par un hasard étrange de l'histoire familiale, cette couverture existait encore aujourd'hui et dix filles en tout l'avaient reçue en héritage. Dix filles qui d'enfants étaient devenues femmes, puis mères, léguant la couverture à d'autres femmes, et, l'âge venant, s'étaient desséchées avant que la mort et la tombe ne les réclament pour les réduire en poussière.

À elle seule, la couverture faisait l'objet d'un dossier, comme tous les principaux acteurs de cette histoire. À pré-

5. *Id.*

sent, Alison avait des informations sur chacun d'eux. Tout était catalogué et justifié, prêt à être inséré dans la suite.

S'il y avait jamais une suite.

Son travail sur le journal de Cornwell l'avait soutenue en lui donnant l'impression d'avancer. Maintenant, la mélancolie l'envahissait. Elle n'était pourtant pas du genre à se laisser décourager facilement, mais parfois elle avait envie de tout laisser tomber. À quoi bon poursuivre ces recherches ? Tous ces documents qu'elle avait découverts sur la famille Rivers, sur Martha et Jonah, sur Jack Gill, c'était intéressant, fascinant même, mais ça ne suffisait pas. Cela ne suffirait jamais sans Mary. Sans elle, il n'y aurait pas de suite. Sans elle, une lacune subsisterait au cœur même du projet.

– Je ferme maintenant, docteur Ellman.

– J'arrive tout de suite, Lloyd.

Alison déplaça la flèche lumineuse pour fermer le fichier et éteindre l'ordinateur. L'icône indiquant qu'elle avait reçu un e-mail clignotait toujours dans le coin de l'écran. Elle avait maintenant hâte d'en finir, mais elle n'aimait pas remettre quoi que ce fût au lendemain.

De : Agnes Herne
À : Alison Ellman
Sujet : Mary Newbury

Chère madame Ellman,
Une amie m'a prêté votre livre. Elle l'avait beaucoup aimé et pensait qu'il en irait peut-être de même pour moi. Elle avait

raison : je l'ai lu d'une traite, mais il y avait quelque chose qu'elle ne pouvait pas savoir. L'une des raisons pour lesquelles je n'ai pas pu refermer ce livre avant de l'avoir terminé concerne Mary, le personnage principal de cette histoire...

Alison resta un instant figée, incapable de croire à ce qu'elle voyait pourtant de ses propres yeux. Elle les détourna même un instant avant de les reporter sur le message, en s'attendant à ce que les mots s'effacent ou dégringolent au bas de l'écran.

Elle relut l'e-mail plusieurs fois, puis se leva et arpenta la pièce. Elle alla consulter la grande carte murale du nord-est des États-Unis, tandis que son esprit traitait en accéléré les informations qu'elle venait de lire. Réserve mohawk, dans le nord de l'État de New York. Le doigt qu'elle promenait sur la carte remonta et s'immobilisa à proximité de la frontière canadienne. Canada. Mohawk. Iroquois. Cela donnait une impulsion nouvelle à l'ensemble du projet. Elle avait déjà pensé aux Indiens d'Amérique, en supposant que Mary aurait pu se joindre à Geai et son clan, mais elle n'avait abouti qu'à une impasse. Et s'ils étaient partis au Canada ? Elle l'avait également envisagé, mais sans l'ombre d'une preuve, ce serait comme de chercher dans une botte de foin une aiguille qui pouvait très bien ne pas s'y trouver. Néanmoins, s'il existait un lien avec les Iroquois, avec les Mohawks ? Cela signifierait alors que Mary était peut-être passée par Montréal. Et cela ouvrait soudain aux recherches un vaste champ de nouvelles possibilités. Cette région ne se trouvait pas dans la province d'Alison, mais c'était sans grande importance. L'essentiel, c'était de savoir où chercher et à qui s'adresser. Elle avait des amis et des collègues là-bas. Un ami, en particulier. Elle se demanda s'il était connecté en ce moment.

Elle retourna s'asseoir à son bureau tandis que l'ébauche d'un plan se formait dans son esprit. Mais, avant tout, elle devait contacter cette fille.

À : Agnes Herne
Cc :
Bcc :
Sujet : Re : Ref Mary Newbury

Bonjour Agnes,

Merci mille fois de m'avoir contactée ! Vous êtes la première personne à me fournir des renseignements un tant soit peu prometteurs sur Mary. Nous avons des informations concernant d'autres personnes impliquées dans son histoire, mais rien sur elle, alors tous les renseignements dont vous disposez constitueraient déjà un progrès. Pourriez-vous me rencontrer ici, à l'Institut ? Est-ce que demain vous paraîtrait trop tôt ? Disons vers 11 heures ? Si ce rendez-vous ne vous convient pas, peut-être pourriez-vous m'en proposer un autre.
J'ai VRAIMENT hâte de parler de tout cela avec vous. Je ne saurais vous dire à quel point ce que vous m'avez raconté me passionne.

En espérant faire très bientôt votre connaissance,
Cordialement,
Alison Ellman

– Je dois brancher l'alarme, docteur Ellman. Je vais être obligé de vous bousculer un peu.

Alison ne releva pas les yeux de son écran. Elle était déjà en train de classer des sites Internet par ordre de priorité, de rassembler des pistes et de composer de nouveaux messages.

– Il se peut que je passe la nuit ici, alors vous pouvez aussi bien m'enfermer. Vous avez du café ?

– Bien sûr. (Le vigile sourit.) Noir et sans sucre, c'est ça ?

– Tout juste.

CHAPITRE 4

AU MUSÉE DE L'INSTITUT

Agnes prit un bus qui traversait toute la ville pour se rendre à l'Institut où travaillait Alison. C'était un grand édifice à colonnes, situé à l'écart d'une spacieuse avenue bordée d'arbres. Agnes remonta l'allée dont les graviers crissaient sous ses pas et gravit les larges marches de l'escalier sans trop savoir si elle devait entrer tout de suite. Elle avait laissé passer l'arrêt de bus, ce qui l'avait obligée à revenir à pied, mais malgré tout, elle avait encore près d'une heure d'avance. Elle n'aimait certes pas être en retard, mais le trajet avait pris moins de temps que prévu et une telle avance témoignait d'une ponctualité excessive, même pour elle. Il faisait beau. Elle pouvait donc attendre dehors, sur les marches, dans le soleil printanier, ou aller se promener sur les pelouses qui descendaient en pente douce vers le fleuve. Elle pouvait également entrer dans le musée pour regarder certains des objets exposés. L'Institut était célèbre pour sa collection d'objets indiens.

Agnes régla le prix d'entrée à la fille qui vendait les tickets et songea un instant à mentionner son rendez-vous avec Alison Ellman, mais elle avait seulement l'air d'une étudiante de deuxième cycle ou quelque chose d'approchant, et elle leva à peine les yeux du livre qu'elle était en train de lire. Agnes se contenta donc de payer ses cinq dollars, puis se mit à errer à travers les salles consacrées aux Indiens d'Amérique du Nord.

Une galerie faisait le tour de la partie supérieure de la grande salle lambrissée. Il y avait des objets de toutes provenances, du Mexique à l'Arctique, mais ils n'avaient pas été rassemblés ou mélangés arbitrairement, comme cela aurait pu être le cas à une autre époque ; au contraire, ils étaient soigneusement disposés selon un ordre précis. Le visiteur était invité à entrer dans un labyrinthe dont les méandres lui révélaient l'histoire des Indiens d'Amérique depuis les premiers temps jusqu'à l'époque actuelle. Sur les murs, des panneaux explicatifs retraçaient chacune de ces périodes.

Agnes se rendit compte qu'elle s'était arrêtée pour lire les textes décrivant l'influence de diverses vagues d'immigration européenne à travers le pays. Elle entendit de nouveau résonner en elle les paroles de sa tante.

« Qu'est-ce que ça peut faire qu'ils nous aient presque tous exterminés, hein, qu'est-ce que ça peut bien faire ? Du moment qu'ils nous racontent exactement comment ça s'est passé, il faut croire que ça arrange tout. »

Quoi que les conservateurs de musées puissent dire, tante M. aurait toujours une remarque acerbe en réserve.

Agnes poursuivit son chemin en suivant le fléchage, qui l'amena devant la section consacrée aux tribus du nord-est, habitant les régions boisées autrefois possédées et administrées par son peuple. Massues et tomahawks côtoyaient des rangs de *wampum*[6], des paniers en lamelles de frêne, des boîtes en écorce de bouleau, des berceaux et des pagaies de canoës. Elle passa ensuite devant des objets provenant d'autres nations indiennes, des paniers des Cherokees, des boucliers et des tipis peints des habitants des Plaines, des tissus des Navajos et des céramiques des Zunis, pour se retrouver finalement sous des totems géants des États du nord-ouest.

Agnes entendait de nouveau les paroles de tante M., encore plus fort que tout à l'heure.

« La plupart de ces objets ont été acquis soit par escroquerie, soit par vol, quand ils n'ont pas tout simplement été déterrés. Ils ont aussi les restes humains, tu sais, des milliers de vestiges de nos ancêtres, qu'ils ont stockés dans des boîtes pour les examiner comme un tas d'os de dinosaures. »

Il y avait des arguments des deux côtés. Les musées se considéraient comme les détenteurs et les gardiens d'un héritage culturel, chargés de sensibiliser le public et de favoriser la recherche universitaire et scientifique. Rien de tout cela n'entamait la conviction de tante M. Elle avait participé activement à de nombreuses campagnes pour obtenir des musées qu'ils restituent leur butin, le tout avec un certain

6. Perles que les Indiens taillaient dans des coquillages (*N.d. T.*).

succès. Désormais, les restes humains n'étaient plus exposés. On les ôtait de plus en plus souvent des étagères, leur épargnant ainsi l'indignité d'être exhibés dans des boîtes en carton poussiéreuses ou stockés dans des casiers compartimentés. Les os des ancêtres étaient restitués à leur terre natale pour y être inhumés dans les traditions.

Les objets étaient également rendus à leurs propriétaires légitimes, notamment ceux dotés d'une signification spirituelle. Peut-être pas aussi rapidement que tante M. l'aurait souhaité, mais le processus était amorcé. Agnes remarqua ainsi que certains objets sacrés n'étaient plus exposés. À l'ancien emplacement de masques et de hochets en écaille de tortue utilisés par son peuple lors de cérémonies religieuses, une notice expliquait la raison de leur absence. Il restait tout de même beaucoup de choses.

Il y avait par exemple toute une vitrine de poupées kachinas du sud-ouest. Beaucoup de gens les considéraient comme de simples poupées sculptées, censées familiariser les enfants zunis et hopis avec les créatures d'essence divine qu'elles représentaient. Mais celles-là étaient anciennes et chargées de pouvoirs. Elles portaient l'esprit en elles. Le simple fait de les regarder apparaissait déjà comme un manque de respect. C'étaient des fétiches qui avaient peut-être appartenu à un sorcier, ou été utilisés par des sociétés de chasseurs ou lors de cérémonies. Plus que la simple représentation de divinités, elles en étaient l'incarnation. Agnes recula comme si la vitrine était cernée d'un champ magnétique. Elle jeta un coup d'œil aux autres visiteurs qui flânaient dans les allées. Ne sentaient-ils pas également cette présence ?

Poursuivant sa visite, elle passa devant d'autres tissus et d'autres poteries, revenant à elle à mesure qu'elle se rapprochait du point de départ de l'exposition. Elle resta immobile, perdue dans ses pensées, devant une vitrine contenant des berceaux et des miniatures de canoës. Comme une pendule résonnait dans une galerie éloignée, elle consulta sa montre. L'heure du rendez-vous approchait.

Tandis qu'elle se dirigeait vers l'entrée, un rayon ou un œil électronique invisible déclencha une musique, le son bas et doux d'un tambour[7]. Les chants qui l'accompagnaient étaient l'œuvre de Haudenosaunee, la Confédération des six nations iroquoises. Elle entendait la voix des siens, le Peuple de la Maison Longue. Que lui disaient ces chants ? Lui intimaient-ils de continuer ou de rebrousser chemin ?

Agnes jeta un coup d'œil vers l'entrée du musée. La fille parlait avec quelqu'un. Agnes pouvait aisément s'éclipser. Après tout, que *savait*-elle au juste sur Mary ? Quelques histoires qui pouvaient concerner n'importe qui. Seuls les objets associés à cette histoire rendaient le rapprochement plausible. Sans eux, rien ne pourrait être prouvé, et cette visite au musée n'avait fait que confirmer ce qu'elle savait

7. Ce tambour (*water drum* en anglais) était à l'origine une outre remplie d'eau. Les Indiens le considéraient comme sacré et l'utilisaient uniquement lors de cérémonies religieuses (*N.d.T.*).

déjà : sa tante ne lui permettrait jamais de prendre ces objets, sans parler de les apporter ici.

Agnes allait être obligée d'expliquer cela à Alison Ellman, et quelle humiliation ce serait ! Elle remonta le col de sa veste et enfonça son menton dans sa poitrine. Elle était déjà à mi-chemin, foulant le parquet poli en direction des lourdes portes vitrées, lorsqu'elle entendit derrière elle une voix demander :

« Excusez-moi, êtes-vous Agnes ? »

CHAPITRE 5

DANS LES BUREAUX DE L'INSTITUT

– Je suis Alison Ellman.

La femme qui s'approchait d'Agnes devait avoir la trentaine et portait des vêtements décontractés, chemise bleue et pantalon kaki. Elle était petite et mince, plus petite qu'Agnes, et plutôt jolie, avec des cheveux très blonds coupés court.

– Comment avez-vous su que c'était moi ? demanda Agnes.

Alison regarda la jeune femme qui lui faisait face. Elle était habillée comme n'importe quelle étudiante : tennis, jeans, T-shirt blanc, blouson en jean. Elle portait une seule boucle d'oreille en perles de turquoise, terminée par une plume. Beaucoup d'adolescents arborent des bijoux ethniques de nos jours, mais, à l'aspect patiné de ces perles, on devinait qu'elles étaient anciennes. Agnes était mince, svelte même, plus fille que femme, mais elle avait de la présence. Elle se tenait bien droite et elle évoluait avec une aisance gracieuse. Elle avait des pommettes hautes et des traits bien dessinés, des sourcils épais, un nez droit au-dessus d'une bouche large et pleine et un menton délicat au contour arrondi. Sa peau avait la couleur claire du miel sauvage. Elle était grande, plus qu'Alison ne l'avait perçu au premier regard, plus grande qu'elle en fait. Tandis qu'elle inclinait la tête en signe de salutation, ses longs cheveux glissèrent vers l'avant, souples et soyeux, aussi luisants que l'aile d'un corbeau. Ses yeux étaient surprenants, gris comme un ciel hivernal par temps de neige.

– Je vous ai observée dans la salle, répondit enfin Alison. Vous ne regardiez pas les objets de la même manière que les autres visiteurs. Sinon, j'ai seulement eu la bonne intuition. Je suis très heureuse de faire votre connaissance, Agnes.

Alison tendit la main à Agnes, qui la prit. La main de la jeune fille était longue et vigoureuse, avec des doigts fins. Ses poignets étaient cerclés de bracelets de perles magiques et de bracelets d'amitié en lanières de cuir et en fils de soie aux couleurs vives. Alison se forgeait rapidement une opinion sur les gens et, d'emblée, elle aima bien cette fille, qu'elle eût ou non quelque chose à lui révéler.

– Je suis si contente que vous ayez pu venir ! Le voyage s'est bien passé ? Vous n'avez pas eu de mal à nous trouver ? Vous ne pouvez pas savoir à quel point cette histoire me passionne ! C'est par là, dit-elle en guidant Agnes vers une porte sur laquelle était écrit « Interdit au public ». Ici, presque tout le travail se fait en coulisses. Ce qui est exposé ne représente qu'une petite partie de la collection et notre travail est bien sûr beaucoup, beaucoup plus...

Alison précéda Agnes dans l'escalier, parfaitement consciente qu'elle parlait déjà trop.

Le bureau d'Alison occupait l'angle d'une pièce où des systèmes de classement modernes côtoyaient des bibliothèques vitrées remplies de volumes reliés en cuir qui paraissaient anciens. Sur le bureau d'Alison trônaient un ordinateur, un microscope, une table lumineuse pour examiner des diapositives, et une lampe équipée d'un verre grossissant.

– Je prépare la suite du *Journal de Mary*. Je vais vous montrer ce que j'ai trouvé jusqu'ici. J'ai en quelque sorte réquisitionné tout ce mur.

Agnes la suivit, longeant des tables chargées de piles de dossiers et de chemises fermées par des rubans. Le mur en question était couvert de cartes, de graphiques, d'arbres généalogiques, de listages d'ordinateurs, de photographies et de fac-similés. Des Post-it jaunes, couverts de notes rédigées dans une écriture petite et élégante, émaillaient le mur tapissé de papier imprimé comme des feuilles d'automne dans un champ. Agnes lut tout ce qui était écrit sur le mur de droite à gauche, puis dans l'autre sens, passant tout au crible rapidement, mais en veillant cependant à ne rien oublier. Elle avait déjà de bonnes connaissances en recherche et, d'après ce qu'elle pouvait en juger, c'était de l'excellent travail, mais elle y décelait également autre chose. Les arbres généalogiques tracés à la main, les graphiques minutieusement établis, les notes imprimées, minuscules et méticuleuses, lui révélaient que ce travail avait été accompli avec un amour confinant à l'obsession.

– Tout cela représente un travail énorme. C'est vraiment impressionnant, dit-elle.

Immobile, les bras croisés, Alison fixait le mur à travers des lunettes à l'étroite monture métallique. Elle sourit, heureuse de la réaction d'Agnes.

– Je n'ai pas fait ça toute seule. J'ai récolté des informations un peu partout. (Elle tendit la main pour redresser un Post-it qui se décollait.) Là, c'est Elias Cornwell, avec ce qui reste de Beulah. Les Rivers sont là-bas, avec les Morse. Et voilà Jonah et Martha, fit-elle en désignant d'un mouvement de tête plusieurs endroits sur le mur. Vous vous souvenez de Jack Gill, le garçon sur le bateau ? J'ai même réussi à retrouver sa trace.

– Comment avez-vous pu obtenir tant d'informations ?

– La réaction au livre et au site Internet a été excellente – ainsi que mes propres recherches, bien sûr. (Alison rit.) Après tout, c'est mon travail, non ? Ce n'est pas si difficile de trouver des informations sur quelqu'un, même quand elles remontent à une époque aussi lointaine. Le Commonwealth du Massachusetts ne manque pas de documents, il y a toutes les archives concernant les naissances, les décès, les mariages, ainsi que les registres des paroisses, les comptes-rendus des tribunaux, les plaques des pierres tombales, les documents privés qui, avec un peu de chance, comprennent de la correspondance. Les livres de comptes peuvent également vous en apprendre beaucoup, ainsi que les testaments et leur homologation, tout ce que les gens ont légué, à qui et en quelles quantités ; il y a aussi les traditions familiales et les superstitions, enfin un tas de choses. L'essentiel, c'est de savoir où commencer les recherches. Je dois beaucoup à Internet, bien sûr, ainsi qu'à la passion des habitants de la Nouvelle-Angleterre pour la généalogie.

Alison rit, puis s'interrompit soudain. Son rire était empreint de nervosité. Elle ne voulait pas continuer trop longtemps, car elle sentait que l'attention d'Agnes commençait à se relâcher.

Agnes avait déjà entendu ce genre d'explications auparavant, si bien qu'elle n'y avait prêté qu'une oreille. En revanche, elle aurait bien voulu en savoir plus sur l'arbre généalogique Rivers-Morse, qui s'étendait sur toute la largeur du mur. Issues de Rebecca, quatorze générations se déployaient à partir d'elle.

– Qu'est-ce que c'est ? demanda-t-elle en montrant un fil rouge sang qui longeait l'arbre, serpentant entre les noms.

– C'est la couverture en patchwork. Un héritage transmis par les femmes de la famille. (À l'aide d'une flèche lumineuse, Alison suivait le tracé du fil rouge.) Tout a commencé avec Rebecca, continué avec sa fille Mary Sarah, puis avec la fille de celle-ci et ainsi de suite, jusqu'à la dixième génération, avec Eveline Travers Harris.

La ligne rouge s'interrompait après ce nom, alors que, plus haut, les branches de l'arbre bifurquaient pour inclure trois noms, voire quatre dans certains cas.

– Que s'est-il passé ?

Alison désigna les noms entre crochets à côté de celui d'Eveline Travers Harris : le mari, Clarence Edgar, était mort en France en 1918 ; deux enfants en bas âge, Etta May, âgée de trois ans, et Earl Leonard, âgé de dix-huit mois, avaient été emportés par la grippe en 1919.

– Eveline a survécu. Son décès remonte à 1981, mais elle ne s'est jamais remariée.

– Et qu'est devenue la couverture ?

– Il semblerait qu'Eveline ne se soit jamais complètement remise de ce qui est arrivé à sa famille. Elle a vécu en recluse, se consacrant entièrement à la confection et à la collection de couvertures en patchwork et autres ouvrages d'aiguille. Sa mort a mis fin à la tradition familiale. Toute sa collection de couvertures en patchwork, qui était étendue et de grande valeur, a été vendue à un collectionneur privé.

– Alors comment avez-vous obtenu la couverture ?

– L'acheteur, J. W. Holden, est mort il y a plusieurs années. C'était un collectionneur passionné, qui possédait notamment de nombreux objets datant de la période coloniale. À sa mort, la collection a été transférée à la fondation Holden : ce type était tellement riche qu'il avait créé son propre musée. La couverture a finalement été cataloguée avec tout le reste, mais la boîte qui la contenait a été attribuée à tort à un artisan des colonies. Ce n'est qu'au bout d'un certain temps que l'on s'est précisément rendu compte de l'ancienneté de cette couverture. Comme les responsables de la fondation ne se jugeaient pas compétents en la matière, ils ont fait appel à nos services et nous leur avons envoyé l'un de nos restaurateurs de textiles afin qu'il y jette un coup d'œil.

– Hum-hum.

Agnes avait vraiment du mal à se concentrer. C'est à peine si elle entendit les dernières paroles d'Alison.

– Je peux la voir ? Je veux dire, la couverture.

– Bien sûr. Les restaurateurs ont terminé leur travail. Suivez-moi. Elle n'est pas ici, mais dans la section des textiles. J'ai pensé que vous auriez peut-être envie de la voir. Je l'ai fait préparer afin que vous puissiez l'examiner.

Elles traversèrent une zone de stockage à laquelle on accédait par des sas à l'aide de cartes magnétiques. Des machines bourdonnaient et de petits voyants rouges clignotaient en haut des murs. Alison fit franchir à Agnes une autre porte débouchant sur la pièce où travaillaient les restaurateurs de textiles.

La couverture était étendue sur une table, prête à être examinée. Alison enfila des gants de coton pour la manier. Elle la touchait avec douceur, la caressant comme s'il s'agissait d'un être vivant endormi. Grâce à sa tante et à sa grand-mère, Agnes s'y connaissait un peu en patchwork, mais cette couverture-là ne ressemblait en rien aux modèles bigarrés et multicolores créés par les femmes de sa famille. En réalité, ce n'était pas du patchwork, car l'ouvrage était d'une seule pièce. L'étoffe était plus épaisse et plus rude qu'Agnes ne l'avait imaginé. La couleur n'était pas précisément terne, mais son bleu profond avait pâli, virant à l'indigo passé. Tout l'art de l'exécution et du dessin résidait dans le travail de broderie, que l'on avait cependant peine à distinguer sur un fond si sombre. Agnes examina la couverture de plus près. Elle savait qu'elle ne devait pas y toucher.

– Voici les dessins.

Alison déroula une grande feuille de papier. Délivrés de l'uniformité du ton monochrome, les motifs s'animaient soudain : les fougères jaillissaient, les plumes se déployaient, les fleurs s'épanouissaient et les feuilles s'entrelaçaient. Le tracé était vigoureux mais simple, comme dans les broderies de perles du peuple d'Agnes. Il y avait d'autres motifs, cœurs, nœuds et spirales abstraites, encadrant les représentations stylisées d'une cabane dans un bosquet de grands pins et d'un bateau à voiles cinglant sur l'océan.

– Ça alors ! Je n'aurais jamais cru...

Agnes secoua la tête, incapable de traduire en mots l'impression que la couverture lui faisait.

– Impressionnant, non ? (Alison sourit.) On n'a qu'une idée très vague de la valeur de cette couverture ; elle est inappréciable, même sans le journal à l'intérieur. Quant à sa valeur marchande... même notre restauratrice n'en avait encore jamais vu d'aussi ancienne. Il est impossible de l'estimer...

Tandis qu'Alison parlait, donnant plus de détails sur la provenance de la couverture, Agnes ne pouvait détacher les yeux des motifs. Ils n'avaient pas été assemblés au hasard. Ces motifs racontaient une histoire, avec tous ses personnages : Rebecca et Tobias, Martha et Jonah, et même Geai. Ils étaient tous là, avec Mary.

– … comme les grains de poivre d'un poivrier.

– Je vous demande pardon ?

Alison sourit.

– Je suis désolée d'être aussi ennuyeuse.

– Pas du tout. (Agnes secoua la tête, embarrassée.) J'ai du mal à me concentrer, c'est tout. Je crois que je n'ai pas très bien dormi cette nuit. Que disiez-vous donc ?

– À un moment donné, l'envers de la couverture a été abîmé. Le tissu sur lequel la restauratrice devait travailler était plus récent que la couverture elle-même et seulement faufilé, voire épinglé à certains endroits, et les épingles avaient rouillé, endommageant l'étoffe d'origine. Comme ce tissu ne faisait pas partie intégrante de la couverture, la restauratrice a décidé de l'enlever. Quand elle a défait l'envers, elle a trouvé le journal. L'étoffe de l'envers avait roussi et, avec le temps, elle était devenue cassante, élimée et même trouée par endroits. Le journal, qui était dissimulé dans le capiton de la couverture, avait commencé à s'en échapper par fragments, comme…

Alison haussa les épaules, levant les paumes vers le ciel en signe d'ignorance.

– … comme les grains de poivre d'un poivrier ? suggéra Agnes.

– Exactement. Pour moi, ça tient du miracle, dit Alison en lissant le tissu. Normalement, le travail de restauration se limite à un minimum d'intervention sur l'objet. Il serait contraire à toute éthique de l'altérer ou de risquer de l'abîmer. Sans ce concours de circonstances, même si nous avions *su* que le journal était à l'intérieur de la couverture, nous n'aurions pas pu l'en ôter. (Elle s'interrompit de nouveau avec un petit sourire, comme si elle s'excusait par avance de dire quelque chose de stupide.) C'est presque comme si le journal s'était échappé tout seul de la couverture. Comme si le moment était venu pour lui de livrer les secrets qu'il avait gardés pendant tout ce temps. Ça vous paraît délirant ?

Agnes secoua la tête.

– Pas du tout. (Elle regarda Alison en se demandant à son tour jusqu'à quel point elle pouvait lui faire confiance.) Un jour, j'ai perdu ma montre. Je l'ai enlevée et posée quelque part, et le temps de me retourner, elle avait disparu. Pas moyen de la retrouver. Ma tante m'a dit : « Elle reviendra à point nommé. » C'est ce qu'elle croit : c'est aux choses de décider si elles veulent rester perdues ou être retrouvées.

– C'est la première fois que j'entends dire ça, mais je crois que je suis du même avis. C'est pour cette raison que, pour moi, cette couverture joue un rôle tellement central. Tout ce qui la concerne a son importance. Son histoire, les circonstances de sa découverte, tout. C'est pour ça que je voulais en faire le clou de l'exposition. (Alison s'interrompit et détourna les yeux. L'enthousiasme disparut de sa voix alors qu'elle ajoutait :) Sauf que maintenant, je ne pense pas qu'il y aura d'exposition.

– Pourquoi pas ? Vous avez des tas de choses à montrer.

– Oui, bien sûr. Et même plus que vous n'en avez vu ici, et sur presque tout le monde. Sauf Tom Carter, le vieux qui vivait dans les bois. Nous n'avons rien sur lui… ni sur

Mary. (Alison eut un sourire ironique.) Dans l'immédiat, ce n'est pas le vieux Tom qui m'inquiète.

Alison s'efforçait de faire bonne figure, mais la déception, et même l'anxiété, se lisaient clairement dans ses yeux bleu pâle. Mary était le personnage central. Sans elle, tout ce travail, toutes ces recherches n'aboutiraient à rien.

Agnes baissa les yeux. Elle était consciente que, depuis le début de leur rencontre, Alison avait assuré pratiquement toute la conversation. Elle-même n'avait presque rien dit. Alison la traitait avec égards, ne la soumettait à aucune pression, mais Agnes sentait peser sur elle son attente. Le moment était venu de parler.

– Puis-je voir le journal ?

– Oui, bien sûr ! C'est dans la salle des documents. Suivez-moi.

Quelques minutes plus tard, Alison posait les feuilles sur la table, les déployait en éventail devant Agnes et orientait la lampe afin qu'elle puisse mieux les voir.

– Chaque page a été restaurée avant d'être photographiée. Les fac-similés sont toujours plus faciles à manier. Les feuilles avaient été pliées afin de pouvoir rentrer dans les intervalles entre les piqûres ou dans les poches formées par les broderies, dit Alison en désignant des marques de plis sur les photographies. Comme certaines étaient en morceaux, on a dû les recoller. (Elle passait sous silence les longues heures de travail ardu que cette tâche avait demandées.) Ensuite, les pages ont été photographiées pour la transcription. Déchiffrer l'écriture s'est avéré une vraie partie de plaisir, la partie du travail la plus facile, en fin de compte. Ensuite, il a fallu reconstituer l'ordre de ces feuilles. Elles ne se suivaient pas exactement comme les pages d'un livre. (Alison s'interrompit, craignant à nouveau de perdre l'attention d'Agnes. Elle parlait trop, par appréhension, par nervosité, afin de repousser le moment de la déception.) Aimeriez-vous voir l'original ?

– Oui, j'aimerais beaucoup.

Les pages étaient conservées séparément, dans des pochettes en plastique transparent, afin de protéger le papier qui avait foncé au fil des ans et s'effritait aux plis et aux marges, aussi friable et fragile que des rouleaux de papyrus.

Alison prit la pochette étiquetée *Page 1*.

Les mots se suivaient de près sans être trop serrés ; ils semblaient bien rangés sur la page. L'écriture était une italique cursive remarquablement nette, d'exécution élégante et d'une lisibilité surprenante. Il aurait pu s'agir d'une écriture contemporaine. Seule l'encre délavée trahissait son appartenance à une autre époque. Les lettres étaient petites, mais régulières. Les traits de plume étaient fermes et les courbes sans défauts. Mary avait une jolie écriture, rien de surprenant donc à ce qu'Elias Cornwell ait voulu l'employer comme secrétaire. En dehors de quelques fioritures plutôt discrètes, on ne rencontrait que rarement les boucles sophistiquées qu'Agnes s'était attendue à voir.

Agnes lut la page jusqu'au bout et remonta vers le haut. Puis elle se pencha pour la regarder de plus près. L'un des coins manquait, si bien que le texte tronqué commençait par les mots suivants :

une sorcière. Ou du moins est-ce ainsi que certains m'appellent...

Il était temps de parler.

– Notre histoire est très différente de la vôtre, dit Agnes en levant les yeux pour regarder Alison. Ou peut-être devrais-je plutôt dire que notre manière de la consigner est différente. Nous n'avons pas tout ça, dit-elle en désignant les pages devant elle et les autres documents conservés dans des boîtes. Jusqu'ici, très peu de cette histoire a été écrite, mais il y a des récits oraux.

« Chaque conteur relate ces histoires comme si elles appartenaient à son propre passé. Ma tante m'en racontait comme si elles lui étaient arrivées dans sa jeunesse, mais en réalité, elles lui avaient été contées par sa grand-mère qui les tenait de sa propre grand-mère, et ainsi de suite. C'est ainsi que l'histoire d'une famille se constitue, par accumulation.

– Et l'une de ces histoires pourrait concerner Mary ? demanda Alison en retenant son souffle.

– Je crois que oui. C'est dur de retrouver les dates parce que, pour nous, le temps n'est pas linéaire, comme ça, dit Agnes en ouvrant les bras. C'est plutôt comme s'il était d'une seule pièce : passé, présent et futur tournant en rond, comme ça. (Elle forma un cercle en joignant les pouces et les index des deux mains.) Comme si le passé restait quelque part, dans un endroit indéterminé, et que les événements continuaient de se dérouler, mais dans un lieu auquel nous n'avons pas accès.

– Quelle est donc cette histoire ? Je veux dire, celle qui, selon vous, pourrait concerner Mary ?

– C'est l'histoire d'une femme venue d'ailleurs qui a été adoptée par la tribu. Elle avait deux fils, l'un à la peau sombre et aux cheveux noirs, l'autre à la peau claire et aux cheveux jaunes. L'un d'eux est devenu un guerrier illustre, un chef. L'autre… (Agnes fronça les sourcils.) Je crois que l'histoire ne dit pas ce qui lui est arrivé. Enfin, on raconte que cette femme est arrivée dans la tribu sur l'intervention de Rahwehras, le dieu du tonnerre, parce que c'était par un jour d'orage ; à l'époque, les gens de la tribu étaient malades. Elle les a aidés à guérir et ensuite, elle est restée parmi eux ; c'était une sorcière douée de grands pouvoirs. (Agnes fronça de nouveau les sourcils.) Il y a encore autre chose, je crois, mais je ne m'en souviens plus.

– Qu'est-ce qui vous fait penser qu'il s'agissait de Mary ?

– Ses origines demeurent un mystère, et selon certaines légendes, elle avait des yeux gris comme les miens, de la couleur de la fumée. C'est ce que j'ai lu sur ses yeux qui m'a fait supposer qu'il pourrait y avoir un lien avec Mary. Mais il y a autre chose, un tas d'indices, en fait. Ma tante possède une boîte. Grande comme ça. (Agnes joignit de nouveau les doigts pour former un cercle.) Elle est en écorce ornée de broderies. Je la regardais souvent quand j'étais petite. Elle est ornée de petits groupes de fleurs blanches, avec une ligne de fraises rouges le long du bord, et il y a des brins d'herbe douce[8] à l'intérieur du couvercle. Ça sent vraiment bon

8. L'herbe douce, ou glycérie, est une plante qui pousse en abondance au bord de la mer et des étangs (*N.d. T.*).

quand on ouvre la boîte – même si je n'étais pas censée le faire.

– De quand date cette boîte ? demanda Alison.

– C'est difficile à dire ; je sais seulement qu'elle a été fabriquée pour ranger des objets de sorcellerie. Même Sim – c'est mon cousin, il est plus vieux que moi, c'est un peu comme mon grand frère et c'était toujours lui qui prenait la tête des opérations quand on faisait des choses un peu risquées –, même lui m'avait dit de ne pas y toucher. Mais vous connaissez les enfants, hein ? (Pour la première fois, elle sourit. Ce fut comme la brusque apparition du soleil par un jour maussade. Alison fut éblouie.) Plus vous leur dites de ne pas faire quelque chose, plus ils ont envie de le faire.

– Alors vous l'avez ouverte ? demanda Alison en lui rendant son sourire.

Le sourire d'Agnes s'élargit.

– Vous pouvez le dire. Je me souviens qu'il y avait ce petit bouton très difficile à défaire. Mes mains tremblaient tellement que j'ai failli tout renverser.

– Et qu'y avait-il à l'intérieur ?

– Pas grand-chose d'intéressant, à mes yeux du moins. J'étais vraiment déçue. Je ne sais pas ce que j'avais espéré découvrir, peut-être des pièces d'or ou encore des bagues de diamants. Je n'ai trouvé que des affaires de sorcier, un collier en griffes d'ours, des rangs de *wampum* et un vieux col tout usé. Il y avait aussi un anneau qui avait l'air en or et un médaillon terni tout noir. Et, dans un coin, un bout de papier enroulé sur lui-même qui, avec l'usure, était devenu aussi doux et pelucheux que de la peau de lapin. J'ai regardé s'il y avait quelque chose d'écrit dessus dans un code secret, et comme je n'ai rien trouvé, je n'y ai plus prêté attention, mais maintenant que j'y pense, il pourrait s'agir du coin d'une feuille. De cette feuille, fit-elle en désignant la pochette en plastique posée sur la table.

– Il n'y avait aucune lettre dessus ?

– Comme je vous l'ai dit, fit Agnes en secouant la tête, rien, pas le moindre secret.

– Je pourrais toujours vérifier, dit Alison en allumant la lampe au verre grossissant. Et, s'il y a quelque chose, le déchiffrer. Il y a des tas de choses que je pourrais faire. Voir si le bout de papier correspond à la déchirure de la feuille. Et si c'est le même papier. Comme ça, nous serions en mesure de prouver qu'il s'agit bien de la même personne !

– Je ne crois pas m'être trompée. (Les sourcils noirs d'Agnes se rapprochèrent.) Mais je n'ai vu ces objets qu'une seule fois. Il faudrait que je les revoie pour en être sûre.

– Vous pourriez peut-être les apporter ici ?

Agnes secoua la tête.

– La boîte et son contenu sont sacrés. Je doute que ma tante accepte de s'en séparer.

– Je pourrais la rencontrer, lui demander si elle…

Agnes leva les mains pour modérer l'excitation grandissante d'Alison.

– Je crois qu'il vaut mieux que j'aille d'abord la voir. Elle peut se montrer très entêtée et je crains bien qu'elle ne porte pas les musées dans son cœur.

– Vous croyez que vous pourriez la convaincre ? demanda Alison, l'air inquiet.

– Je vais essayer.

– Ce serait merveilleux ! Vous n'avez pas idée de ce que cela signifie pour moi, Agnes. À quel point c'est important. Quand pourrez-vous aller la voir ?

– Oh, je ne sais pas…

– Vous ne voulez pas manquer de cours ?

– Ça encore, ce n'est pas trop grave. C'est un long trajet en bus… (Agnes haussa les épaules d'un air gêné.)… et puis il y a le prix du billet. Je ne suis pas très en fonds en ce moment.

– Pas de problème. Je peux vous emmener là-bas.

– Oh non ! s'exclama Agnes, l'air encore plus embarrassé. Ce n'est pas la peine. Ce n'est pas ce que je voulais dire. Je ne voudrais pas vous créer de difficultés.

– Ce n'est pas le cas. En plus, ça en vaudrait vraiment la peine, pour mes recherches. Il me reste des jours à prendre, je m'organise comme je veux dans mon travail. Je pensais faire un tour à Montréal et peut-être à Québec. J'ai des amis là-bas, et un collègue à l'université Mac Gill qui vérifie des sources pour moi. Je pourrais vous déposer en passant.

– Ça vous ferait un détour…

– Pas vraiment. Je veux voir ce qu'il y a là-bas. Les Français conservaient des archives bien plus détaillées que celles des Anglais, surtout sur les Indiens. Mary s'est peut-être rendue au Canada. (La voix d'Alison devint soudain véhémente.) Si c'est le cas, il pourrait y avoir des traces de son passage. Comme je n'ai rien d'autre, ça vaut la peine de vérifier. Il faut que je tente le coup.

– Si vous êtes sûre…

– Je prendrai un itinéraire un peu différent, c'est tout.

Agnes réfléchit un instant avant de se décider. Elle n'avait pas fait part à Alison de tous ses doutes concernant tante M. D'une certaine manière, ce serait peut-être plus facile pour Alison. Les livres n'ont pas une langue acérée et les bibliothèques ne refusent pas tout net de vous renseigner.

– D'accord, dit-elle finalement. Du moment que vous allez dans cette direction, je suppose que je peux aussi bien venir avec vous.

Après tout, ce n'est jamais qu'un trajet en voiture, se dit Agnes en reprenant le bus qui devait la ramener au campus. Elle devrait bien se rendre là-bas un jour où l'autre, et le plus tôt serait le mieux. L'obstination farouche de tante M. n'était pas la seule chose qu'elle avait passée sous silence lors de sa conversation avec Alison. Elle ne lui avait rien dit non plus de la vision qu'elle avait eue. La nuit dernière, Agnes avait à peine fermé l'œil. Mary l'avait visitée sans lui laisser de répit. Depuis, elle était constamment présente, qu'Agnes dorme ou veille. Quoi qu'elle fasse, où qu'elle aille, ses pensées la ramenaient sans cesse à cette fille.

C'était à cause d'elle qu'Agnes était partie si tôt ce matin, par pure nervosité, comme pour un premier rendez-vous. Dans le bus, Mary avait si complètement occupé sa pensée qu'elle avait manqué son arrêt et dû revenir à pied. Qu'avait dit Alison ? « Vous ne regardiez pas comme les autres. » Agnes en était consciente. Au musée, elle avait eu l'impression que son regard était guidé par quelqu'un d'autre.

Agnes s'était sentie comme absente pendant son entrevue avec Alison. À certains moments, son attention avait été presque entièrement captivée par ce qu'elle lui disait, mais à d'autres, elle l'avait à peine écoutée. Elle avait dû paraître mal élevée, ce qui ne lui ressemblait guère. Agnes ne voulait pour rien au monde manquer de respect à Alison. Elle partageait sa fascination. Elle comprenait ce qu'Alison ressentait parce qu'elle-même commençait à éprouver des sentiments similaires. Durant le court moment qu'elles avaient passé ensemble, elle avait senti son ardent désir d'en savoir plus, son angoisse et son exultation. C'était presque comme d'être amoureuse.

Parler à Alison et regarder tous ces objets lui avait mis du baume au cœur, mais la douleur persistait. Comme Alison, Agnes éprouvait le besoin impérieux de reconstituer l'histoire de Mary. Mais, même cela ne suffirait peut-être pas. Alors que pour Alison, cette quête demeurait une sorte d'exercice intellectuel, pour elle-même, tout se jouait sur un autre plan. Elle descendit précipitamment du bus, car, cette fois encore, elle avait failli manquer son arrêt. Elle était impliquée dans cette histoire d'une manière qu'elle ne comprenait pas tout à fait. En essayant de chasser Mary de son esprit, elle risquait d'être entraînée sur un terrain où elle ne voulait pas s'aventurer.

Avant même d'avoir franchi la porte, Agnes sut que tante M. l'avait appelée, si bien qu'elle ne fut pas particulièrement étonnée de voir clignoter le voyant lumineux du répondeur téléphonique. Cela lui était déjà arrivé. Si elle disposait vraiment de dons parapsychologiques, ils s'étaient limités à ce genre de coïncidences mineures. Jusqu'à la veille.

– Bonjour, Agnes, c'est moi. Si tu es là, décroche... bon, tu n'es donc pas là. Je t'appelais pour te dire d'aller voir cette femme. Ensuite, viens me voir et quand je dis viens, c'est *tout de suite*.

Agnes sourit. Tante M. savait déjà. Ses pouvoirs parapsychologiques étaient bien supérieurs aux siens. Elle n'aurait pas dû s'inquiéter au sujet de ce qu'elle devait lui dire. Elle croyait le message terminé, mais il continuait.

– Oh, et avant de venir me voir, n'oublie pas de mettre la boucle d'oreille.

La main d'Agnes s'éleva pour trouver la boucle d'oreille déjà en place. Elle avait dû la mettre ce matin sans même y penser. Elle savait ce que cela signifiait. Ces perles possédaient un pouvoir ; sa tante les avait ramenées du désert et avait confectionné la boucle d'oreille pour elle. La plume striée de brun appartenait à *teiakoiatahkwas*, le faucon, une plume-esprit protectrice. Mais pour la protéger de quoi ? Mary pouvait-elle lui vouloir du mal ?

CHAPITRE 6

LA ROUTE (1)

– Prête ?

– Prête.

Agnes lança son sac sur la banquette arrière de la petite voiture d'Alison et se glissa sur le siège du passager.

– C'est un itinéraire facile, dit Alison tandis que la voiture se fondait dans le flot de la circulation. On prend la Mass Pike[9], puis à droite.

Elles étaient encore des inconnues l'une pour l'autre, face à un long trajet à parcourir ensemble. Agnes se sentait mal à l'aise dans l'intimité soudaine que leur imposait l'espace restreint de la voiture.

– J'ai apporté des documents, au cas où vous auriez envie d'y jeter un coup d'œil, reprit Alison sans quitter la route des yeux. C'est dans la poche de la portière, avec les cartes routières.

9. Autoroute : Interstate 90 (*N.d.T.*).

Agnes sortit quelques dossiers qu'elle commença aussitôt à feuilleter. Cette occupation avait l'avantage de la dispenser de parler.

Elle parcourut entièrement la transcription qu'Alison avait faite du journal d'Elias Cornwell, puis ouvrit le dossier étiqueté *Jonah et Martha Morse.*

– Croyez-vous qu'ils se soient revus ? demanda-t-elle à Alison lorsqu'elle eut terminé.

– À Boston, vous voulez dire ? Je pense que c'est possible. Il n'en est fait mention nulle part, mais cela ne signifie pas que ce n'est pas arrivé. Il y a tant de choses que nous ne saurons jamais.

– Je me demande ce qu'aurait dit Elias Cornwell, ce qu'il leur aurait dit – il aurait été plutôt embarrassé, vous ne croyez pas ?

– Rien, je pense. Son séjour à Beulah n'avait pas été une partie de plaisir. Je crois qu'il aurait préféré ne rien savoir de tout ça. Fermer les yeux sur toute cette affaire.

Agnes acquiesça. Elle était du même avis. Elle ouvrit le dossier de la famille Rivers. D'un coup d'œil, Alison vérifiait les noms des lieux qui apparaissaient sur les panneaux au-dessus de leurs têtes.

– Nous suivons en gros la route que les Rivers ont probablement empruntée à leur départ de la colonie, dit-elle. Ils ont pris le chemin de Long Bay, une vieille piste indienne qui traverse la région jusqu'à la vallée du Connecticut. La couverture a dû faire le voyage à l'arrière d'un chariot.

D'un geste, Alison montra l'autoroute à six voies et le flot rapide de la circulation. Elle rit en voyant un camion-citerne géant les rattraper et les dépasser.

– Ça a pas mal changé, hein ?

– Ça, c'est sûr.

La route actuelle était bien plus large qu'une piste et des poids lourds monstrueux avaient supplanté les chars à bœufs, mais elle était bordée d'arbres comme autrefois. Parfois, ces arbres disparaissaient, offrant une échappée sur le paysage – des collines, semblait-il –, mais ils réapparaissaient très vite, se refermant comme un rideau. Les signes d'habitation étaient relativement rares : le temps d'un éclair, on entrevoyait des toits sur une hauteur, des flèches blanches perçant une voûte de feuillage. La traversée de ce tunnel vert faisait perdre à Alison toute notion du temps.

– Pardon ?

– Je disais : un péage en vue.

Alison leva les yeux. Elles approchaient de la frontière de l'État de New York. Elle avait parcouru près de 150 kilomètres sans vraiment s'en rendre compte.

– Peut-être qu'on ferait bien de s'arrêter un moment. Il faut que je vérifie l'itinéraire, dit-elle.

– Il y a une aire de stationnement un peu plus loin.

Alison se rangea sur le côté et prit la première sortie.

– Vous voulez du café ? Vous avez faim ? Vous voulez manger quelque chose ?

– Seulement du thé glacé, s'il vous plaît. Non, je n'ai pas faim, merci.

– Je vous ai quand même pris un muffin, dit Alison lorsqu'elle revint.

Elle rejoignit l'endroit où Agnes était allée s'asseoir. Malgré les épais panneaux vitrés, on entendait le grondement de la circulation.

Agnes émietta son muffin et le mangea lentement par petits bouts, puis elle se renversa en arrière et regarda le paysage en tiraillant d'un geste machinal la boucle d'oreille qu'elle portait à l'oreille droite.

– J'aime beaucoup cette boucle d'oreille, fit Alison. Je voulais déjà vous le dire hier.

– Oh, merci…

Agnes eut un sourire mal assuré et laissa retomber sa main sur ses genoux. Elle aurait difficilement pu dire à Alison que, la veille, elle ne s'était même pas rendu compte qu'elle la portait. Elle doutait qu'Alison puisse comprendre.

– Où l'avez-vous trouvée ? demanda Alison en sirotant son café.

– Oh, euh, c'est tante M. qui l'a fabriquée avec des perles qu'elle a rapportées du désert.

– Tante M. ? C'est celle que vous allez voir ?

– Oui.

– Qu'était-elle allée faire dans le désert ?

– Elle va à des réunions – des *powwows*, des rassemblements tribaux –, elle voyage dans tout le pays.

– Que fait-elle au juste ?

– Elle est sorcière.

Agnes avait espéré donner l'impression qu'il s'agissait d'un travail comme un autre, aussi banal que d'être pompiste dans une station-service. Ce fut peine perdue.

– Ça alors ! (Alison posa sa tasse et la regarda fixement.) C'est fascinant ! Qu'est-ce que ça veut dire, exactement ? J'ai toujours eu envie de le savoir.

– Eh bien, euh, elle est guérisseuse, elle connaît toutes les plantes indigènes et les remèdes. Elle a monté sa propre affaire. Elle vend même sur Internet maintenant. Elle a un site, Sim le lui a installé l'an dernier. Et elle a d'autres pouvoirs que ceux de guérisseuse. Des pouvoirs spirituels. Elle a passé des années parmi d'autres tribus pour acquérir des connaissances, pour apprendre les méthodes traditionnelles. Elle enseigne aussi, beaucoup de gens s'intéressent à ces choses aujourd'hui – ils viennent la voir pour leur épanouissement spirituel, parce qu'ils sont en quête de visions[10], ou parce qu'ils ont besoin d'une assistance d'ordre spirituel.

– Je vois. C'est une personne douée de grands pouvoirs.

Agnes acquiesça.

– C'est l'œuvre de sa vie, je suppose. Elle voyage un peu partout, du Canada au Mexique.

– C'est là qu'elle a trouvé ces perles ?

10. Pour les Indiens, les visions permettent de communiquer avec le monde des esprits et d'acquérir ainsi des pouvoirs magiques. La quête de visions est l'une des étapes de l'initiation du chamane (*N.d. T.*).

– Non, ça doit plutôt être en Arizona, où elle a des amis chez les Navajos. Ou dans le Nevada : elle y va aussi de temps en temps.

– Elle a des amis là-bas aussi ?

– Oui, et puis…

– Et puis ?

– Ma mère vit là-bas. (Les mots avaient échappé à Agnes.) Elles sont sœurs, mais très différentes…

– Votre mère ne vit pas à la réserve ?

– Non. (Agnes secoua la tête.) Elle habite à Vegas.

– Las Vegas ! Qu'est-ce qu'elle fait là-bas ?

– Elle est croupière. (Agnes fronça les sourcils afin de modérer l'excitation provoquée par sa réponse.) Ça paraît sexy, mais en réalité, ça ne l'est pas du tout.

– Je ne savais pas…

– Vous ne pouviez pas savoir. (Agnes consulta sa montre et se leva.) Il vaudrait peut-être mieux repartir, non ?

– Oui, vous avez raison.

Alison sortit derrière Agnes. Sans l'avoir voulu, elle avait franchi une frontière invisible la séparant de la jeune fille. À présent, elles redevenaient deux étrangères voyageant dans la même voiture.

Agnes prit un autre dossier et commença à le lire tandis qu'Alison passait le péage et prenait l'embranchement vers Albany.

– Comment avez-vous obtenu ces informations sur Jack Gill ?

– Pardon ?

Alison avait à nouveau perdu la notion du temps.

– Jack Gill – comment avez-vous obtenu ces informations sur lui ? demanda Agnes en montrant le dossier étiqueté *Jack Gill.*

– Par hasard. J'étais à Nantucket avec un ami, juste pour le week-end. À l'époque, je ne pensais même pas faire des recherches sur les gens mentionnés dans le récit de Mary. La transcription du journal demandait assez de travail comme ça. Je savais que je voulais en tirer un livre, mais uniquement sur Mary. Je ne m'étais jamais demandé ce qu'elle était devenue – ni elle, ni les autres personnages. J'étais sur le port de Nantucket lorsque le nom m'a sauté aux yeux : Richard A. Gill, Fournitures navales.

– Qu'avez-vous fait ?

– Je suis entrée dans le magasin, bien sûr. Vous savez, c'est drôle, mais c'était comme si j'avais été guidée jusque-là.

– Par la Providence ?

Alison sourit.

– Exactement. Je venais juste de transcrire le passage du journal qui relatait la rencontre de Mary et de Jack sur le bateau.

– Vous pensez qu'ils se sont revus ? Ce serait merveilleux, non ?

– Oui, mais ce serait comme dans un roman. Dans la vraie vie, ce genre de chose n'arrive jamais. (Alison accéléra et doubla une file de véhicules.) Là-dessus, vous pouvez me faire confiance. Ces deux-là ne se sont jamais revus, j'en suis certaine.

– Comment pouvez-vous en être sûre ?

– Tout est dans le dossier.

Agnes considéra cette réponse comme un feu vert pour se replonger dans sa lecture.

– Finalement, il n'est *pas* mort comme dans la vision de Mary, sur une barque disloquée par une baleine géante ?

– Non, répondit Alison en secouant la tête. Il est mort dans son lit.

Agnes se retourna soudain ; la déception se lisait clairement sur son visage.

– Alors cette prophétie ne valait rien ? demanda-t-elle.

– C'est ce que j'ai pensé. À sa première sortie sur le terrain, Mary n'a même pas marqué un seul but. (Alison eut un sourire de sympathie.) Je ne voulais pas le montrer au vieux type du magasin, mais j'étais atterrée.

– En somme, elle a échoué à la première épreuve ?

– Lisez la suite et vous verrez bien. Je pense tout simplement que la divination n'est pas une science exacte.

– Cette pièce porte-bonheur des Gill, celle qu'ils emportaient toujours en mer, c'était… ?

– La moitié d'une pièce en argent.

– Comme celle que Jack avait donnée à Mary ?

– L'autre moitié. Ça m'en a tout l'air, du moins.

– Vous l'avez *vue ?*

– Oui. Le vieux type avait une espèce de petit musée. Elle était là, dans une vitrine, sur un petit coussin de velours.

– À quoi ressemblait-elle au juste ?

– Elle était plus petite que ce que j'avais cru, et très usée après tous ces séjours dans des poches de vestes. Elle était percée au bord comme si elle avait été accrochée autrefois à un cordon ou à une chaîne.

– Et ce Richard Gill l'a sortie pour vous la montrer ?

– Oui. Il a ouvert la vitrine avec une clef minuscule.

Alison avait peine à décrire ce qu'elle avait ressenti quand l'homme avait tendu la main et sorti la pièce de la vitrine. Elle avait été elle-même surprise de l'émotion qui l'avait submergée quand elle avait tenu dans le creux de sa main ce morceau d'argent ténu comme un souffle. C'était si léger et si mince, et il ne restait pas la moindre trace d'effigie, ni de lettre : les motifs frappés sur le métal avaient été complètement effacés par l'usure. Elle ne l'avait gardé qu'un instant avant de le rendre, soulagée de ne plus l'avoir dans la main. Elle avait peur qu'il ne fonde à la chaleur de sa peau, ou qu'il ne s'effrite. Il semblait trop fragile pour être de métal et trop mince, aussi frêle qu'une feuille d'arbre en hiver.

– Je ne suis jamais allée là-bas, dit Agnes. À Nantucket, je veux dire.

– Vraiment ? Il faudra que vous veniez avec moi la prochaine fois. Et que vous rencontriez Richard. Vous l'aimeriez beaucoup. C'est quelqu'un d'adorable.

Alison s'interrompit en pensant que la jeune fille allait probablement refuser son invitation, mais elle se trompait.

– Oui, j'aimerais beaucoup, dit Agnes en lui adressant un sourire. Ce serait bien.

CHAPITRE 7

LA ROUTE (2)

Elles devaient maintenant décider du meilleur itinéraire à prendre. La traversée des Adirondacks offrait les plus beaux paysages, mais l'Interstate représentait le plus court chemin vers leur destination.

Elles firent une nouvelle halte pour manger et consulter la carte routière.

– Cette route d'Albany à Buffalo correspond au tracé de l'ancienne piste mohawk, commenta Agnes en suivant l'itinéraire du doigt sur la carte. Vous le saviez ?

Alison secoua la tête.

– C'est étrange, quand on y pense. Comme pour la piste que les Rivers ont empruntée, poursuivit Agnes en examinant la carte. Ces autoroutes suivent le tracé de voies qui étaient déjà anciennes avant l'arrivée des Européens.

– De toute façon, je pensais prendre cet itinéraire, dit Alison avec un sourire. Très bien, c'est décidé. Venez, nous avons encore un long trajet devant nous.

– Avez-vous toujours vécu à la réserve ? demanda Alison un peu plus tard.

– Non, répondit Agnes, puis, pensant que cette réponse était peut-être trop abrupte, elle ajouta : J'allais seulement là-bas pour les vacances et puis, un jour, alors que j'avais huit ou neuf ans, les vacances sont devenues permanentes.

– Que s'est-il passé ?

Agnes garda le silence un instant, comme si elle était en train de décider si elle devait répondre ou non. L'autoroute se déroulait devant elle.

– Vous n'avez pas besoin de me dire… commença Alison. Elle ne voulait pas se montrer envahissante.

– Non, non, ça va. Mon père et ma mère se sont séparés. Il était dans l'armée et nous déménagions souvent. Après avoir quitté l'armée, il n'a pas réussi à trouver un nouvel emploi. Ma mère et lui se disputaient sans arrêt à cause de ça. Un jour, il est sorti en disant qu'il allait chercher du travail et il n'est jamais revenu. Ma mère m'a envoyée vivre chez ma grand-mère et tante M. le temps de se retourner, et je ne suis jamais rentrée, fit Agnes en haussant les épaules. Je crois que je cadrais mal avec les projets de maman. Elle est partie à Vegas, où elle a trouvé du travail dans un casino, et je suis restée à la réserve avec grand-mère, tante M. et Sim.

– Vous la voyez toujours ? Je veux dire, votre mère ?

– Oui, bien sûr, mentit Agnes. Mon père aussi.

– Mais vous ne vivez avec aucun d'eux ?

– J'aime mieux pas. Mon père a une nouvelle femme. Elle est sympa, mais… (Agnes haussa de nouveau les épaules.) Quant à ma mère… eh bien, je suppose que je suis trop vieille pour elle.

– Comment ça ? Trop vieille pour quoi ?

– Je la fais paraître vieille, plus exactement. Elle m'a eue très jeune, mais quand vous essayez de passer pour une femme de trente ans, une fille de dix-huit ans vous trahit forcément.

Agnes se renfonça dans son siège, les bras croisés, une manière de mettre fin à la conversation. Comme il n'y avait plus de dossiers à lire, elle regarda le paysage défiler à travers la vitre. Alison devait la croire endormie. Agnes ne fit rien pour la détromper. Elle n'avait pas l'intention de dormir si elle pouvait l'éviter, mais dans l'immédiat elle en avait assez de parler.

Tous ces dossiers. Tous ces gens. Et si elle-même se retrouvait un jour réduite à un dossier, en quoi consisterait-il ? Que resterait-il de ce qu'elle avait vécu jusqu'à présent ? Un certificat de naissance, des bulletins scolaires, un diplôme de fin d'études pour le lycée, une série de notes et de certificats d'examens à l'université, et ce serait à peu près tout.

Et qu'en était-il de ce qui ne pouvait être mesuré ainsi ? L'odeur de sa mère lorsqu'elle sortait : un mélange de parfum et de cigarettes. Et celle de son père le matin : lotion après-rasage et popeline fraîchement repassée. Son bonheur lorsqu'ils étaient ensemble. Sa détresse lorsqu'il était parti. La manière dont elle l'avait attendu, jour après jour, tout en sachant dès le début qu'il ne reviendrait pas. Le jour de son départ, il lui avait souri et il l'avait appelée « bout de chou » comme d'habitude, mais elle avait vu les larmes dans ses yeux et il avait été incapable de la regarder lorsqu'elle lui avait fait au revoir de la main.

Et tous les endroits où ils avaient vécu ? Son dossier contiendrait un bon paquet d'adresses. Des bases de l'armée où les maisons s'alignaient aussi impeccablement que des soldats sur un champ de manœuvres. Des maisons mitoyennes qui sentaient l'humidité. Des appartements étriqués aux couloirs étroits, aux cloisons minces, avec des porches sur les marches où aller s'asseoir quand les querelles devenaient insupportables.

Toutes les écoles qu'elle avait fréquentées se fondaient dans son souvenir en un long couloir. Elle était rarement restée assez longtemps quelque part pour se faire des amis. Les visages de ses anciens camarades se mêlaient à présent dans sa mémoire, aussi anonymes que ceux de passants aux heures d'affluence. Les méchants et les gentils. Ceux qui la prenaient pour une Latino-Américaine, ceux qui savaient qu'elle n'en était pas une et ceux qui s'en moquaient. Les enfants qui la traitaient comme une pièce de musée vivante, espérant la voir exécuter des danses indigènes, apporter des coiffes de guerriers et raconter des histoires à l'école, alors qu'elle ne désirait qu'une chose : être un enfant comme les autres, rien de plus. Dans l'une de ces écoles, les instituteurs eux-mêmes étaient racistes. Sa mère l'en avait aussitôt retirée. Ce jour-là, Agnes avait été fière d'elle.

Après le départ de papa, Agnes avait cru que maman et elle seraient bien ensemble, c'est pourquoi elle avait été si profondément blessée d'être abandonnée à la réserve. Elle l'avait très mal supporté. Elle se souvenait de l'instant précis où elle avait compris que maman ne reviendrait pas la chercher. C'était le jour fixé pour son retour et elle était dehors, sur le porche, l'oreille tendue, guettant le bruit du moteur de la voiture. Il était tard, la nuit tombait. Elle avait monté la garde toute la journée. Les voitures s'approchaient, passaient devant la maison, mais aucune ne ralentissait pour prendre le virage et se garer dans la cour. Lorsque tante M. l'avait appelée pour la faire rentrer, toutes les étoiles brillaient dans le ciel. Elle pouvait encore sentir sur sa langue le goût de la colère, amer comme une poignée de pièces en cuivre. Elle avait su la vérité avant même que tante M. n'ouvre la bouche. Finalement, peut-être possédait-elle des pouvoirs, elle aussi.

Sa fureur n'avait fait que croître, la rendant aveugle à tout ce qui l'entourait. Elle haïssait la réserve. Elle refusait de parler à tante M. et à grand-mère, mais c'étaient des femmes sages et patientes. Elles savaient qu'avec le temps, elle changerait d'attitude, alors elles lui avaient laissé le temps. À l'époque, Agnes se battait avec chaque enfant de sa classe qui avait pu la regarder curieusement. Sim avait mis fin à cela. Un jour, elle s'était retrouvée cernée par des enfants plus âgés, les frères et les sœurs de ses camarades de classe, qui l'avaient rattrapée. Sim l'avait rejointe et elle avait cru qu'il allait combattre à ses côtés, mais il était arrivé derrière elle et l'avait ceinturée, emprisonnant ses poings dans les siens.

– Tu ne peux pas te battre avec le monde entier, Agnes, lui avait-il dit. Il faut que tu apprennes quand tu dois te battre et quand tu ne dois pas le faire, et cette fois-ci, je te conseille d'arrêter les frais. Est-ce qu'un de ces gosses t'a fait quelque chose ?

Agnes secoua la tête.

– Et toi, tu leur as fait quelque chose ?

Elle secoua la tête plus vigoureusement.

– Et à leurs frères et sœurs ?

Au bout d'un moment, Agnes acquiesça.

– Alors je vais leur parler. Toi, rentre à la maison.

Sim l'avait secourue ce jour-là, et bien d'autres fois encore. Il l'avait même accompagnée au bal de fin d'année le jour où son cavalier lui avait fait faux bond.

Tout ça, c'était une vie, et non une pile de dates, d'archives, de certificats et de documents. Dans l'esprit d'Agnes, les raisons de faire ce voyage se modifiaient. Les objets qu'Alison désirait tellement obtenir cessaient d'être son principal sujet de préoccupation. À ses yeux, ils n'étaient plus que cela : du bric-à-brac, des objets inanimés. Quand bien même ils auraient appartenu à Mary, ils ne pourraient jamais révéler à Agnes tout ce qu'elle avait besoin de savoir. Ce qui comptait vraiment, pour elle, c'était l'histoire de Mary, mais par quel moyen y accéder ? À sa connaissance, il n'y en avait qu'un, et elle devait se préparer mentalement à cette épreuve, en gardant toute son énergie.

CHAPITRE 8

LA RÉSERVE

Alison dépassa le panneau indiquant l'entrée sur le territoire de la réserve. À présent, elles se trouvaient dans une enclave autonome à l'intérieur de laquelle certaines lois de l'État n'avaient plus cours, la taxe à l'achat, par exemple. Alison en profita pour faire halte à l'une des stations-service bordant la route. Elle y déposa Agnes avant de repartir. Comme la route était encore longue jusqu'à Montréal, elle était pressée, mais elle griffonna néanmoins une série de numéros de téléphone qu'Agnes pouvait appeler après avoir parlé à sa tante.

Agnes prit la liste et la fourra dans sa poche en regardant les feux arrière de la voiture disparaître dans le lointain. C'était un peu étrange de se retrouver seule de nouveau, et elle avait froid après la chaleur de la voiture. Elle se dirigea vers un groupe d'immeubles disposés autour d'une place où les poids lourds faisaient halte ; un tabac qui faisait des promotions sur les cigarettes y côtoyait quelques boutiques de souvenirs proposant des objets fabriqués par les Indiens. Les articles hors taxes attiraient les acheteurs, qui pouvaient alors être tentés d'acheter quelques souvenirs. L'un de ces magasins, *La Voie de la Nature : médecine douce et herbes médicinales – Miriam Lazare*, appartenait à tante M., mais pour l'heure il était plongé dans l'obscurité.

Agnes s'éloigna, pensant se rendre dans l'un des bars à touristes où elle était sûre de rencontrer des connaissances, mais, arrivée devant l'entrée du bar, elle fit demi-tour. La maison de sa tante n'était pas loin et, dans l'immédiat, elle n'avait pas envie de parler avec quelqu'un d'autre. Il y avait comme une distance entre elle et tout ce qui l'entourait. Sa tête était emplie d'un bourdonnement, un bruit de fond sourd et persistant. Sa vision elle-même semblait déformée, comme si elle regardait à travers des verres barbouillés de vaseline.

Lorsqu'elle arriva chez sa tante, les lumières étaient éteintes. Avec un soupir, elle appuya la tête contre la rampe du porche. Elle ne s'était pas attendue à cela. Elle entra avec sa propre clef et inspecta les lieux. Il n'y avait personne, mais un mot scotché au réfrigérateur lui indiquait de se rendre au casino.

Qu'est-ce que sa tante pouvait bien faire là-bas ? Agnes avait depuis longtemps renoncé à comprendre tante M. ; mieux valait ne pas trop se poser de questions. Elle se contenta de charger de nouveau son sac à dos sur son épaule et remonta la rue vers l'enseigne du casino qui déversait sa lumière rose bonbon dans l'obscurité.

Grâce à son statut d'enclave, la réserve n'était pas tenue d'observer les lois sur les jeux et le casino faisait de bonnes affaires. Agnes dépassa les voitures qui faisaient la queue pour se garer et se dirigea vers l'entrée de l'établissement.

Elle reconnut le portier : c'était Ricky. Elle était sortie quelque temps avec lui pendant sa dernière année de lycée. Lorsqu'elle s'enquit de sa tante auprès de lui, il la regarda, perplexe, puis l'informa que Sim était là. Il saurait certainement où était tante M.

Ricky lui ouvrit la lourde porte en verre et elle entra. Des rangées de machines à sous s'alignaient devant elle, surmontée chacune des symboles du dollar : l'américain d'un côté, le canadien de l'autre. Personne ne remarqua sa présence. Les yeux fixaient les carrés lumineux clignotants et surveillaient le défilé des bandes. Les doigts appuyaient sur des boutons et les mains allaient et venaient entre les gobelets remplis de pièces et les fentes des appareils. C'était une soirée calme, pour l'instant du moins ; l'atmosphère était aussi douce que la lumière. Les seuls bruits provenaient des machines émettant de temps en temps un bip et, parfois, du cliquetis des pièces qui se déversaient en cascade. Les tables de black-jack étaient plus paisibles encore, chacune isolée dans son rond de lumière, certaines vides, d'autres occupées.

Personne n'eut un regard pour Agnes ; les joueurs ne parlaient même pas entre eux. Le jeu absorbait tout leur intérêt et toute leur concentration. Elle pouvait sentir la tension dans l'air. Gagner et perdre de l'argent, c'est du sérieux.

Agnes s'avança sur la moquette vert pistache, suivant les passages éclairés entre les tables de jeux de dés et de roulette, et se dirigea vers l'arrière-salle où l'on jouait au poker.

Sim s'y trouvait généralement. Le poker était sa spécialité. C'était un joueur très admiré. Les gens s'arrêtaient pour le regarder distribuer et manier les cartes dans son style nonchalant de gaucher. Agnes se souvenait des tours qu'il lui montrait sur le porche de la maison quand ils étaient enfants. Sa manière de faire onduler et couler les cartes d'un seul jet.

« Fais bien attention », disait-il, mais elle avait beau être attentive, elle ne parvenait jamais à découvrir comment il s'y prenait, comment il pouvait faire apparaître une carte à l'intérieur de sa poche ou en cueillir une derrière son oreille.

Les cartes étaient devenues son gagne-pain. Contrairement aux machines à sous, le poker requérait un certain savoir-faire. Les trucs et les tricheries étaient interdits, mais il avait gardé son tour de main d'illusionniste et son habileté à détourner l'attention de l'adversaire. Il pouvait deviner ses pensées et anticiper sa stratégie.

En plus, il gagnait toujours. Pas ici, ce qui aurait été contraire à toutes les règles, mais ailleurs, à Vegas, à Jersey City ou chez d'autres nations indiennes dotées de casinos, comme à Foxwoods ou à Turning Stone. Sim s'y rendait avec son oncle Jeb, qui dirigeait le casino, et faisait généralement une ou deux parties. Il équilibrait gains et pertes. « Il faut savoir abandonner la partie quand on domine. C'est parfois difficile, mais il le faut », disait-il. Généralement, il repartait avec une somme plus élevée que celle qu'il avait misée et il distribuait généreusement ce qu'il avait empoché. Il avait ainsi donné à Agnes une partie de ses gains pour régler ses droits d'inscription à l'université.

Agnes l'aperçut à l'autre bout de la salle. Il portait son uniforme de joueur, veste de smoking verte et chemise de soirée grise au jabot blanc orné d'un lacet noir dans le style western. Ses longs cheveux noirs étaient tirés en une queue-de-cheval qui accentuait ses hautes pommettes et la beauté de son visage mince. Il s'était laissé pousser la moustache depuis la dernière fois qu'Agnes l'avait vu, une ligne à peine plus large que le lacet de sa chemise et qui semblait avoir été tracée au crayon à sourcils. Elle le vieillissait ; Agnes supposa qu'il l'avait laissée pousser pour cette raison, mais elle ne lui seyait guère. Il ne cilla pas et ses yeux noirs ne changèrent pas d'expression tandis qu'elle s'approchait de la table. La concentration creusait la peau cuivrée de son front. Les cartes absorbaient toute son attention.

En réalité, Sim avait repéré Agnes dès son arrivée, même s'il n'en avait rien montré.

Il était en train de distribuer les cartes. Tout en surveillant les annonces, les « passe » et les cartes que les joueurs prenaient et posaient sur la table, il examinait la jeune fille. Elle était mince, trop mince, et elle avait l'air fatiguée et préoccupée. De plus, elle paraissait fébrile, comme si elle avait pris quelque chose, mais il savait que ce ne pouvait être le cas, pas avec Agnes.

Elle savait qu'il ne fallait pas le déranger quand il travaillait. Il terminait dans un quart d'heure. Il serait alors libre de parler avec elle. Du reste, ce n'était pas lui qu'elle voulait voir, mais sa mère. Sim percevait sa nervosité depuis l'autre extrémité de la pièce.

– Votre cousine est ici, chuchota au passage la serveuse qui apportait des consommations aux joueurs.

– Je sais. Dites-lui que j'arrive dès que j'aurai fini à cette table.

Quand Brad prit son tour pour distribuer les cartes, Sim se leva et se dirigea vers Agnes.

– Tu es trop jeune pour venir ici, dit-il. C'est réservé aux plus de vingt et un ans. Comment es-tu entrée ?

– Je suis sortie avec l'un des portiers quand j'étais encore au lycée, répondit Agnes en traçant des dessins sur la buée qui emperlait son verre.

– Lequel ?

– Ricky.

– Ricky Lacrosse ?

– Tout juste.

Sim hocha la tête comme s'il enregistrait l'information. Agnes se renfrogna. Il avait près de huit ans de plus qu'elle et il se montrait aussi protecteur qu'un frère. Parfois, elle aimait bien cela, mais cela ne lui donnait pas le droit de décerner des notes aux types avec qui elle sortait.

– Je cherche tante M., fit-elle.

Elle fit tourner son verre et les glaçons cliquetèrent comme de petites clochettes d'argent.

– Eh bien, elle n'est pas là. Tu sais ce qu'elle pense du casino.

– Je croyais qu'elle le soutenait à fond.

– Elle dit qu'elle préfère le bon vieux temps du bingo et qu'on s'amusait mieux autrefois.

– Et l'argent que ça rapporte ? C'est en partie le jeu qui finance mes études.

– Oui, je sais, ça paie aussi le médecin et le logement, et le casino est un endroit où les vieux peuvent aller. Mais il y a des projets d'expansion et ça l'inquiète : elle se demande où ça va nous mener. Elle se demande au bout de combien de temps nous allons nous mettre à nous chamailler et à nous battre comme des chiens pour un morceau de viande, à moins qu'un molosse ne vienne nous chasser.

– Tu crois que c'est ce qui va arriver ?

– On ne peut pas rester les bras croisés, répondit Sim en haussant les épaules. Si on ne bouge pas, quelqu'un d'autre le fera à notre place.

– Elle a pris position activement ?

– Disons que ses opinions sont connues.

– C'est ce qu'elle fait en ce moment ? Elle est à un meeting ou quelque chose de ce genre ?

Sim secoua la tête.

– Non, elle est au lac, répondit-il.

– Au lac Miroir ? Qu'est-ce qu'elle fait là ?

– Elle t'attend. Je dois t'y amener. Tu es prête ? Finis ton verre. Il faut y aller. J'ai juste quelque chose à prendre.

Il se leva, la guida entre les tables de jeu et les rangées de machines à sous, puis s'arrêta devant le stand où l'on vendait du tabac.

– Une cartouche de Marlboro, s'il vous plaît, Denise.

La femme assise derrière le comptoir lui tendit une cartouche qu'il passa à Agnes.

– Je ne fume pas, dit-elle en lui lançant un regard déconcerté.

Sim rit.

– Ce n'est pas pour toi, mais pour elle. Il faut offrir du tabac, tu te souviens ? C'est le présent traditionnel quand on va voir la sorcière. Et je suppose qu'il ne s'agit pas d'une simple visite de courtoisie ?

Agnes secoua la tête.

– Alors, prends-le et allons-y.

Elle haussa les épaules et le suivit sur le parking.

– Comment es-tu arrivée ici, au fait ? demanda Sim en ouvrant les portes de sa camionnette usagée et maculée de boue.

– Une certaine Alison Ellman m'a emmenée en voiture.

– Depuis Boston ? Ça fait un bout de chemin.

– Elle a dit que ça ne la dérangeait pas.

– Où est-elle, maintenant ?

– Elle devait se rendre à Montréal.

– Tout de suite ? Elle doit aimer conduire. Qu'est-ce qu'elle fait ?

– Elle travaille dans un musée. (Agnes ne put s'empêcher de sourire devant l'expression de Sim.) On ne dirait pas, à la voir. Elle est différente.

– C'est quelqu'un de bien ?

– Oui. Je crois que oui.

Sim hocha la tête, prenant note de l'information.

– Désolé pour la pagaille, dit-il alors qu'Agnes prenait place sur le siège du passager. On a fait une virée à Kahnawake avec des potes.

Agnes repoussa des emballages de barres chocolatées et des sacs de chips vides et parvint à poser les pieds au milieu des canettes aplaties et cabossées qui jonchaient le sol. Sim démarra pleins gaz, sortit du parking et, bientôt, passa devant le panneau indiquant l'entrée de la réserve. Le nombre de maisons diminua et les halos lumineux des porches s'espacèrent. À une ou deux reprises, un chien aboya sur leur passage ; ils s'enfonçaient dans l'obscurité, seuls sur la route. La nuit était froide et Sim avait allumé le chauffage. Agnes se débarrassa de sa veste. Il avait également mis de la musique, un groupe local de hip-hop indien : une voix douce, lancinante et modulée sur un fond sonore de tambours. L'ensemble avait un effet hypnotique. Agnes roula sa veste pour s'en faire un oreiller et contempla le paysage à travers la vitre. La lune montait dans le ciel. Un éclat blanc comme un os brillait à travers les branches nues des bouleaux. Il surgissait, étincelant, disparaissait, réapparaissait, on le voyait, puis on ne le…

– Alors, Agnes, ça te plaît ? Agnes ?

Après la deuxième question demeurée sans réponse, Sim jeta un coup d'œil à la jeune fille. Elle semblait dormir. Alors il baissa le volume ; ses doigts rapides pianotaient au rythme des percussions tandis qu'il reprenait doucement les paroles de la chanson.

CHAPITRE 9

MARY

Quelque chose remua derrière le rideau de neige ondoyant et une forme se dessina, grise sur un fond gris. On aurait dit un chien bondissant de tous côtés. Je crus que Tom était revenu, mais cet animal avait une tête et un poitrail plus grands, un museau plus long, des yeux plus étroits et plus écartés. Ce n'était pas un chien, mais un loup. Ses grandes pattes montaient et retombaient, soulevant des nuages de neige poudreuse. C'était une femelle : je voyais ses mamelles ; elle sautait continuellement, comme si elle traquait un petit animal, lapin ou souris, prisonnier de la neige. Elle jouait avec sa proie, s'accordant encore un moment avant de la saisir et de lui briser la nuque entre ses longues dents blanches.

Clignant les yeux, je fis tomber la neige de mes paupières afin de mieux voir. Alors, attentive au plus petit mouvement, la louve s'immobilisa, puis s'approcha de moi. Sa langue rouge pendait de sa gueule ouverte. Son souffle montait en panache dans l'air glacé. Soudain, je compris. Il n'y avait ni souris, ni lapin. La proie, c'était moi. Elle était venue me chercher.

Elle me regarda de ses yeux jaunes, la tête inclinée sur le côté, comme si elle hésitait entre me tuer maintenant ou plus tard. Je voulais que ce soit maintenant. Je lui fis signe d'approcher. Je préférais une mort rapide.

Elle s'avança pas à pas, en rampant presque, tel un chien rassemblant un troupeau de moutons. Enfin, elle s'arrêta devant moi. Je pensai : maintenant, elle va me sauter à la gorge. Maintenant. Je sentais sur moi son souffle chaud, la fétidité de son haleine. Je fermai les yeux, dans l'attente de la morsure. Elle ne vint pas. Au lieu de m'ouvrir la gorge, la louve se mit à me lécher le visage. Sa langue râpeuse faisait fondre la mince croûte de glace qui recouvrait mes joues et ranimait la peau de mon visage, insensibilisée par le froid.

Saisissant la manche de mon manteau entre ses dents, elle me tira en avant. Le jour déclinait et la neige tombait de plus en plus dru. Elle voulait me faire comprendre qu'il était temps de partir et que je devais la suivre. Je tentai de me relever, mais j'étais incapable de marcher. Mes pieds étaient complètement insensibles et mes jambes ne me soutenaient plus. Lorsque je voulus faire un pas, je trébuchai et tombai de tout mon long dans la neige. Cela se répéta plusieurs fois, et je sentis alors le peu de forces qui me restaient m'abandonner. La louve me regardait, la tête inclinée sur le côté, comme si elle examinait la situation avant de prendre une décision ; il neigeait de plus en plus, si bien que je pouvais à peine la distinguer. L'air semblait avoir épaissi comme une sauce pour se muer en une blancheur effervescente.

Au bout d'un moment, la louve se leva. Je crus qu'elle allait m'abandonner, car la nuit venait, mais elle n'en fit rien. Elle se mit à tourner sur elle-même comme un chiot cherchant à attraper sa queue. Ce n'était pourtant pas le moment de jouer, surtout par un temps pareil. Soudain, je compris ce qu'elle voulait faire. Elle construisait un abri en creusant un trou dans la neige. Elle creusait de plus en plus profondément et le trou se transforma bientôt en une véritable grotte. Lorsqu'elle s'estima satisfaite, elle revint vers moi et se mit à me tirer jusqu'à l'abri.

C'est à peine si je pouvais ramper, mais je réussis tout de même à l'atteindre. La louve s'agitait autour de moi, poussant la neige à coups de museau et de pattes, aussi consciencieuse qu'une ménagère nettoyant sa maison. Elle parut finalement satisfaite. Elle bâilla longuement pour indiquer qu'elle avait terminé et s'étira comme si elle était prête à partir. Je pris ma sacoche et tentai d'en défaire les fermetures, mais mes doigts étaient aussi raides et inutiles que des chevilles en bois. Je dus me servir de mes dents, mais je parvins enfin à l'ouvrir. J'en sortis le pain et le bacon noyés de graisse, les provisions que Sarah Rivers m'avait données. Jusqu'ici, je n'avais pas pensé à manger.

Je défis le linge qui enveloppait les vivres et lançai le bacon à la louve. Au lieu de le gober, elle le saisit avec précaution et se mit à le mastiquer délicatement en le tenant entre ses pattes. Je serrai le pain entre mes poignets, déchirai sa croûte avec les dents et le laissai fondre dans ma bouche pour le mâcher morceau par morceau.

La nourriture me réchauffa et me rendit quelques forces. Lorsqu'elle eut terminé le bacon, la louve se lova contre moi, tournant le dos à la neige qui tombait toujours. Je me blottis dans le creux formé par son corps, m'enfouis dans son long pelage d'hiver et plongeai les doigts sous les rudes poils gris et noirs pour empoigner l'épaisse fourrure soyeuse et blanche du dessous. Son corps dégageait une grande chaleur. J'appuyai mon visage contre le pelage pâle et doux de son poitrail et de son cou et calai mes pieds contre son ventre. Je ne m'étais pas sentie aussi bien depuis ma fuite. Sa chaleur me rendait la vie et l'espoir.

Nous restâmes blotties l'une contre l'autre pendant que la nuit tombait et que le vent hurlait, soulevant et amassant la neige sur nous, nous transformant peu à peu en une simple bosse, une congère parmi d'autres.

CHAPITRE 10

À TEHIONEHKATEH - EAUX VIVES / EAUX BRILLANTES - LAC MIROIR

La première chose qu'Agnes sentit fut une poignée de brindilles fumantes qu'on lui mettait sous le nez. Elle recula avec un sursaut et un cri devant l'odeur âcre d'herbe brûlée.

– Là, là, dit sa tante, qui lui soutenait la tête dans le creux de son bras. Ça va, maintenant, détends-toi.

– Je croyais qu'elle était juste endormie, dit Sim, le front plissé. J'avais monté le chauffage, mais quand je l'ai touchée, elle était très froide.

– Tu ne pouvais pas savoir. Aide-moi à la porter à l'intérieur.

Sim prit Agnes dans ses bras, l'emporta dans la maison et la déposa sur le lit de camp qui occupait un angle de la pièce. Il se souvenait d'avoir dormi ici enfant. Il recouvrit Agnes de la courtepointe en patchwork usée et repoussa une mèche de ses cheveux, lui effleurant la joue dans ce geste. Maintenant, sa peau était chaude, remarqua-t-il avec soulagement. Elle avait l'air si vulnérable ; il ne supporterait pas qu'il lui arrive le moindre mal. Ses lèvres remuèrent, formulant une incantation silencieuse pour l'en préserver. Il l'aimait comme une sœur et il avait toujours veillé sur elle depuis qu'elle était revenue vivre à la réserve, et même auparavant, quand elle ne faisait qu'y passer pour les vacances.

Sim revint sans un bruit au centre de la pièce. La cabane n'avait pas changé. Son arrière-grand-père l'avait solidement construite, assemblant d'épais troncs d'arbres avec un mortier à base de mousse et d'argile pour empêcher les vents d'hiver de pénétrer. L'intérieur ne comprenait qu'une pièce, avec une kitchenette à l'arrière et un porche à l'avant, face à l'embarcadère du lac.

La plupart des meubles avaient également été fabriqués par le vieil homme. Sim ne l'avait jamais connu, car il était mort longtemps avant sa naissance, mais il se sentait particulièrement proche de lui. Cet homme s'appelait Karonhiahkeson, Celui qui marche au milieu des nuages. Ce nom avait été transmis à Sim lors de la cérémonie de baptême qui avait lieu chaque année, au milieu de l'hiver : à présent, c'était son nom également. Il était heureux que rien n'ait changé dans la cabane. Il n'y avait pas l'électricité : l'intérieur était éclairé par la douce lueur d'une lampe à huile et chauffé au poêle à bois. Sim regarda autour de lui. C'était toujours la pièce qu'il avait connue enfant. Ç'aurait pu être la même cent ans auparavant. Il aimait penser que, si le vieil homme revenait, il y retrouverait immédiatement sa place et s'y sentirait chez lui comme autrefois.

Tante M. entra, portant le sac et la veste d'Agnes, qu'elle posa sur le dos d'une chaise. Soudain, elle se pencha et ôta délicatement quelque chose du col.

– Qu'est-ce que c'est ? demanda Sim.

– Une boucle d'oreille. (Elle l'éleva pour la lui montrer.) Elle a dû se prendre dans le col quand elle a enlevé sa veste.

Tante M. se dirigea vers le lit de camp sur lequel sa nièce dormait.

– Elle va s'en sortir ? demanda Sim, inquiet, en fronçant les sourcils.

– Ça ira maintenant qu'elle est avec moi. Tu veux prendre quelque chose ? J'ai mis du café à réchauffer.

– Non, ça va. Je dois retrouver Joannie. Il vaut mieux que j'y aille maintenant. Tiens. (Il fouilla dans sa poche et en sortit son téléphone portable.) J'aimerais que tu gardes ça, dit-il en élevant la main pour couper court à ses protestations. Je sais que tu ne veux pas de téléphone ici, mais je me sentirais plus tranquille, d'accord ?

À son grand étonnement, elle prit le téléphone sans discuter.

– Comment on s'en sert ? demanda-t-elle en le considérant d'un air soupçonneux.

– C'est facile. Tu appuies sur ce bouton pour l'allumer, tu composes le numéro, puis tu presses cette touche, tu vois ? Si tu as le moindre problème, ou besoin de quelque chose, tu m'appelles, promis ?

Sa mère acquiesça et mit le téléphone dans sa poche.

CHAPITRE 11

AU LAC MIROIR, LE PREMIER JOUR

Agnes s'éveilla dans un lit inconnu au cadre étroit et au matelas défoncé. Lorsqu'elle tendit la main pour prendre sa montre sur la table de chevet, ses doigts se refermèrent sur le vide. Elle ouvrit alors les yeux et vit des planches nues au lieu de la moquette de sa chambre. Elle ne savait absolument pas où elle se trouvait. La panique lui contracta l'estomac, puis elle leva les yeux. Des bouquets de sauge et des tresses d'herbe douce pendaient de l'étagère placée au-dessus de son lit ainsi que deux hochets taillés l'un dans une gourde, l'autre dans une carapace de tortue. Dans leur alignement, Agnes vit une blague à tabac constituée d'une peau de loutre repliée sur elle-même dont les pattes formaient le fermoir. Elle se trouvait soit dans l'antre d'un chamane, soit dans la cabane de tante M.

– Comment te sens-tu ce matin ?

Tante M. avait vu qu'elle s'était réveillée et s'approchait d'elle, une tasse fumante à la main.

– Ça t'est déjà arrivé souvent ? demanda-t-elle.

Agnes comprit à quoi elle faisait allusion.

– Deux fois. La première juste avant de contacter Alison, la seconde en venant ici, répondit-elle.

Elle avait l'intuition que sa réponse ne faisait que confirmer ce que tante M. savait déjà.

– Bois ça, dit celle-ci en lui tendant la tasse. Comment te sens-tu ?

– Bizarre. (Le thé noir aux herbes sentait bon, mais il avait un goût amer.) Plutôt fatiguée. Et vide. Comme si une partie de moi-même était absente.

C'était difficile à expliquer, mais tout ce qui l'entourait semblait plat. Sa vie lui paraissait insipide, dépourvue de sens. C'était comme de s'éveiller d'un rêve que l'on voudrait poursuivre. C'était un désir, plus qu'un désir, un besoin. Une sorte de faim. Agnes voulait retourner auprès d'*elle*.

– Hum. (Tante M. réfléchit un instant en sirotant son thé.) Tu as bien fait de venir me voir. Peut-être qu'elle est des nôtres et qu'elle ne te veut aucun mal, mais…

Tante M. n'avait pas besoin de terminer sa phrase ; la crainte et l'inquiétude se lisaient dans ses yeux. Les morts n'ont pas conscience de la valeur que nous attachons à la vie. *Elle* pourrait très bien emporter la jeune fille la prochaine fois qu'elle repartirait dans l'autre monde. Si l'incident de la veille se répétait, Agnes risquait de ne pas y survivre.

– Tu sais pourquoi je suis venue ? demanda la jeune fille.

– Bien sûr. Et tu sais déjà ce que je vais te dire, non ?

On ne peut pas être proches comme nous le sommes sans deviner ce que pense l'autre sur la plupart des sujets.

– Alors la réponse est non ?

Tante M. haussa les épaules.

– Tout dépend de ce que tu veux. À mon avis, les choses ont évolué. Cette Alison, elle aimerait avoir les objets de la sorcière, mais toi, tu n'es pas sûre de vouloir la même chose pour l'instant. Est-ce que je me trompe ?

Agnes secoua la tête. Quels que fussent ses efforts pour dissimuler ses pensées, tante M. savait toujours à quoi s'en tenir.

– Dans ce cas, je dois te prévenir qu'*elle* a de grands pouvoirs. Tu ne peux pas rester sans protection. C'est pour ça que je t'ai enveloppée dans la couverture en patchwork la première fois que c'est arrivé.

– Et la boucle d'oreille ? Elle était aussi censée me protéger ?

– Oui. C'est la même chose.

– Comment sais-tu, pour Mary ? Encore un truc de chamane ?

Sa tante gloussa.

– Pas vraiment. J'ai vu cette Alison Ellman parler de son projet sur History Channel et annoncer qu'elle recherchait des informations sur cette femme. J'ai lu le livre, aussi. Tu sais, on a des magasins, ici.

– Alors tu crois qu'il pourrait y avoir un lien ?

– Entre cette Mary et Katsitasionneh, Celle qui apporte des fleurs ? C'est même certain, je dirais. Quand on connaît l'histoire et les objets qu'elle a emportés. J'ai même organisé une cérémonie avec l'anneau et le médaillon, en partant du principe qu'elle est des nôtres et que si nous avons le don de la sorcellerie, c'est à elle que nous le devons en grande partie. Je pensais qu'elle me visiterait peut-être, mais c'est toi qu'elle a choisie.

– Pourquoi moi ? Pourquoi ça m'est arrivé ?

Sa tante réfléchit avant de répondre.

– Les mots sont chargés de pouvoir. Ceux qu'elle a écrits sont restés cachés pendant tout ce temps. Soudain, ils revivent et ils vont de par le monde. Tu as à peu près l'âge qu'elle avait quand elle les a écrits, c'est peut-être la raison. Quant aux rêves et aux visions que tu as eus d'elle, comment peux-tu savoir si elle-même n'a pas rêvé de toi, si elle n'a pas eu de visions de toi ? Ce qui se passe dans notre monde peut aussi se produire dans le monde des esprits.

Pour tante M., les esprits des défunts constituaient des présences perceptibles, vivantes et même quotidiennes, et le monde qu'ils habitaient était aussi réel que le nôtre.

– Tu veux dire qu'elle passe par moi pour raconter la fin de son histoire ?

– Peut-être est-ce précisément à toi qu'elle veut la raconter.

Tante M. se leva et fit signe à Agnes de la suivre. Elles sortirent dans le petit matin au milieu des chants d'oiseaux. Agnes avait oublié à quel point le paysage était splendide. Le soleil s'était levé dans un creux entre les collines et, à présent, il éclairait le lac sur toute son étendue, illuminant les bancs de brume et transformant l'eau en argent ciselé. Les arbres se massaient sur la rive. Les reflets des sapins et des épicéas sur le lac ressemblaient à des ombres. Des bosquets de bouleaux, aux troncs aussi brillants que du platine et aux branches sveltes couvertes d'un brouillard de jeunes feuilles, se penchaient vers l'eau comme des jeunes filles se préparant à laver leurs cheveux.

– Déshabille-toi et mets-toi à l'eau.

– Quoi ?

Ce n'était pas ce à quoi Agnes s'était attendue. Elle scruta la surface du lac. Bien que le printemps ait été exceptionnellement doux, il était encore en partie gelé.

– L'eau va être glacée !

– Ça ne va pas te tuer. Quand on était enfants, on devait casser la glace pour se baigner. Ce que tu as décidé de faire ne va pas être facile, Agnes. Si tu veux y arriver, il faut t'endurcir.

Agnes fit ce qu'on lui demandait. Elle se baigna nue, non qu'un maillot eût fait la moindre différence. La glace avait fondu sur les bords du lac, mais l'eau était si froide qu'au début elle se sentit complètement engourdie et crut qu'elle ne serait pas capable de le supporter. Cependant Agnes était bonne nageuse et, à mesure qu'elle s'éloignait de la rive, l'engourdissement disparut, remplacé par une sensation d'euphorie et de pur étonnement à l'idée de ce qu'elle parvenait à accomplir.

Elle nagea jusqu'au vieux ponton, puis retourna vers la rive. Elle sortit au moment où elle sentait revenir l'engourdissement. Sa tante l'attendait avec une serviette. Elle conduisit Agnes à la cabane pour y prendre le petit déjeuner, du café et des crêpes arrosées de sirop d'érable qu'elle avait récolté elle-même. Assise en face d'Agnes, elle était vêtue d'une chemise d'homme à carreaux, d'un pantalon en velours et de bottes d'ouvrier. Lorsqu'elle séjournait à la cabane, elle s'habillait toujours de façon pratique. Elle avait tressé ses cheveux. Elle avait eu une mèche blanche très jeune, comme Agnes. Maintenant, elle soulevait fréquemment l'une de ses tresses, remarquant que le reste de ses cheveux commençait à s'harmoniser avec la mèche. Son visage était tanné à force de rester dehors par tous les temps, et bien qu'elle eût parfois l'air sévère, en ce moment, elle souriait à Agnes. Cette dernière comprenait que, quand bien même sa tante ne le lui dirait jamais, elle venait de réussir une sorte d'épreuve. Tante M. pouvait se montrer rude, dure même, mais, en cet instant, ses yeux noirs pétillaient. Au même moment, Agnes l'aimait plus que tout au monde, et elle savait que tante M. lui rendait cet amour. C'était bon d'être ici avec elle, encore meilleur que toutes les fois précédentes.

Agnes n'était pas vraiment sûre de ce qui allait se passer ensuite, mais elle avait cru qu'elles partiraient aussitôt. Il fut bientôt évident que ce ne serait pas le cas. Après le petit déjeuner, tante M. voulut faire le ménage dans la cabane. Elle était restée fermée tout l'hiver et le sol était couvert de feuilles, de brindilles, de poussière et de crottes de souris. Il avait besoin d'être balayé et les vieilles tentures d'être battues ; les vitres étaient sales et le retour du soleil permettait d'aérer la literie.

Il fallait aussi fendre du bois pour alimenter le poêle et transporter les bûches de la pile de bois près de la cheminée de la cabane. Alors que la journée promettait d'être chaude, Agnes reçut l'ordre d'allumer un feu pour réchauffer la pièce après les longs froids hivernaux et en chasser l'humidité qui avait pu s'infiltrer pendant le dégel printanier.

Agnes balaya le sol autour des fauteuils à bascule qui encadraient la cheminée. Elle passa l'éponge sur la toile cirée de la table placée sous la fenêtre et remit les chaises en place. Sur une étagère occupant toute la longueur de l'un des murs, Agnes épousseta les classeurs en métal cabossé et rangea les livres. Un assortiment de vieilles cartes géographiques, de catalogues de graines et d'herbes mangées de mildiou voisinait avec un tas de journaux visiblement lus et relus et gorgés d'humidité. Ces derniers étaient calés avec une pile de pierres ramassées au bord du lac, certaines rondes, d'autres ovales, toutes aussi lisses que des œufs.

Tandis qu'Agnes faisait le ménage, tante M. s'affairait de son côté, se livrant à ce qu'elle appelait « quelques embellissements » : elle fixait aux murs blanchis à la chaux des photos découpées dans des magazines et des couvertures en laine aux couleurs vives, aux motifs à rayures ou en zigzags, afin de dissimuler les fissures qui formaient des toiles d'araignées et des filets.

– Voilà. C'est bien mieux comme ça ! (Elle recula pour

admirer le résultat, puis s'avança de nouveau, effleurant des doigts la surface écaillée du mur.) Il y aurait besoin d'une nouvelle couche de peinture, mais je pense que ça peut encore attendre.

Lorsqu'elles eurent terminé, tante M. refit du café. Elle le préparait à l'ancienne, en mettant à chauffer sur le poêle à bois une vieille cafetière en émail bleu écaillé et noirci qu'elle surveillait jusqu'au moment où le liquide brun giclait à travers l'épais dôme en verre du couvercle.

– Je n'ai pas de lait, ni de crème, dit tante M. en remplissant deux tasses.

Afin d'adoucir le breuvage, Agnes versa dans sa tasse un peu de sucre qu'elle avait pris dans un bol sur la table.

– Oh, j'avais oublié ! Je t'ai apporté ça, dit-elle.

Elle fouilla dans son sac, prit la cartouche de cigarettes et la posa sur la table. Tante M. accepta d'un signe de tête le présent traditionnel.

– Merci, mais j'ai arrêté, dit-elle en retournant entre ses mains l'emballage rouge et blanc. Fumer nuit à la santé, tu ne le savais pas ? Porte-les à Jack, à la cabane de pêcheur. C'est sa marque. Il fume encore. Il dit qu'il est trop vieux pour arrêter.

– Mais c'est de l'autre côté du lac ! Il y a encore de la glace, j'en ai vu !

– Ça ne posera pas de problème si tu fais attention. Tant que tu y es, tu pourras me rapporter des appâts, et il faudrait aussi faire des courses. Tiens, fit-elle en tendant une liste à Agnes. Si tu pars maintenant, tu seras revenue avant la nuit. Sinon, je laisserai une lampe sur l'embarcadère – cela te fera un point de repère.

Agnes retira le canoë en plastique orange délavé de sous sa bâche goudronnée et le mit à l'eau. Elle grimpa dedans avec précaution, disposa le tablier autour d'elle et s'éloigna de la rive d'un coup de pagaie. Cela faisait bien longtemps qu'elle n'avait pas navigué dans un canoë. Elle espérait qu'elle n'avait pas perdu le coup de main. C'était un jour calme avec un ciel bleu, sans le moindre souffle de vent, et elle glissait sur l'eau, guidant l'embarcation au milieu de blocs et de plaques de glace à demi fondus. La manœuvre lui revenait aussi naturellement que la pratique du vélo. Elle commença à savourer son aisance retrouvée sur l'eau, bien que son dos ressentît douloureusement l'inconfort de sa position et que la poignée de la pagaie lui irritât la main, crevant les ampoules qui s'étaient formées sur sa paume après une matinée passée à fendre du bois.

Jack prit les cigarettes avec des remerciements et la renvoya avec deux boîtes de vers et d'asticots colorés.

Agnes se rendit ensuite au petit magasin qui ravitaillait les pêcheurs et les estivants, attendit que l'employé lui ait fourni ce dont elle avait besoin et porta les sacs en papier remplis de provisions au canoë, où elle les répartit entre l'avant et l'arrière. Elle devait faire attention, sans quoi le canoë risquerait de trop s'enfoncer sous ce poids supplémentaire. Ses mains étaient encore plus endolories qu'à l'aller, si bien que le trajet de retour fut plus long.

Le soleil sombrait à l'ouest, répandant ses rayons sur le lac ; bientôt, on eût dit que la pagaie plongeait dans un or liquide et ruisselant. Tandis qu'Agnes se dirigeait vers la rive opposée, le crépuscule tombait ; le bleu du ciel s'assombrissait au-dessus d'elle et un brouillard blanc montait du lac comme une armée de spectres. Elle manœuvrait le canoë attentivement au milieu de blocs de glace dont elle sentait les chocs lorsqu'ils heurtaient les flancs de l'embarcation avant de s'éloigner.

Elle mena le canoë sur une étendue d'eau dégagée. Les étoiles scintillaient au-dessus et au-dessous d'elle et la lune brillait comme une pièce d'argent sur la surface ridée du lac. Agnes laissa dériver l'embarcation, la ralentissant autant que possible afin de ne pas troubler le reflet du ciel dans l'eau. Dans cet état de quasi-immobilité, il était presque impossible de distinguer où finissait le ciel et où commençait l'eau. Au-dessus d'elle, la Voie lactée scintillait – chemin des esprits, route des fantômes, voie empruntée par les morts au cours de leur voyage vers l'ouest. Elle s'ouvrait devant elle comme une autoroute de diamants.

Il faisait plus froid, la brume rampante et l'eau presque gelée glaçaient l'air autour d'elle, mais elle ne le sentait pas. Elle resta longtemps allongée au fond de l'embarcation, bercée par son mouvement, les yeux levés vers l'intensité silencieuse des étoiles. Selon la légende, chacune d'elles était un feu de camp allumé par les voyageurs qui traversaient le ciel pour rejoindre le couchant. Combien, parmi les siens, avaient emprunté cette voie ? Ils étaient aussi innombrables que les feuilles qui poussent au printemps et tombent à la fin de l'année. Pouvait-on faire le voyage en sens inverse ? Une âme pouvait-elle quitter le pays des morts pour retourner parmi les vivants ?

Elle aspirait intensément à connaître la réponse. Soudain, à côté d'elle, un poisson remonta vers la surface qui se rida, et le charme fut rompu. Elle tressaillit, se retourna et freina l'embarcation qui dérivait. Malgré sa répugnance à troubler la surface tranquille du lac, elle y plongea sa pagaie avec précaution et se dirigea vers la lumière qui clignotait au loin sur l'embarcadère.

CHAPITRE 12

AU LAC MIROIR, LE MATIN DU DEUXIÈME JOUR

Agnes savait qu'on la préparait à une quête de visions, mais elle commençait à trouver tous ces travaux ménagers fastidieux. On les lui avait certainement assignés dans un but précis, mais elle n'avait aucune envie de deviner lequel. C'était probablement une épreuve qui consistait en même temps à s'exercer à l'humilité et à s'imposer une discipline rigoureuse.

Ce matin-là, on l'avait de nouveau envoyée nager dans le lac, qui ne s'était nullement réchauffé depuis la veille. Ensuite, chargée de bidons en plastique, elle était partie chercher de l'eau à une source glacée au cœur de la forêt. Cette eau était censée avoir des vertus curatives ; elle ne gelait jamais, même au plus froid de l'hiver, et elle restait toujours fraîche et pure. On appelait cette source L'Eau limpide. Les trappeurs et les chasseurs blancs l'avaient baptisée le Puits des sorcières.

Lorsque Agnes arriva là-bas, il était plus de midi. Elle remplit les deux bidons, puis elle se pencha vers l'eau, les mains en coupe, pour boire et pour se rafraîchir le visage. Alors qu'elle plongeait les yeux dans ses profondeurs, le soleil fit étinceler au fond des pièces, des galets blancs, des cristaux de quartz et même quelques perles. Des offrandes à la déesse Mère, car c'est d'elle que jaillit l'eau, libre et pure, source de vie. Les Indiens avaient cru en elle dès les premiers temps. Agnes n'y avait elle-même jamais vraiment cru, mais elle fouilla quand même dans sa poche et lança dans la source une pièce de dix cents. Alors qu'elle adressait une prière à la déesse pour la remercier, la pièce brilla une fois ou deux sous le soleil avant de sombrer.

Agnes repartit, titubant un peu sous le poids des bidons pleins. Elle était probablement censée chercher des signes magiques, parcourir la forêt à la recherche de pointes de flèches, de pierres à l'allure bizarre ou de brindilles entrecroisées d'une certaine façon, afin que l'on sût si elle était prête pour la cérémonie que sa tante avait préparée à son intention.

Agnes se refusait pourtant à faire quoi que ce fût de semblable. Elle ne voulait pas transformer cette expérience en une pseudo-quête spirituelle, comparable à celles que sa tante organisait pour les gens de la ville qui venaient la voir pour leur « épanouissement spirituel ». Agnes estimait que les signes devaient se manifester d'eux-mêmes, sans quoi ils n'avaient aucune valeur.

Des plaques de neige subsistaient çà et là, atteignant jusqu'à un pied dans les zones d'ombre, mais cette neige était sale et peu profonde. Le soleil était haut dans le ciel et Agnes se rendit compte qu'elle transpirait. Les bidons étaient lourds et, pour ajouter à sa gêne, des nuées de petites mouches noires la harcelaient. Elles étaient moins nombreuses à cette période de l'année qu'à d'autres, mais malgré tout en assez grand nombre pour lui faire regretter amèrement de ne pas avoir emporté d'insecticide. Elles formaient des essaims autour de sa tête, la piquaient au cou et venaient se coller à sa peau en sueur. Comme elle portait un bidon dans chaque main, elle ne pouvait même pas les chasser.

Tout près d'elle, un geai bleu lança une note et un autre cri répondit au sien. Elle eut le réflexe de se protéger lorsqu'il jaillit des fourrés et descendit en piqué vers elle, puis elle poussa un juron quand le bouchon à vis de l'un des bidons sauta et que l'eau ruissela le long de sa jambe.

Lorsqu'elle arriva à la cabane, sa tante ne dit rien et se contenta de prendre les bidons. Agnes se demandait quelles tâches elle allait devoir effectuer ensuite. Tante M. posa les bidons et se dirigea lentement vers le seuil, où Agnes se tenait. Elle tendit la main et cueillit quelque chose sur la tête de la jeune fille et sur le col de sa chemise. Puis elle ouvrit la main, révélant deux plumes bleues. Elle sourit.

– C'est le moment. Viens, dit-elle.

CHAPITRE 13

AU LAC MIROIR, L'APRÈS-MIDI DU DEUXIÈME JOUR

Un feu brûlait à l'autre extrémité de la cour. Les flammes bondissaient, transparentes sous le soleil, faisant trembler l'air comme dans un mirage. Au milieu du foyer, des roches plates chauffaient sur des cendres blanches. La chaleur était intense lorsque, précédant Agnes, tante M. passa devant le feu et se dirigea vers un dôme bas, taillé dans la colline.

– Déshabille-toi et entre, ordonna-t-elle.

Agnes obéit, se déshabilla, repoussa la tenture en peau masquant l'entrée et pénétra dans un espace sombre qui sentait la terre et l'odeur âcre de la fumée.

Le sol était jalonné de morceaux de quartz blanc disposés en cercle et rayonnant d'un bloc central comme du moyeu d'une roue. Des banquettes de bois très basses et jonchées de couvertures et de peaux d'animaux s'alignaient le long des murs. Agnes alla s'asseoir sur l'une d'elles. Elle n'avait encore jamais pris part à une cérémonie dans une loge de sudation, ni même seulement mis les pieds dans l'un de ces endroits. Cela ressemblait à un sauna, tant par son principe que par sa fonction, mais elle devinait que ce qui se déroulait ici était probablement sans grand rapport avec les activités du club de sport du coin.

À l'origine, les cérémonies dans les loges de sudation n'étaient pas une tradition haudenosaunee, mais tante M. ne voyait aucune objection à adopter et adapter les pratiques d'autres tribus. Les voies de la sagesse étaient nombreuses. Elle ne pensait pas qu'une religion, une nation ou un peuple, puisse détenir le monopole de la vérité. Son cheminement individuel l'avait menée aux dépositaires des traditions les plus diverses. Elle avait introduit ce qu'ils lui avaient appris dans ses pratiques et elle avait utilisé ses pouvoirs magiques pour aider, servir et instruire ceux qui venaient à elle. Dans ces conditions, qu'importait que les cérémonies dans les loges de sudation soient d'origine lakota ?

La tenture de l'entrée se releva de nouveau et tante M. entra en poussant devant elle, à l'aide d'un bâton fourchu, une grosse pierre chauffée à blanc et couverte de braises qu'elle fit rouler vers le centre du cercle. Elle la manœuvra pour la caler dans un creux du sol à côté du bloc central. Elle sortit et revint un instant plus tard avec une autre pierre qu'elle plaça de l'autre côté du bloc, puis avec d'autres encore. Elle en apporta six en tout : une pour chacun des quatre points cardinaux, une autre pour la terre et la dernière pour le ciel.

Lorsqu'elle eut terminé, elle s'adressa à Agnes.

– Ici, je suis Kanehratitake, Celle qui porte les feuilles, et toi, tu es Karonhisake, Celle qui scrute le ciel. Nous avons laissé Miriam et Agnes avec nos vêtements, devant l'entrée. Tu comprends ce que je te dis ?

Agnes acquiesça.

– Bien. Maintenant, parle seulement quand je te le demande, fais ce que je te dis et ne m'interromps pas. C'est clair ?

Agnes hocha de nouveau la tête.

– Très bien. Allons-y.

Tante M. défit le linge dans lequel était enveloppée la pipe sacrée, et la remplit de tabac puisé dans la blague en peau de loutre. La pipe était courte, le fourneau et la tige taillés dans une pierre noire et lisse. Elle était d'un style peu courant et très ancienne. Tante M. l'alluma, offrit la fumée à la terre, au ciel et aux quatre points cardinaux, puis elle la tendit à Agnes. Cette dernière prit une bouffée en s'efforçant de garder la fumée en elle, mais ses yeux se mirent à larmoyer et elle dut lutter pour ne pas s'étrangler tant elle était âcre et épaisse. Tante M. posa la pipe au centre du cercle et prit des herbes dans les bouquets pendus au plafond. Elle les jeta sur les pierres brûlantes, où elles frémirent, se recroquevillèrent et se ratatinèrent avant de s'enflammer et de se muer en minuscules bouffées de fumée odorante.

Il faisait de plus en plus chaud. Tante M. laissa retomber la tenture de l'entrée, qu'elle masqua avec une couverture. Elles furent aussitôt englouties par une obscurité si complète qu'Agnes ne pouvait même plus distinguer sa main. Elle ne voyait plus que les pierres brûlantes qui rougeoyaient dans l'obscurité et répandaient leur lumière dans le dôme de quartz central, le remplissant d'une lueur fluide rose foncé.

Tante M. aspergea le sol d'eau avec une plume d'aigle et la température monta encore, au point qu'Agnes se demanda si elle pourrait le supporter. La sueur jaillit de tous les pores de sa peau, plaquant ses cheveux sur son crâne, ruisselant le long de son corps, gouttant de ses sourcils et coulant comme des larmes le long de son visage. Craignant de s'évanouir, elle se redressa, pour être frappée par une nouvelle vague de chaleur au moment où tante M. recommençait à asperger le sol.

Elle échouait avant même que l'épreuve n'ait réellement commencé. Elle voulut hurler dans l'obscurité moite et suffocante, dire à sa tante qu'elle n'en pouvait plus, qu'elle ne pourrait pas tenir plus longtemps. Elle n'était pas prête. Tout ce qui se déroulait à l'instant lui paraissait profondément incompréhensible et terrifiant. Elle voulut implorer la permission de partir, mais les mots refusaient de sortir de ses lèvres. Sa gorge se contractait, refoulant sa voix au fond de sa poitrine, et sa langue était lourde et inerte.

Au début, tante M. s'était montrée aussi bourrue et prosaïque qu'à l'ordinaire, mais à présent elle avait changé. Agnes ne l'avait encore jamais vue ainsi. Elle parlait dans la langue d'autrefois et l'on aurait dit une autre personne, quelqu'un qui ne tolérerait pas d'être interrompu. Réduite au silence, Agnes fixa du regard le bloc de quartz central. La lueur rose s'intensifiait et fonçait, vacillant à la surface où voletaient des ombres semblables à des papillons, comme si quelque chose remuait dans les profondeurs, à la recherche d'une issue par où s'échapper.

Tante M. parlait sans interruption, mêlant incantations et chants, appelant les esprits, si bien qu'au bout d'un moment ses paroles semblèrent suspendues dans l'air, dansant comme de la poussière dans la lumière du soleil. Elles avaient pour fond sonore le son profond et clair d'un tambour, aussi régulier et aussi proche que le battement du sang dans les oreilles. Le hochet en écaille de tortue éparpillait ses crissements aux quatre points cardinaux et des pieds nus martelaient le sol, décrivant les cercles d'une danse rituelle.

Agnes fit un dernier effort pour se lever et partir, mais il était déjà trop tard. Elle ne pouvait plus résister à ce qui allait survenir. Ses dernières forces l'abandonnaient. Elle était incapable de rester assise et de garder les yeux ouverts. Elle bascula en arrière et sa peau entra en contact avec les poils soyeux des fourrures et la douce rugosité des couvertures en laine. Elle avait l'impression de ne plus faire qu'un avec la chaleur et l'obscurité de la loge, comme si elle en était devenue partie intégrante ou comme si elles avaient pénétré en elle. Elle ne sentait plus son poids. Ses membres paraissaient désarticulés. Ses os, ses muscles et ses tendons semblaient se disjoindre au niveau du bassin, des hanches et de la colonne vertébrale. Elle n'avait plus de limites. Elle se dénouait de l'intérieur pour n'être plus rien, pour faire partie d'un tout.

Agnes ferma les yeux dans la chaleur et la moiteur de la loge de sudation. Elle les rouvrit dans une atmosphère sèche et froide. Elle n'était plus Agnes, ni Karonhisake, Celle qui scrute le ciel. Elle n'était plus américaine ni haudenosaunee. Elle était anglaise, elle s'appelait Mary et elle se rendit compte qu'elle était en train de mourir de froid.

CHAPITRE 14

L'HISTOIRE DE MARY

La neige avait cessé de tomber et le vent ne soufflait plus. J'étais dans un cocon de glace. Je restai un instant immobile, recroquevillée sur moi-même, surprise par le simple fait de m'éveiller. Au-dessus de moi, le ciel s'incurvait comme un dôme, d'un bleu laiteux derrière la mince croûte de glace formée par nos respirations. On se serait cru à l'intérieur d'un œuf.

J'étais seule. Je prêtai l'oreille, guettant le retour de la louve. Où était-elle allée ? Pourquoi m'avait-elle laissée seule ? Sans elle, j'allais mourir, j'étais certainement déjà en train de mourir. Je ne pouvais pas remuer ; cette grotte de glace serait ma tombe. Me sauver, pour m'abandonner ensuite – cette idée me frappa dans toute sa cruauté, faisant jaillir de mes yeux des larmes qui glissèrent le long de mes joues et couvrirent mon visage de givre. J'allais abandonner, me résigner au sort qui m'attendait quand j'entendis une voix toute proche, comme si quelqu'un me parlait à l'oreille :

– Aie confiance. Ne doute pas que je t'aime. Ce n'est pas parce que je ne peux pas rester avec toi que cela signifie que je t'aime moins.

À l'instant même, j'entendis un bruit qui ne venait pas du monde des esprits. Quelqu'un ou quelque chose s'approchait de moi. Je crus que c'était la louve qui revenait ; cependant je me pelotonnai dans mon trou, retenant mon souffle, comme si ma respiration pouvait à elle seule me trahir en perçant le dôme de fin cristal. Le pas léger d'un loup ne fait pas un tel bruit. C'étaient les pas réguliers d'hommes qui faisaient crisser la neige. Ils n'étaient pas très nombreux, mais il y en avait à coup sûr plus d'un. Il n'y eut pas d'appel, ni de cri tandis que les pas se rapprochaient. À l'exception de leur démarche pesante, ils se déplaçaient sans bruit. Chaque foulée était suivie du bruissement de la neige poudreuse. Ils n'étaient pas chaussés de bottes, mais de raquettes, comme les Indiens.

Ma coquille de glace craqua et se brisa. Alors que je croyais découvrir le visage peint d'un inconnu, je vis Geai qui baissait les yeux vers moi. Il était emmitouflé des pieds à la tête dans des peaux de raton laveur. J'ignorais comment il était arrivé là, comment il m'avait trouvée dans cette vaste étendue blanche, mais je savais que c'était lui.

Mon visage n'était plus qu'un masque glacé. Je ne pouvais même pas sourire à la vue de ses yeux noirs comme des baies et agrandis de joie. Je lui rendis son regard en croyant que mon esprit me jouait un tour, que ce ne pouvait être qu'un rêve. Une dernière vision de la vie que j'aurais aimé vivre avant que le froid ne m'emporte et que je ne sombre dans les ultimes ténèbres.

Les bras qui se tendaient vers moi étaient pourtant bien réels. Son sourire découvrit ses dents blanches tandis que, lâchant le bord de son manteau en fourrure, il se penchait vers moi pour me tirer de ma sépulture glacée.

Il s'agenouilla, balaya de la main la neige qui couvrait mon visage, puis il poussa un cri bref et une autre silhouette apparut derrière lui. C'était son grand-père, Aigle Blanc, drapé dans une peau d'ours. Il s'avança vers moi et son visage ridé se fendit en un sourire. Il se pencha, toucha mon visage, mon nez et mes joues. Geai retira ses gants fourrés avec ses dents et m'ôta mes gants en peau d'agneau trempés. Il prit mes mains entre les siennes. Son grand-père me retira mes bottes et examina mes mains et mes pieds de la même manière qu'il l'avait fait avec mon visage. Il dit quelque chose et se releva. Avec douceur, Geai passa ses gants chauds à mes mains et frictionna mes pieds nus en soufflant sur eux pour les réchauffer.

– Qu'est-ce qu'il a dit ? demandai-je.

Geai sourit.

– Il dit qu'elle a bien pris soin de toi.

– Comment m'avez-vous trouvée ?

– Cette nuit, grand-père a rêvé qu'il rencontrait une louve dans la forêt. Il s'est levé avant l'aube et m'a dit de me préparer à partir en emportant des fourrures, des mocassins et des gants. Nous avons trouvé la louve dans la clairière en bas de la grotte ; elle nous attendait. Elle nous a fait signe de la suivre et nous a menés à toi.

– C'est incroyable ! Elle m'a empêchée de mourir de froid. Elle a passé toute la nuit avec moi. Je ne comprends pas.

– Bien des choses sont incompréhensibles.

Il continuait de frictionner mes pieds et il ne s'arrêta que lorsque le sang recommença à circuler. La douleur était si vive que je poussai un cri.

Geai sourit.

– C'est bien. La sensation revient, et c'est comme si le feu et la glace se rencontraient, mais c'est une bonne chose. Tiens, je t'ai apporté ça.

Il fouilla dans son manteau et en sortit une paire de mocassins fourrés en poil de lapin qui enserraient les jambes jusqu'aux genoux. Ils étaient chauds. Il devait les avoir portés contre son corps, à même la peau. Il me les enfila en les faisant adroitement glisser sur mes pieds gelés.

J'avais été profondément engourdie. À présent, le retour des sensations réveillait en moi un flux d'émotions aussi douloureuses que la brûlure de mes doigts et de mes orteils. Je me cramponnai à Geai. Il nous drapa dans son manteau de fourrure, m'apportant la chaleur de son corps tandis que je sanglotais de soulagement et de joie. Il essuya les larmes qui coulaient sur mon visage, m'enveloppa dans le manteau en raton laveur, puis s'affaira pour allumer un feu.

– Ils vont voir la fumée, dis-je.

Je redoutais ce qui arriverait si le feu attirait des hommes de la colonie.

– Ils ne passeront pas, dit-il en désignant les congères autour de nous. Ils s'enfonceraient jusqu'aux hanches. Ils n'ont pas de chaussures pour marcher dans la neige.

Il m'installa devant le feu.

– Ne t'approche pas trop. Le sang doit recommencer à circuler petit à petit, me recommanda-t-il.

Il remplit de neige un petit pot métallique et le mit à chauffer, puis il prit dans un sac des feuilles qu'il émietta et jeta dans l'eau frémissante. Lorsque le breuvage fut prêt, il le versa dans un bol en argile.

– Bois ça et mange.

Il me donna un bout de viande séchée entrelardée de graisse qui avait un goût doux-amer de genévrier et de baies.

– Mâche lentement.

Il m'abandonna un instant pour aider son grand-père à couper des branches et de jeunes arbres qu'ils assemblèrent, formant un brancard, ce que les Français appellent un *travois.* Lorsqu'ils eurent terminé, ils m'enroulèrent soigneusement dans les fourrures, le manteau en raton laveur et une grande peau d'ours, et m'attachèrent au cadre avec des lanières. Du pied, ils poussèrent de la neige sur le feu qui s'éteignit dans un sifflement et égalisèrent le terrain aux alentours. Ils remirent leurs raquettes et Aigle Blanc balaya le sol de la clairière avec une branche afin que personne ne sache que nous étions passés par là. Enfin, Geai assujettit la lanière du portage sur son front comme un bandeau et se mit en marche, tirant le travois.

J'étais glacée jusqu'aux os et même les fourrures me réchauffaient à peine, mais le rythme cahotant du trajet me berçait et je me suis probablement endormie. Lorsque je m'éveillai, la nuit tombait. Les premières étoiles apparaissaient dans le ciel et nous étions au pied d'une grande falaise. Je reconnus l'endroit où ils séjournaient en hiver, mais je ne voyais pas comment nous parviendrions à la caverne, qui était sur les hauteurs.

– Laissez-moi ici. Je suis trop faible pour grimper, dis-je.

– Pas question, coupa Geai.

Soudain, lui et son grand-père s'immobilisèrent, la tête inclinée, écoutant attentivement un bruit apporté par le vent, un hurlement auquel répondait un autre, lointain, puis plus proche.

Je sursautai de frayeur en croyant que c'était les chiens de la colonie.

– On t'emmène là-haut, dit Geai en défaisant les lanières du travois. Les colons ne sont pas la seule chose que nous devions craindre. Les Mohawks se sont aventurés assez loin sur notre territoire. Ils peuvent très bien pousser jusqu'ici. À chaque lune, ils se font plus hardis, même par cette période de grand froid.

Un nouveau glapissement retentit, tout proche cette fois-ci. Je me pétrifiai en voyant surgir une forme grise au bord de la clairière. C'était un loup, et un grand. Quand il s'approcha, je reconnus la louve. Elle devait nous avoir suivis jusqu'ici. Elle s'assit dans la neige et nous fixa attentivement de ses yeux jaunes. Aigle Blanc lui parla sur un ton déférent et humblement reconnaissant. Il prit une pincée de tabac dans sa blague et la lança en l'air afin que le vent la porte jusqu'à elle.

– Que fait-il ?

– Il la remercie. Il lui offre du tabac parce que c'est un esprit, un *manitou* très puissant qui t'a prise sous sa protection. Être choisi par un tel esprit est un grand honneur. Grand-père croit…

Mais je n'avais guère besoin de plus amples explications.

Je regardai la louve dont les yeux jaunes clignèrent et étincelèrent, révélant ainsi qu'elle m'avait reconnue. Aigle Blanc n'avait pas besoin de me dire qui elle était. C'était ma mère. De même que ma grand-mère pouvait se transformer en lièvre, elle avait pris la forme d'une louve pour me sauver une fois encore de la malveillance des hommes. J'inclinai la tête et lui exprimai ma gratitude, pleine de contrition à l'idée d'avoir pu douter d'elle. Elle lança un dernier cri sourd et plaintif, puis elle se détourna et se fondit dans les ombres de la forêt.

La nuit tombait rapidement et le froid devenait mordant. Geai me hissa sur son épaule et commença à gravir un sentier étroit qui serpentait à flanc de falaise. Le chemin était raide et rocailleux et parfois il disparaissait complètement ; Geai devait alors escalader la paroi en se hissant d'un rocher à l'autre. Je craignis à plusieurs reprises d'être trop lourde pour lui ; j'avais peur qu'il ne me lâche ou qu'il ne glisse et que nous ne soyons précipités ensemble dans l'abîme, mais il grimpait toujours, lentement et méthodiquement, et nous nous approchâmes enfin de l'ouverture de la grotte. Son grand-père avait sans doute pris un autre chemin, car il nous attendait là ; il aida Geai à me hisser sur la saillie rocheuse.

La grotte était telle que je me la rappelais : une large ouverture dans le flanc de la montagne débouchant sur une chambre si vaste que ses limites se perdaient dans l'ombre. Aigle Blanc s'accroupit pour déposer des branches et des pommes de pin sur des braises rougeoyantes, rajoutant du bois à mesure que le feu prenait, puis il mit des pierres à chauffer.

Geai me porta jusqu'à un lit bas couvert de fourrures, sur lequel il me déposa. Il m'ôta mes mocassins et mes gants. Je voulus résister, car il était inconvenant qu'il fasse cela pour moi, mais mes doigts étaient tellement gourds que je ne pouvais pas m'en servir. Je ne pouvais même pas défaire mon manteau, sans parler des crochets, des boutons et des attaches de mes autres vêtements. Je demandai pourtant à Geai de me laisser me déshabiller seule, mais il secoua la tête.

– Tes vêtements sont trempés. Il faut tout enlever.

Il me dépouilla de mes vêtements, mais je lui dis que je pouvais défaire moi-même mes sous-vêtements. Il me tourna le dos pendant que je finissais de me déshabiller. Lorsque je fus complètement nue, je me glissai sous les fourrures épaisses et il m'en apporta d'autres. Alors que je croyais me réchauffer, je fus soudain prise de violents frissons qui me firent claquer des dents.

Geai enveloppa des pierres brûlantes dans des peaux de daim et les glissa dans le lit. Aigle Blanc vint m'examiner et sortit de la chambre. Il revint aussitôt avec une peau d'ours blanc qu'il jeta sur moi, puis il prit dans sa blague à tabac de petits bouquets d'herbes séchées et des boîtes à poudre en écorce de bouleau. Il préleva des feuilles sur les bouquets d'herbes et les émietta dans une bouilloire noire, où il vida également le contenu de plusieurs petits paquets. Tandis qu'il remuait le tout, je sentais l'odeur épicée du sassafras et du sumac en poudre.

Il goûta l'infusion, l'adoucit avec du miel, puis il se retira, laissant Geai prendre soin de moi. Geai m'apporta la boisson chaude. Je tremblais tellement que je ne pouvais pas tenir la tasse et que mes dents heurtaient le rebord. Il me maintint la tête et fit couler le liquide au fond de ma gorge. Malgré tout, je ne parvenais pas à me réchauffer. Geai remplaça dans le lit les pierres qui s'étaient refroidies. Il ajusta plus étroitement autour de moi la peau d'ours blanc. L'animal qui l'avait portée avait vécu loin d'ici, dans le Grand Nord, et sa fourrure était plus épaisse que celle d'aucun autre animal, me dit Geai. Pourtant, il aurait aussi bien pu s'agir d'une simple couverture de l'étoffe la plus grossière, car je ne me réchauffais toujours pas.

Geai attisa le feu jusqu'à ce que les flammes bondissent. Animaux et hommes bondirent au même rythme. Les formes gravées et peintes sur les parois semblaient s'animer pour descendre du mur, et bientôt la grotte se remplit de dieux et d'esprits menant une ronde incessante. Tout en dansant, ils chantaient une chanson sans début ni fin. J'éprouvai un sentiment d'effroi et d'émerveillement mêlés, si puissant que les frissons me reprirent.

Geai ne savait plus que faire pour me soigner. Finalement, il se glissa dans le lit et s'allongea contre moi pour me réchauffer. C'est alors que le tambour commença à battre, un battement tantôt lent, tantôt rapide – tantôt lent, tantôt rapide. Comme celui de mon sang. Et de mon cœur.

Le battement accéléra et le son d'une flûte résonna, tantôt bas et plaintif, tantôt aigu, de plus en plus aigu, presque insupportable. Enfin, la musique se tut. La danse des ancêtres cessa. Le monde ne tournait plus et je n'avais plus froid.

CHAPITRE 15

LA GROTTE DES ANCÊTRES

Je m'étais sans doute rendormie ; à mon réveil, Geai n'était plus auprès de moi. Son grand-père me montra l'entrée de la grotte, puis une silhouette humaine peinte sur la paroi : un chasseur accroupi, penché en avant, au corps aussi tendu que l'arc qu'il portait. Devant lui, un daim aux pattes avant tournées vers l'extérieur broutait paisiblement, sans le moindre soupçon de ce qui l'attendait. Je hochai la tête. J'avais compris. Geai était parti à la chasse.

Alors que j'allais m'asseoir, je me souvins que j'étais complètement nue. Je cherchai mes vêtements du regard, mais je ne les vis nulle part. Le vieil homme me fit un signe de tête comme s'il avait compris mon embarras.

Il sortit et revint un instant plus tard avec une pile de vêtements. Il les secoua pour les défroisser et les étala sur le lit. Comme ils gardaient des marques d'être restés longtemps pliés, il les lissa un à un avec une grande douceur, comme s'ils conservaient la chaleur de la personne aimée qui les avait portés. Ces vêtements, taillés dans une peau de daim blanche et souple et richement ornés, étaient très beaux. Les longues mains maigres du vieil homme voletaient au-dessus d'eux, défroissant les bordures décorées, touchant les motifs de perles et les broderies du col, des manches et de l'ourlet ; comme ceux d'un aveugle, ses doigts semblaient doués de mémoire, capables de reconnaître des contours autrefois familiers.

Il se retira pour me laisser m'habiller. J'enfilai la tunique et me drapai dans la jupe dont je serrai la ceinture autour de ma taille. J'enfilai les jambières attachées aux genoux par des jarretières et chaussai la paire de mocassins. L'avant de ces mocassins était orné de poils d'élan tissés et de piquants de porc-épic, et quatre fleurs aux pétales rouges étaient disposées en cercle autour de ce qui ressemblait à un petit oiseau blanc. Ces vêtements auraient pu avoir été taillés pour moi car ils m'allaient parfaitement.

Lorsque Aigle Blanc se retourna et me vit, il sourit. Cela lui arrivait rarement, mais en cet instant il me sourit. Il me contempla pendant un moment qui me parut long et ses yeux noirs s'assombrirent, la tristesse éclipsant soudain la joie. Il prononça quelques mots dans sa langue et, l'espace d'un instant, il parut encore plus triste. Soudain, il sortit et disparut dans un petit couloir, me laissant seule.

Je nattai mes cheveux, car je n'avais pas de coiffe pour les tirer en arrière. Je n'avais pas besoin d'un miroir pour savoir comment les miens me décriraient s'ils pouvaient me voir. Ils me regarderaient avec horreur et se détourneraient de moi avec une pitié méprisante, bien que je fusse la même personne que lorsque j'étais vêtue de lin blanc ou de kersey[11] gris. Je m'assis devant l'entrée de la grotte et attendis le retour de Geai en tournant et en retournant dans mon esprit les changements qui étaient survenus.

J'étais maintenant sa femme comme Rebecca était celle de Tobias, bien que personne n'ait célébré ou consacré notre union. Je ne pouvais plus retourner chez les miens. Jamais plus. Je ne voulais pas porter la lettre de l'opprobre sur ma manche. Je ne voulais pas nous exposer tous deux à avoir la joue marquée au fer rouge et à être fouettés sur l'ordre des autorités de la ville. Je voulais vivre ici, avec lui. Je ne voulais pas encourir de châtiment pour ce qui n'était pas un péché.

Je pensai aux paroles de la Ruth des Moabites :

Adjure-moi de ne pas te quitter, ni de faire demi-tour, car là où tu iras, j'irai ; là où tu vivras, je vivrai ; ton peuple sera mon peuple et ton Dieu sera mon Dieu.

Là où tu mourras, je mourrai et serai ensevelie ; que Dieu en décide ainsi pour moi, et plus encore, si autre chose que la mort nous sépare.

Le vent se lamentait et hurlait devant l'entrée de la grotte et la neige tombait, tourbillonnante et impétueuse, masquant le paysage désolé qui s'étendait en contrebas.

11. Étoffe de laine grossière à côtes, utilisée pour les bas et les vêtements de tous les jours (*N.d. T.*).

Malgré la fureur des éléments, j'éprouvais une paix profonde et un grand réconfort.

Le feu qui brûlait derrière moi me réchauffait ; les vêtements qu'Aigle Blanc m'avait donnés s'ajustaient à mon corps comme une seconde peau. Comme la Ruth de Juda, j'avais le sentiment d'avoir trouvé mon peuple et ma place en son sein.

Geai revint, couvert de neige. Ses yeux s'agrandirent à ma vue, mais il ne prononça pas un mot. Il se débarrassa de la carcasse de daim qu'il portait en travers de ses épaules et appela son grand-père. Ils conversèrent à voix basse. Comme je ne comprenais pas ce qu'ils disaient, je scrutai leur visage pour tenter de deviner le sens de leurs paroles. Geai me regardait avec une grande perplexité, et même une certaine appréhension. En quoi avais-je pu l'offenser ? Toute la joie que j'éprouvais de son retour m'abandonna et j'observai plus attentivement encore afin de deviner ce que le sort me réservait. Sans lui, je serais perdue, entièrement livrée à moi-même, mais ce n'était pas là ce qui me désespérait le plus. J'étais en proie à des émotions que je n'avais encore jamais éprouvées auparavant et pour lesquelles je n'avais pas de nom. Tout ce que je savais, c'était qu'il m'était plus précieux que la vie même. S'il ne voulait pas de moi, je ne voudrais pas d'un autre homme. S'il se détournait de moi, j'irais me jeter du haut de la falaise.

Je n'eus pas besoin de recourir à une telle extrémité. Tandis qu'il écoutait Aigle Blanc, son visage s'éclaira, comme s'il avait compris quelque chose. Je respirai de nouveau.

Geai lança ses manteaux de fourrure sur le lit et me fit signe de le rejoindre près du feu.

– Il te fait un grand honneur, dit-il en attisant le feu. Plus que tu ne le penses. Les vêtements que tu portes appartenaient à sa fille Oiseau Blanc. C'était sa plus jeune fille et sa préférée, l'enfant de son second mariage. Elle s'est d'abord appelée Petit Oiseau parce qu'elle riait et gazouillait quand son berceau se balançait à la branche de l'arbre. Quand elle grandit, ce fut comme si elle avait appris à courir avant même de savoir marcher, car elle semblait voler comme un oiseau.

– Qu'est-elle devenue ?

– Elle est morte dans son quinzième été. De la maladie de l'homme blanc, comme la femme de mon grand-père et ses autres enfants, y compris mon père, ainsi que ma mère, mon frère et mes sœurs. Presque toute la tribu a péri. Aigle Blanc se considérait comme responsable de ces morts. Il était *powwaw*, sorcier ; les gens venaient le voir pour qu'il les guérisse. Mais les esprits l'avaient abandonné et il n'avait aucun pouvoir contre la maladie de l'homme blanc. Il n'a pu sauver personne, pas même sa fille qui lui était si chère. Tout ce qu'il pouvait faire, c'était enterrer les siens selon les rites appropriés pour les préparer à leur voyage vers la demeure du grand dieu Kiehtan, au sud-ouest, où ils devaient vivre éternellement.

Les vêtements que tu portes avaient été confectionnés pour le mariage d'Oiseau Blanc. Elle aurait dû être enterrée dans ces mêmes vêtements, ou ils auraient pu être suspendus aux arbres près de sa tombe et laissés là jusqu'à ce qu'ils tombent en poussière. (Geai jeta un regard vers son grand-père qui, assis un peu à l'écart, nous observait.) Plus tard, il a raconté qu'Oiseau Blanc était venue le visiter en rêve et lui avait dit que ses vêtements de tous les jours lui suffiraient pour rejoindre la terre des esprits. Il devait garder ses beaux vêtements, ceux que l'on avait confectionnés pour son mariage, car un jour, quelqu'un en aurait besoin. Un jour, une autre fille viendrait à lui nue et il devrait l'habiller ; alors elle deviendrait comme sa propre fille.

– Et cette fille, c'est moi ?

– Ton arrivée confirme la prophétie. Mais il y a d'autres signes. Les ancêtres t'ont acceptée. La Mère Louve t'a prise sous sa garde, elle a montré qu'elle était ton esprit protecteur ; désormais, tu fais partie de son clan. Grand-père t'apposera sa marque, comme on m'a apposé celle que je porte, dit-il en me présentant sa joue, sur laquelle était tatouée en noir une forme ovale avec une tête massive, des pattes courtes et une queue en pointe. Elle indique que je suis du clan de la tortue. (Il baissa les yeux et sa voix se mua en un chuchotement.) Cela veut dire qu'il nous est permis de nous marier.

– C'est bien. (Je tendis la main et touchai sa joue, suivant du doigt les lignes creusées dans la douceur de sa peau.) Car nous sommes déjà mariés, repris-je, puis je saisis sa main et la serrai de plus en plus fort. Ne le sens-tu pas, toi aussi ?

Il sourit timidement, les yeux toujours baissés, ses longs cils courbes effleurant ses joues.

– Les ancêtres ont dansé à notre mariage, tu les as vus ? Tu les as entendus ? demanda-t-il.

J'opinai, soudain aussi timide que lui.

– Oiseau Blanc était là pour nous donner sa bénédiction. Grand-père a entendu sa flûte.

Ainsi fut-il. À dater de ce jour, nous vécûmes ensemble comme mari et femme.

CHAPITRE 16

ÉDEN

Au printemps, le monde se transforma. L'hiver desserra sa prise sur la terre. L'eau jaillit des montagnes et la neige fondit, reculant lentement vers notre repaire montagneux comme un tapis blanc. Au même moment, la forêt verdit et les feuilles se déposèrent sur les arbres comme un manteau de gaze. Les oiseaux affluèrent du sud, obscurcissant le ciel jour après jour au cours de leur voyage vers le nord.

Maintenant que les journées étaient plus chaudes, je descendais de la grotte avec Geai pour chasser, pêcher et cueillir ce que la forêt nous offrait. Il m'apprit à me servir d'un arc et à tuer, mais il m'enseigna également que toute créature possédait un esprit. Il tenait toute vie pour sacrée. Il adressait une prière solennelle à l'animal dont il avait pris la vie, lui disant : « Nous sommes désolés de te tuer, petit frère, mais nous y sommes obligés. Nous saluons ton courage, ta rapidité et ta force. »

Il m'enseigna sa langue et bien d'autres choses encore.

Nous nous délections de tout ce qui nous entourait : nous nous baignions dans les lacs et les rivières et nous nous arrêtions au-dessous des cascades, criant sous le froid glacial des trombes d'eau. Nous nous promenions main dans la main à travers des clairières tachetées de soleil, cueillant des fraises, des prunes et des raisins sauvages pour nous les offrir mutuellement. Nous nous en remplissions la bouche jusqu'à ce que le jus coule sur notre visage, goutte de nos mentons et ruisselle dans nos gorges. La forêt résonnait sans cesse du rire de Geai. Chaque jour était un délice et voyait grandir mon amour pour lui jusqu'à ce qu'il ne connaisse plus de limites. Il savait charmer les abeilles pour leur dérober leur miel : il grimpait aux plus hautes branches des arbres pour endormir la méfiance de ces petites créatures féroces et bourdonnantes afin qu'elles lui livrent leurs trésors. Il prenait alors leurs rayons débordants et ruisselants de suc sombre et poisseux pour me les apporter.

Ensemble, nous découvrions des prairies où nous restions allongés dans l'herbe haute, au milieu des fleurs qui se penchaient sur nous, baignés de soleil ; bientôt, je devins aussi brune de peau que lui. J'avais l'impression que nous étions au paradis ou que l'on nous avait transportés dans un Éden terrestre dans les jardins duquel nous nous promenions, tels une nouvelle Ève et un nouvel Adam. Jamais de toute ma vie je n'avais connu une telle félicité, un tel bonheur.

Et plus jamais je ne devais en connaître de semblable, bien que je n'en eusse pas conscience alors. Nous savourions pleinement chaque jour sans penser au lendemain. L'intervalle entre le lever et le coucher du soleil semblait s'étendre au-delà de la normale. J'aurais aimé pouvoir arrêter le temps, ralentir le soleil dans sa course et faire durer chaque jour éternellement. Mais c'est impossible. Si intensément que je voulusse le retenir, chaque instant glissait entre mes doigts et s'écoulait comme le sable d'un sablier.

CHAPITRE 17

LA CHAMBRE DES VISIONS

Je ne passais néanmoins pas tout mon temps avec Geai. Si j'étais sa femme, j'étais également la fille d'Aigle Blanc, et son élève. Quoi qu'il lui en coûtât de renoncer à ma compagnie, Geai devait parfois me laisser avec son grand-père afin qu'il m'instruise. Les leçons avaient lieu dans une chambre intérieure de la grotte dont l'accès était interdit à Geai.

C'était un endroit très mystérieux. Les parois étaient rougies à l'ocre : on aurait dit la matrice du monde. Comme le reste de la grotte, elles étaient couvertes de figures peintes et gravées dans la pierre, mais ces figures-là étaient *manitous*, car c'étaient les représentations d'esprits. Des autels creusés dans ces parois indiquaient les quatre points cardinaux ; Aigle Blanc y déposait des offrandes aux dieux de la grotte. Deux grands disques s'inclinaient vers le sol, l'un rayé, l'autre lisse, l'un représentant le soleil, l'autre la lune. Des oiseaux-tonnerre à la queue fourchue montaient en flèche et volaient entre les deux disques. Les esprits d'animaux se tenaient à l'affût ou rôdaient derrière des tentures anciennes devenues avec l'usure aussi fines que des toiles d'araignée. Ces tentures ornées de motifs en bandes ou en zigzags avaient été apportées par les ancêtres de la tribu et l'on racontait qu'elles venaient du sud-ouest, de la demeure du dieu Kiehtan en personne.

Cette chambre était un lieu sacré. La première fois que j'en franchis le seuil, je sentis la peau de mes bras et de ma nuque se hérisser de frayeur et de fascination, bien plus que dans n'importe quelle église où j'avais pu entrer auparavant.

J'éprouvais aussi d'autres émotions. Je m'y sentais proche de ma grand-mère, comme si j'étais de retour chez elle, car elle aussi croyait au caractère sacré de toutes choses : la lune, le soleil, la pluie et le vent ; la terre, mère et source de toute vie. Ma grand-mère percevait le caractère divin de tout être vivant, de chaque créature marchant, rampant, volant ou nageant sur la terre ou dans le ciel, les rivières, les lacs et les mers. Matin et soir, elle rendait hommage à l'ensemble de la création dans ses prières. Et ces croyances l'avaient menée à la potence.

Si elle avait vécu, elle m'aurait enseigné ces mystères. Aigle Blanc assumait désormais cette responsabilité.

– L'esprit est puissant en toi, me dit-il un jour. Je sais que c'est la vérité. Tu es née pour suivre la voie sacrée et je suis là pour te guider, mais il faut d'abord que je te raconte une histoire.

Néanmoins, il ne commença pas immédiatement son récit. Il demeura un instant immobile, et cette immobilité était comme une leçon pour moi. Son corps était mince, musclé et aussi souple que celui de Geai, mais son visage était sillonné de rides et ses cheveux tressés brillaient comme des cordes d'argent terni. Dans l'obscurité de la grotte, l'expression de ses yeux sombres aux paupières tombantes était indéchiffrable, mais lorsqu'il se pencha sur le gouffre de l'histoire qu'il s'apprêtait à me raconter, je décelai en lui une insondable tristesse. Je pressentis que cette histoire concernait sa fille, Oiseau Blanc. Il me regarda et son chagrin parut redoubler. Je ne concevais pas qu'une telle peine pût être éclipsée par une tristesse encore plus grande.

– Geai t'a dit que ma fille est morte, commença-t-il.

J'acquiesçai.

– Ce qu'il ne t'a pas dit parce qu'il était trop jeune pour le savoir, c'est que je l'ai ramenée du pays des morts afin qu'elle vive de nouveau auprès de moi.

– Comment as-tu fait ?

– Je l'ai suivie. Elle avait été l'une des premières de la tribu à tomber malade. J'étais *powwaw*, sorcier. Ma femme m'avait supplié de la sauver et j'avais fait tout mon possible, mais j'étais sans pouvoir contre la maladie de l'homme blanc. Elle s'était propagée avec la rapidité d'un feu dans un champ de maïs desséché, et j'étais impuissant. Je veillais ma fille du matin au soir et du soir au matin. Je la sentais s'éloigner lentement de moi. Un soir, j'ai dû m'endormir, car lorsque je me suis réveillé il faisait nuit noire. Soudain, je la vis se lever et sortir ; elle se déplaçait avec aisance et elle semblait vigoureuse, comme si la maladie ne l'accablait plus. Je me levai également, mais elle m'ordonna de rester ; elle me le dit trois fois en tout, puis elle s'en alla en me faisant promettre de ne pas la suivre.

« Je fus néanmoins incapable de tenir cette promesse. Je sortis à mon tour et je vis sa silhouette blanche entrer dans la forêt. Je la suivis en empruntant le même chemin à travers les arbres. Leur feuillage était épais, car nous étions en plein été, et il faisait si sombre que je voyais à peine où poser le pied.

« Le chemin menait à une large piste que je ne reconnus pas. Je regardai le ciel afin de m'orienter sur les étoiles, mais il n'y en avait pas. Le ciel était vide. Je baissai les yeux vers le sol. Il avait été foulé et mis à nu par d'innombrables pieds, et lorsque je regardai autour de moi, je vis des hommes et des femmes de différentes nations cheminer ensemble ; certains étaient vieux, mais beaucoup étaient jeunes, avec des bébés dans les bras et des enfants à leurs côtés.

« Ils avançaient en silence, sans me regarder. Je me joignis à eux et nous marchâmes ensemble en direction de l'ouest. Devant nous, le ciel devenait de plus en plus sombre et l'on ne voyait pas une lueur à l'est. Beaucoup de gens me dépassèrent pendant ce voyage ; j'en reconnus certains : mon fils aîné, sa femme, d'autres membres de la tribu morts récemment. La foule grossissait de jour en jour. Elle déferlait sur la route comme un grand fleuve. J'ignorais que la maladie en avait emporté autant. Je cherchais ma fille dans cette foule immense sans la trouver. Enfin, nous arrivâmes dans une vaste plaine où je vis scintiller d'innombrables feux. C'est là que les voyageurs se reposaient avant d'entrer dans la grande demeure de Kiehtan. J'allai de feu en feu, scrutant chaque visage illuminé par la lumière froide et blanche des étoiles, et enfin je la trouvai.

« Je la pris dans mes bras. Elle était aussi légère qu'une plume, j'avais l'impression de porter des vêtements vides. Je m'enfuis en courant et regagnai la route par laquelle nous étions venus. La foule se clairsemait à mesure que j'avançais, et bientôt il ne resta plus personne. Je m'arrêtai un instant pour me reposer et, lorsque je levai les yeux, je vis une lueur dans le ciel. Lorsque j'arrivai au camp, le soleil se levait.

– Vous l'avez sauvée ? Vous l'avez arrachée à la mort elle-même ?

Il secoua la tête.

– Ma joie fut de courte durée. Je la déposai sur son lit et la recouvris de mes plus belles fourrures, des peaux de loup noir et de lynx. Elle restait entre la vie et la mort et son souffle était plus vacillant qu'une flamme. Le lendemain et les jours suivants, son état n'empira pas, mais ne s'améliora pas non plus. Autour de nous, les miens mouraient, implorant mon aide, mais je ne faisais pas un geste. Je ne voulais pas la quitter un seul instant. Je savais qu'en me conduisant ainsi je commettais la faute la plus grave qui soit, ce que vous autres appelleriez un péché. J'en éprouvais de la honte et de la frayeur. Le peu de pouvoirs que je possédais m'avaient abandonné et je n'étais plus rien, puisque j'avais délaissé ma tribu dans le besoin et tenté de prendre la place des dieux, de tricher avec la mort.

Il se tut et contempla fixement le maigre feu qui se consumait au milieu de la pièce.

– Enfin, vint le moment où je n'eus plus le choix. Je lui ôtai moi-même la vie en posant ma main sur son nez et sur sa bouche, et cette fois, je la laissai faire seule le voyage. Cette nuit-là, elle me visita en rêve et me dit de ne pas la pleurer, car je devais apprendre à accepter ce que le sort me réservait. Elle me demanda de garder ses vêtements de mariée pour le jour où une autre viendrait et la remplacerait dans mon cœur.

« Je fis ce qu'elle m'avait demandé. Je conservai ses vêtements et les apportai ici. Mais accepter ? (Il leva les mains dans un geste de désespoir.) Mon cœur était à l'agonie, déchiré de pitié pour moi-même et noir de colère contre les dieux. Je ne pouvais pas retourner dans ma tribu.

Je voulus lui demander ce qu'il avait fait et où il était allé en ces temps d'affliction, mais il se détourna de moi pour contempler l'ouest. Je me gardai bien de troubler son silence. Enfin, il reprit la parole.

– Je suivis mes pieds, et ils m'emmenèrent vers le nord, au pays de la neige éternelle où tout n'est que lumière et ombre. Je vécus parmi ceux qui construisent leurs maisons avec de la glace. Ils m'apprirent à évoluer entre les différents mondes et m'enseignèrent la langue secrète des animaux. Je voulais en savoir davantage, alors ils me firent traverser le grand toit de glace du monde et m'emmenèrent dans un lointain pays boisé, le pays des Tungus, qui nomment leurs sorciers *chamanes*. J'appris beaucoup de ces derniers. Avant toute chose, ils m'enseignèrent que la véritable sagesse ne s'acquiert que par la souffrance. Je devins semblable à un mort afin de pouvoir renaître. Je voulais apporter mes nouvelles connaissances aux miens. (Il sourit, mais son sourire était amer.) Mais lorsque je rentrai au pays, il ne restait plus personne. Le village appartenait désormais à l'homme blanc. Il s'appelait à présent Beulah et il était gouverné par le chef John Son. Maintenant, va. Geai t'attend.

Les moments que je passais dans la chambre ressemblaient à un rêve. Au centre de la salle, trônait un grand récipient parfaitement circulaire, sculpté dans une pierre tendre. Je connaissais sa fonction, mais je répugnais à en faire usage. Je ne voulais rien savoir de ce qui devait advenir. Les visions du futur auraient pu troubler la calme surface d'un présent sans défauts, comme le vent celle d'un lac.

Un jour, Aigle Blanc m'envoya chercher de l'eau à une source spéciale. Il en remplit le récipient exactement de la manière dont ma grand-mère remplissait son bol de divination, puis il m'ordonna de scruter la surface de l'eau. C'était seulement en le regardant en face que je cesserais de redouter l'avenir.

Je vis des choses étranges : tantôt des événements du passé qui m'apparaissaient comme dans un rêve, tantôt la vision fugace de ce qui devait survenir. Parfois, ces visions étaient incompréhensibles. Au début, j'étais incapable de les maîtriser ; des scènes surgissaient, apparemment dépourvues de sens. Je vis une cité de pierre construite entre une falaise escarpée et un large fleuve noir. Je vis une cité de lumière aux édifices en cristal ornés de diamants. Je vis un visage de femme qui me regardait. Je ne la connaissais pas, mais en revanche elle me connaissait. Son regard exprimait la crainte et l'amour, ainsi qu'une profonde inquiétude. Elle me rappelait Martha, bien que ses longs cheveux fussent gris et tressés comme ceux des Indiennes. Elle avait des yeux noirs, une peau sombre, et portait une chemise d'homme à carreaux aux couleurs vives. Cette femme m'intriguait profondément ; je me demandais qui elle était et ce qu'elle me voulait. Parfois, je voyais ma mère, vêtue de velours comme lors de notre première rencontre. Elle parlait d'une voix basse et précipitée, et je l'écoutais avidement. Ce qu'elle racontait me troublait profondément, mais, quand j'émergeais de ces visions, j'étais incapable de me rappeler une seule de ses paroles.

Je devins plus habile, mes dons s'affinant avec l'expérience, et un jour le récipient me montra ce que je redoutais le plus. Un événement imminent menaçait mon état de parfait bonheur.

Je vis un homme courir sur une piste forestière ; l'ombre des feuilles tachetait son dos. Son corps luisait sous la sueur et la graisse d'ours dont il était enduit afin de le protéger des piqûres d'insectes. Il courait sans bruit et rapidement. Cette vision avait un sens caché. C'était comme une minuscule fêlure sur une surface de verre bien lisse, une fêlure qui allait s'étendre et se ramifier jusqu'au jour où le verre se briserait. Je me détournai du récipient, la mort dans l'âme.

– Quelqu'un va venir, annonçai-je.

Aigle Blanc avait également vu l'homme.

– Il arrivera quand le soleil sera au plus haut dans le ciel. Nous devons nous tenir prêts.

Lorsqu'une voix résonna en contrebas de la falaise, Geai saisit ses armes. Il s'approcha de l'entrée de la grotte en bandant son arc, puis, soudain, se détendit et abaissa sa flèche. Il pria le visiteur de grimper jusqu'à la grotte.

Un instant plus tard, un jeune homme de l'âge de Geai, ou peut-être un peu plus vieux, arrivait devant la grotte. Son visage était peint et des plumes dansaient à l'arrière de sa chevelure dressée en une crête ondulante. Il ne portait qu'un pagne et des mocassins, mais il était armé d'un arc et de flèches, et un couteau pendait à sa ceinture.

Geai s'avança pour le saluer et lui donna l'accolade comme à un frère. Le jeune homme s'agenouilla ensuite devant Aigle Blanc.

– Grand-père, je suis venu sur l'ordre du sachem Hoosac. Il te demande conseil.

– Pourquoi ? Il a d'autres *powwaws* et des conseillers.

– Aucun d'eux n'est aussi puissant ni aussi sage que toi. Des colons sont arrivés. Ils prétendent que notre terre est à eux. Ils offrent en échange des marchandises et des *wampums.* Ils ont apporté des papiers et ils disent que nous devons les signer. Ils disent que nous devons…

– Qui dit cela ? demandai-je en sortant de l'ombre où j'étais demeurée jusqu'ici et en m'approchant du jeune homme. Ses yeux s'écarquillèrent.

– Elle est yenguese !

C'est le mot que les Indiens utilisent pour désigner les Anglais. Aigle Blanc le regarda.

– C'est aussi la femme de Geai et mon élève, dit-il.

Les sourcils du jeune homme se haussèrent encore quand il vit sur ma joue la marque du loup qu'Aigle Blanc avait tatouée avec un pigment de charbon et un silex aiguisé ; néanmoins, c'est à moi qu'il adressa sa question.

– Quel est ton conseil ? demanda-t-il.

– N'acceptez rien d'eux, ne signez pas leurs papiers et n'y apposez aucune marque.

– C'est également votre réponse ? reprit le jeune homme en consultant Aigle Blanc et Geai du regard.

Aigle Blanc hocha la tête.

– Comme tu l'as dis, elle est yenguese. Elle connaît leurs pratiques, répondit-il.

– Très bien. Je vais rentrer et transmettre votre réponse à Hoosac.

Le jeune homme redescendit de la falaise et se dirigea au pas de course vers la forêt, où il disparut. Aigle Blanc se retira dans la chambre des visions et n'en ressortit que vers la fin de la journée.

– Il faut partir, et par le même chemin que lui, nous dit-il. J'ai peur de ce que Hoosac peut faire. Il n'a pas la sagesse de son père et il est cupide. Il est capable de tout vendre pour une poignée de bibelots. De plus, la saison s'achève. Yeux de loup aura besoin de la compagnie d'autres femmes. Nous ne devrions pas passer un nouvel hiver ici.

Geai regarda son grand-père, puis moi, et un sourire se forma sur son visage. Aigle Blanc savait ou avait deviné ce que je n'avais encore confié à personne. J'attendais un enfant.

CHAPITRE 18

AU LAC MIROIR, DANS LA LOGE DE SUDATION

Agnes remua et grogna dans son sommeil, mais tante M. se garda bien de la réveiller. Elle repoussa la tenture pour laisser pénétrer dans la loge l'air qui fraîchissait à l'approche du soir. Elle trempa la main dans un pot en terre rempli d'eau et en laissa tomber quelques gouttes sur la jeune fille afin de rafraîchir sa peau brûlante. Tout en alimentant le feu au dehors et en mettant d'autres pierres à chauffer, elle chantait. Lorsque les pierres furent brûlantes, elle alla les déposer au centre de la loge, à la place de celles qui refroidissaient. Ensuite, elle laissa retomber la tenture et jeta des herbes, puis de l'eau sur les pierres tout en fredonnant doucement et à voix basse.

Elle jeta encore de l'eau sur les pierres rougeoyantes et l'obscurité se remplit d'une chaleur moite, puis elle retourna s'asseoir au chevet de sa nièce. Agnes avait perdu toute conscience d'elle-même. Sa respiration était régulière et profonde, comme si elle avait atteint un état au-delà du sommeil. Si on l'avait piquée ou égratignée avec un couteau, elle n'aurait rien senti. Elle était aussi insensible à ce qui l'entourait que si elle avait été sculptée dans le bois ou dans la pierre.

Tante M. avait aidé beaucoup de gens lors de quêtes de visions. Une première vision qu'elle avait eue enfant l'avait désignée comme une élue qui avait accès au monde des esprits. À l'époque, cette première vision l'avait troublée, comme Agnes, elle avait été partagée entre l'émerveillement, la peur et le désarroi. Sa grand-mère l'avait aidée, assumant le rôle de guide et de gardienne. Sa sagesse avait représenté un enseignement précieux pour tante M. À présent, elle faisait appel à elle pour lui demander de prêter des forces à Agnes comme à elle-même. Tante M. avait déjà aidé d'autres gens dans des situations semblables, agissant comme intermédiaire entre la personne en quête de visions et les esprits. C'était un service qu'elle était fière de rendre, mais elle n'avait encore jamais travaillé avec quelqu'un qu'elle aimait comme Agnes. La crainte qu'elle éprouvait pour la jeune fille la bouleversait, troublant sa concentration, ébranlant sa volonté de garder la tête froide et de ne pas intervenir. Elle luttait de toutes ses forces pour chasser cette émotion de son esprit. En effet, la moindre intervention de sa part pouvait mettre sa nièce en grand danger. Il n'était plus en son pouvoir de l'aider, ni de prévenir le moindre malheur. La jeune fille avait rejoint un lieu auquel seuls les esprits ont accès.

Tante M. veilla Agnes toute la nuit. Elle ne pouvait rien faire d'autre, à part s'assurer qu'elle était confortablement installée et ne prenait pas froid. Or, à l'instant même, son corps était froid. Tante M. tira sur sa vieille chemise à carreaux pour la rajuster et sortit prendre des pierres chaudes sur le feu afin de maintenir une température élevée dans la loge ; lorsqu'elle eut terminé, elle s'approcha d'Agnes et l'enroula dans une couverture.

L'espace d'un instant, les yeux de la jeune fille s'ouvrirent, mais ce n'était pas Agnes qui la regardait. Ces yeux étaient d'un gris plus pâle et plus tacheté d'or, et leurs iris cerclés et striés de noir. Yeux de loup, n'est-ce pas ainsi que les Pennacook te nommaient ? Un nom bien choisi. Les yeux se refermèrent et Agnes poussa un soupir. Tante M. ne la quittait pas du regard.

– Tu l'as cherchée et tu l'as trouvée, dit-elle. Tout ce que je te demande, c'est de ne pas lui faire de mal, sinon je...

Sinon quoi ? Tante M. savait qu'elle ne pouvait rien faire, sauf veiller et attendre que tout se termine. Elle fit brûler un peu d'herbe douce et quelques pincées de tabac pour honorer l'esprit avant de reprendre sa veille dans la loge, assise à l'extrémité opposée de celle où gisait Agnes. Elle l'avait placée à l'ouest, siège du pouvoir féminin, demeure des esprits, lieu des rêves. Elle-même se tenait à l'est, siège du chamane, lieu du mystère, des miroirs et des échos. Elle remuait à peine, aussi immobile et sans âge qu'une figure sculptée dans le bois. Elle recommença à fredonner doucement et à voix basse, puis se mit à chanter. Elle chantait pour préserver Agnes du mal et pour lui donner des forces, tout en marquant la mesure avec un hochet en écaille de tortue.

Agnes revint à elle juste avant l'aube, au moment où les forêts environnantes résonnaient des premiers cris des oiseaux. Tante M. s'approcha d'elle et l'aida à se lever. La jeune fille se redressa avec difficulté, les jambes flageolantes, ses genoux se dérobant sous elle. Elle avait l'impression de s'être déshabituée de son corps, comme si elle avait été malade et alitée pendant une longue période.

Elles quittèrent la loge dans le petit matin qui nimbait le paysage de sa lumière nacrée. Tante M. mena Agnes au bord du lac. Cette fois-ci, cela ne la contraria pas de devoir nager. L'eau était d'un froid mordant, mais c'était une sensation vivifiante. Elle réveillait son corps, sinon son esprit.

Son esprit était encore ailleurs. Tante M. l'enveloppa dans une serviette et la ramena à la cabane. Agnes s'allongea sur le lit, soudain lasse. Son esprit commença à dériver. Elle redevenait Mary, et cette fois, elle sentit la transformation s'opérer. Ce fut différent de la première fois. Durant ces quelques secondes, elle prit conscience qu'elle n'était plus une jeune fille, mais une femme adulte.

CHAPITRE 19

À WEATUCK, AU VILLAGE

Ma vie était dure, mais n'en est-il pas ainsi de toute vie ? Les mots me viennent difficilement : je ne pense plus que rarement en anglais.

L'enfant que j'avais porté dans mon ventre à l'issue de ce séjour dans les montagnes se préparait maintenant à sa quête d'hiver, l'époque à laquelle il partirait dans la forêt pour en revenir transformé en homme. Mon fils, Renard Noir, s'était acquis ce nom par son agilité à la chasse. Féroce et rusé dans ses jeux avec les autres garçons, il avait rempli autant que le pouvait un jeune garçon la prophétie d'Aigle Blanc : le jour de son baptême, ce dernier avait prédit qu'il deviendrait un grand guerrier et un chef illustre. Mon cœur de mère s'était gonflé de fierté en cet instant, sans avoir jamais douté qu'il en serait ainsi.

J'avais ma place au village. J'y étais acceptée sous le nom d'Yeux de loup, femme de Geai, mère de Renard Noir et d'Oiseau Moucheté. Avec les autres femmes, j'accomplissais les travaux incessants des semailles, des cultures et des récoltes. J'avais appris à soigner les peaux et à les traiter pour les rendre bien souples. Travailler ne me gênait pas. Ces tâches ne me semblaient pas plus ardues que celles que l'on effectue dans une colonie ou dans une chaumière anglaise. Le travail d'une femme n'a jamais de fin, ici comme là-bas, à cette différence près : ici, nous travaillions entre femmes, sans mari, ni père, ni autorité quelconque pour réprimander, houspiller ou critiquer. Nous nous entraidions, généralement dans les rires et la bonne humeur. Aucun homme ne venait nous dire ce que nous devions faire. Aucun n'aurait osé. Les enfants gambadaient autour de nous, chassant les corbeaux, ou jouaient à portée de notre vue. Lorsqu'il était plus jeune, Renard Noir restait volontiers assis à côté d'Oiseau Moucheté et lui fabriquait des poupées avec des fanes de maïs pendant qu'elle construisait un village avec des feuilles.

Chaque saison comportait des travaux différents et la vie aurait pu continuer ainsi jusqu'à ce que je devienne une femme aux cheveux gris et une grand-mère. Et cette vie en valait bien une autre. Mais des troubles arrivaient du sud comme l'odeur de fumée portée par le vent lorsque la forêt prend feu.

La nuit précédente, il y avait eu un signe, un présage de si mauvais augure qu'à sa vue les poils se hérissaient et la peau se couvrait de chair de poule. Une ombre avait passé sur la lune, dont la face s'était couverte de sang. Alors, tandis que nous observions ce spectacle, l'ombre avait grandi et pris la forme d'une mèche de scalp de guerrier pendant à l'arrière d'un crâne sanglant.

Comme nous avions besoin d'Aigle Blanc pour interpréter ce signe, on m'avait envoyée l'interroger. Il était à présent très âgé et vivait de plus en plus dans le monde des esprits. Il n'avait que faire du monde terrestre et il aspirait à le quitter. Il s'était retiré de la vie du village en disant qu'il n'avait plus de conseils à donner. En temps ordinaire, ce souhait aurait été respecté, car tous le révéraient, mais la lune à mèche de scalp était un signe que l'on ne pouvait se permettre d'ignorer.

J'étais l'une des rares personnes autorisées à l'approcher. C'était certes peu courant pour une femme, mais j'étais maintenant une *powwaw*, une sorcière, et puissante de surcroît. Il m'avait transmis tout son savoir et, bien que je prisse rarement part aux cérémonies, mes conseils étaient respectés et mon savoir-faire de guérisseuse vital, comme, autrefois, celui de ma grand-mère. Grâce à Aigle Blanc, j'avais appris l'usage de la moindre écorce, racine ou feuille de la forêt, mais ce n'était pas tout. Je possédais des pouvoirs, et ces pouvoirs étaient encore plus étendus que lorsque j'étais jeune fille.

– Ça doit venir de là, m'avait dit Aigle Blanc en frappant sa poitrine de son poing. Autant que de là, avait-il ajouté en se tapotant le front.

J'avais appris à m'occuper des gens en bonne santé comme des malades, je savais soigner les maladies apportées par les Blancs, en particulier celle qu'ils appelaient la petite vérole, et toutes les fièvres qui ravageaient des villages entiers. Étant moi-même invulnérable à la maladie, je pouvais sans danger soigner les malades et préparer les morts pour les funérailles.

Néanmoins, j'étais bien plus qu'une guérisseuse : j'avais d'autres pouvoirs. J'étais redoutée pour les mêmes raisons que celles que l'on appelait des sorcières, car je pouvais convoquer les esprits et prendre la forme d'un animal ; je pouvais aussi bien nuire que guérir, tuer que soigner.

Aigle Blanc avait choisi sa retraite avec discernement. Rares étaient ceux qui osaient fouler un sol aussi sacré. Je m'avançais avec précaution afin de ne pas déranger les morts, frôlant au passage leurs vêtements en loques qui pendaient des arbres comme des toiles d'araignée.

Nulle fumée ne s'élevait dans l'air alors que je m'approchais de la clairière. Son wigwam était vide et son feu éteint. L'emplacement avait été soigneusement balayé et nettoyé, mais ses quelques rares possessions avaient disparu. Il était parti. Nous devrions affronter l'avenir sans lui.

Je retournai au village le cœur lourd, répugnant à être le messager d'aussi mauvaises nouvelles et à ajouter un mauvais présage à un autre. J'arrivai au moment où la fumée des feux du soir s'élevait des maisons longues et des wigwams. Bientôt, les familles se réuniraient pour commenter la journée et partager le repas du soir. Je m'immobilisai au sommet de la colline qui dominait le village. Un groupe d'hommes à cheval s'en éloignait, cheminant en file indienne sur le sentier étroit. À leurs chevaux et leurs chapeaux, je reconnus des Anglais.

J'attendis qu'ils se soient suffisamment éloignés avant de descendre de la colline. Je prenais garde à ne jamais être vue d'aucun d'entre eux. Je ne voulais pas qu'ils apprennent que l'une des leurs vivait parmi les Indiens. Non qu'ils eussent été capables de le remarquer : en tant qu'indigène, j'étais comme invisible pour eux. Toutefois, par précaution, je m'arrangeais pour rester au potager ou dans mon wigwam lorsque des Yenguese venaient au village, qu'il s'agît de voisins ou de marchands de passage.

Je vis Geai rentrer avec les autres hommes. Ils avaient fait bonne chasse. Des gibecières gonflées et des fardeaux de fourrures et de plumes pendaient de leurs ceintures et ils portaient en riant un daim suspendu à des perches. Oiseau Moucheté se précipita à la rencontre de son père. Il fondit sur elle, la cueillit et la prit sous son bras comme un animal qu'il aurait capturé dans la forêt. Elle gloussait et se tortillait avec délices. C'était un jeu entre eux depuis qu'elle était toute petite. Il la souleva et l'assit sur ses épaules, bien qu'elle eût maintenant huit ans et que ses jambes pendissent au niveau de sa ceinture. Elle empoigna ses tresses comme les rênes d'un cheval et lui talonna les côtes sans douceur afin qu'il piaffe et parte au galop pour elle. Un instant plus tard, il s'arrêta sur son ordre et leva les yeux vers elle ; tous deux rirent de quelque chose qu'elle disait et je ris avec eux. Il en avait été ainsi presque tous les jours depuis qu'Oiseau Moucheté avait rampé hors de son berceau. Elle était sa préférée et il la gâtait. Il ne pouvait rien lui refuser.

Je restai immobile et les observai tandis que le sourire mourait sur mes lèvres. Je savais que c'était un moment dérobé au temps, le dernier de cette sorte. Un moment qu'il fallait savourer et garder à l'esprit ; un moment que l'on ne devait pas oublier.

À côté de Geai marchait Renard Noir. Il allait sur ses quatorze ans, il était grand pour son âge, presque aussi grand que son père, et tout gonflé de l'importance de participer à la chasse. Visiblement, il voulait parler de choses sérieuses avec son père et l'interruption de sa sœur l'exaspérait. Elle l'avait éloigné de lui. Renard Noir était mon aîné et mon favori, mais l'amour d'une mère ne suffit pas. Il avait besoin de l'attention et du respect de son père. Les yeux rivés au sol, il tentait de maîtriser sa fureur. Dans un instant, il s'éloignerait à grandes enjambées. L'envie de jouer l'avait quitté. Il voulait devenir un homme, bien qu'il fût encore assez jeune pour bouder.

Dans le lointain, sur l'autre rive du fleuve sinueux comme un serpent argenté, un autre village s'étendait. Là-bas aussi, la fumée montait de cheminées en pierre pour s'étendre et dériver dans l'air paisible de juillet. Chacun des deux villages se dissimulait à la vue de l'autre derrière de hautes palissades, mais depuis de nombreuses années ils vivaient côte à côte en paix et même en bonne amitié. Je baissai les yeux et ma tristesse s'accrut. Cette bonne entente était sur le point de cesser.

Je ne m'étais jamais approchée de la colonie anglaise, mais je l'avais vue croître et se développer. Je pouvais me représenter la vie que l'on y menait, et qui me rappelait beaucoup Beulah. Dans quelques instants, les hommes rentreraient, accompagnés de leurs fils, comme autrefois John Rivers ; les mères se tiendraient sur le seuil de leur maison, comme Sarah, et appelleraient leurs enfants pour le dîner. J'avais vécu dans une colonie anglaise et dans un village indien, et je méditai sur le peu qui les séparait réellement pour l'essentiel : la maison, le foyer et la famille.

Indiens et colons croyaient aux rêves et aux présages. La lune à mèche de scalp brillait sur tous, et tous l'auraient considérée avec la même inquiétude. Un temps d'épreuves approchait et tous allaient se tourner vers un esprit supérieur afin qu'il les guide et leur accorde sa bénédiction. Qu'importait alors que cet esprit se nomme Dieu ou le Grand Manitou ?

Au cours des mois précédents, des messagers étaient venus au village, envoyés par Metacom, le sachem des Wampanoags, que les Anglais appelaient le roi Philip. Le conflit en cours opposait Metacom aux colons de Plymouth, mais les griefs du sachem étaient les mêmes que ceux d'autres tribus. Partout, les colons anglais empiétaient sur leurs terres, les en délogeant par ruse et clôturant les terrains de chasse. Et les difficultés ne faisaient que croître, car les puritains ne supportaient aucune différence. Ils voulaient que les Indiens renient leurs croyances pour devenir chrétiens. Ils voulaient qu'ils renoncent à leur vie nomade et troquent la peau de daim contre le tissu, les pagnes contre des vêtements. Ils voulaient qu'ils s'installent à demeure dans des colonies, comme ceux que l'on nommait les Indiens-qui-prient, et adoptent la charrue.

La guerre avait fini par éclater. Metacom s'était aventuré au-delà de ses terres pour aller incendier des colonies et tuer les soldats envoyés pour les protéger. Des signes jalonnaient les pistes, gravés dans l'écorce des arbres à l'intention des Indiens, mais pour les colons, cette guerre était totalement imprévisible, comme la pluie des montagnes lointaines qui enfle les fleuves et submerge les plaines.

Les Anglais que j'avais vus quitter le village avaient été effrayés et choqués par les nouvelles arrivant du sud. Ils étaient venus s'assurer que rien de semblable ne se produirait ici. Alors que le sachem était disposé à offrir de telles garanties, certains des Anglais s'étaient montrés arrogants et avaient plastronné, le menaçant de terribles représailles si la tribu prenait le parti de Metacom. Cette attitude avait provoqué la colère des Indiens, notamment celle de jeunes hommes. La joie d'une chasse fructueuse était maintenant oubliée. Je pénétrai dans un village déchiré par les dissensions, en proie à l'agitation et à la peur.

Le soir même, un conseil fut réuni. On m'invita à me joindre aux hommes rassemblés autour du feu. J'étais une *powwaw*, l'une de ceux dont les rêves et les visions sont véridiques. J'avais été l'élève d'Aigle Blanc. Comme il ne pouvait assister au conseil, je devais le remplacer. J'étais également Yeux de loup. Tous savaient mon histoire. Je connaissais les pratiques des Anglais, car autrefois j'avais été des leurs.

La maison longue était bondée, l'air épaissi par la fumée du feu qui brûlait au centre et des pipes des hommes assis en cercle autour du foyer. Hoosac, le sachem, avait pris place à côté de son frère Coos, qui était *muckquopauog*, chef de guerre. Face à eux se tenaient ses *ahtaskoaog*, ses principaux hommes et ses aînés. Les mères du clan étaient également présentes. J'allai m'asseoir à côté d'elles.

La lueur vacillante du feu éclairait des visages fermés et sinistres, faisant luire les muscles et les peaux. Il y avait un étranger parmi nous. Sa coiffure et son habillement révélaient son appartenance à une autre nation. Son visage était orné de peintures de guerre. C'était un Wampanoag, un messager envoyé par Metacom. Il s'inclina et demanda la permission de prendre la parole. Sur le consentement du sachem, il s'adressa ainsi à l'assemblée :

– Metacom vous envoie ses salutations, ainsi que de nombreuses ceintures de *wampum*, dit-il en tendant de grandes ceintures brodées de perles violettes et blanches. Il les envoie en gage de son affection pour les Pentucket. Il dit qu'il combattra seul au besoin, mais il fait appel à vous en tant que frères, il fait appel à toutes les nations afin qu'elles s'unissent pour l'aider à chasser les Anglais du pays et à leur faire reprendre la mer.

Lorsqu'il eut terminé, Hoosac le remercia pour ses paroles et pour les perles, puis il se tourna vers le conseil afin de connaître son opinion.

– Voilà ce que je dis, fit Coos. Nous devons nous battre. Metacom a demandé notre aide, alors nous devons le rejoindre. Il est temps que nous nous dressions contre les Anglais. Il est temps de reprendre ce qui nous appartient et de les renvoyer à leurs bateaux en bois.

– C'est trop tard. Ils sont trop nombreux maintenant. Nous aurions dû le faire dès leur arrivée, dit Hoosac, qui s'adressa ensuite à l'étranger. Du reste, Wannalancet dit que nous ne devrions pas nous mêler à cette querelle. Elle n'aurait pas éclaté si un homme de Metacom n'en avait pas tué un autre et n'avait pas ensuite refusé la sanction prévue par les lois des Anglais.

Il y eut des acquiescements dans tout le cercle. Wannalancet était *ketasontimoog*, le grand sachem des Pennacook. Le groupe de Hoosac lui devait fidélité.

– Pourquoi devrions-nous obéir à leurs lois ? ricana le Wampanoag. Ce sont des lâches. Ce sont des faibles. Si nous prenons les armes contre eux, ils détaleront comme une bande de femmes ! Et si nous ne combattons pas, comment pourrons-nous continuer à vivre comme des hommes ?

Tous l'approuvèrent d'un signe de tête. Alors je pris la parole.

– Ils ne sont pas faibles. Ils se battront avec acharnement et ils peuvent se montrer plus impitoyables qu'aucun d'entre vous ne l'imagine.

Le Wampanoag me foudroya du regard. J'étais une femme et une Anglaise, si bien qu'il ne me considérait pas comme digne d'être écoutée.

Hoosac surprit le regard qu'il m'avait lancé.

– Tous ceux qui sont invités au conseil ont le droit d'être écoutés, fit-il doucement, mais avec une grande autorité. Tu as parlé, à présent c'est son tour. C'est ainsi que cela se passe chez nous.

– Et elle dit la vérité, intervint Plume Noire, l'un des vieillards, se rangeant à mon côté. Qui pourrait oublier comment les Anglais ont semé la mort chez les Pequots ? Je n'étais alors qu'un jeune homme, mais je me souviens du moment où l'on a appris ce que les Anglais avaient fait aux Pequots à Mystic Fort. Ils ont attaqué à l'aube, incendié le camp et tué tous ceux qui tentaient de s'enfuir, hommes, femmes et enfants, ils les ont abattus avec des mousquets. Quatre cents personnes en tout. C'était un tel massacre que même les Narrangset et les Mohegan, qui étaient les alliés des Anglais et les ennemis des Pequots, même eux ont été choqués et écœurés quand ils l'ont su.

– Plume Noire a raison, fit un autre aîné. Et ce n'est pas tout. Les Anglais n'ont eu de cesse que tous les Pequot ne soient morts ou dispersés. Ils ont fait les choses à fond.

Je repris la parole pour évoquer l'époque de mon enfance, lorsque, dans l'Angleterre déchirée par la guerre civile, les Anglais se battaient férocement, frère contre frère, voisin contre voisin. Je racontai comment, en Irlande, Cromwell avait fait passer des villes entières au fil de l'épée.

– Et c'étaient les leurs, des Yenguese comme eux ?

J'acquiesçai.

Hoosac secoua la tête, stupéfait d'une telle sauvagerie. Il prenait de l'âge et c'était un homme doux et prudent. L'évocation de la guerre ne l'enflammait pas comme ses frères plus jeunes. Il tenterait de garder les siens à l'écart du conflit aussi longtemps qu'il le pourrait.

Le débat se poursuivit, mais Hoosac avait déjà pris sa décision. La tribu n'était pas en conflit avec les Anglais. Elle ne s'engagerait pas dans cette querelle, du moins pas dans l'immédiat. Elle attendrait avant de prendre position.

Tous n'entendirent pas le sachem annoncer sa décision. La foule rassemblée dans la maison longue s'était peu à peu clairsemée. Le Wampanoag et Coos, le frère du sachem, étaient déjà partis, suivis d'autres jeunes hommes qui s'étaient éclipsés dans la nuit, résolus à se joindre au combat.

La vie reprit son cours normal jusqu'à l'approche de l'automne. Nous semions et cultivions maïs, citrouilles et haricots dans les jardins potagers. Nous confectionnions des nattes avec des joncs, préparions des cuirs pour les vêtements et les mocassins, fumions et faisions sécher la viande et le poisson en prévision des mois d'hiver. À présent, toutefois, ce travail était effectué sans la bonne humeur habituelle. L'atmosphère manquait d'entrain dans les potagers comme au village. Lorsque les hommes partaient chasser ou pêcher, les femmes s'acquittaient de leur travail dans un silence presque complet et avaient à peine conscience de ce qu'elles faisaient, perdues dans des réflexions sans fin sur ce que la guerre allait leur coûter. Les enfants eux-mêmes avaient cessé de bavarder et de jouer pour se concentrer sur leurs tâches, qui consistaient à chasser les corbeaux des potagers, à apporter de l'eau et à ôter les insectes des pousses de maïs, car désormais chaque épi mûr stocké représentait une assurance contre la faim et le dénuement.

Même lorsque les hommes étaient présents, l'ambiance n'était guère meilleure. En temps normal, le retour de la chasse était un moment de fête, une célébration de l'abondance, mais à présent il n'y avait plus guère de réjouissances. Nous fumions et faisions sécher la viande que les hommes nous apportaient avant de l'entreposer dans des garde-manger souterrains, tandis que les hommes rassemblés en petits groupes parlaient à voix basse.

Lors des étés précédents, Renard Noir et Oiseau Moucheté jouaient parfois ensemble près de notre wigwam après le dîner. Il lui avait appris à jouer aux osselets, un jeu avec cinq pierres dont j'avais gardé le souvenir ; il lui montrait comment les envoyer en l'air et les rattraper sur le dos de la main. Comme il aimait sculpter des objets, il lui avait fabriqué des poupées et taillé des figurines dans des bâtons pour le village qu'elle avait construit. Il l'aidait aussi à tracer les chemins de ce village avec les jolies pierres et les coquillages qu'elle avait ramassés. Le village d'Oiseau Moucheté changeait avec les saisons. À présent, une palissade de pieux aiguisés l'encerclait et au centre s'élevait un poste de guerre, constitué d'un morceau de bois carré teint en rouge comme s'il était couvert de sang.

Désormais, Renard Noir trouvait rarement le temps de jouer avec sa sœur. Presque tous les soirs, il se glissait hors de notre wigwam pour prendre part aux veillées où l'on parlait de guerre. Pendant la journée, il aidait les hommes qui préparaient leurs armes ; ils fabriquaient et aiguisaient des flèches, affûtaient les lames de leurs tomahawks sur des pierres, polissant leur tranchant pour le rendre dangereusement effilé, et entretenaient toutes les armes afin qu'elles soient toujours prêtes à l'usage.

Pendant tout l'été, ce fut comme si un orage couvait. La guerre tremblait au loin comme les lueurs d'éclairs, virevoltant à travers les montagnes, au sud, à l'ouest, au nord, puis de tous côtés. Les nouvelles des combats résonnaient à nos oreilles comme le grondement du tonnerre. Chaque jour, l'atmosphère devenait plus menaçante. La guerre se rapprochait de nous, que nous le voulions ou non.

CHAPITRE 20

LE SENTIER DE LA GUERRE

La guerre éclata pendant la récolte du maïs vert, lorsque le premier maïs de l'année est cueilli dans les potagers. Les grains étaient gros et gorgés de suc laiteux ; on les faisait griller ou bouillir avec la volaille et le gibier. Prunes, raisins et baies variées étaient mélangés à de la farine de maïs et à du sirop d'érable pour confectionner des puddings. C'était une période d'abondance où l'on célébrait la générosité de la terre.

Coos, le frère du sachem, transforma cette fête en une danse de guerre.

Quand il revint des combats dans le sud, c'était un guerrier expérimenté et endurci, avec une cicatrice toute neuve qui lui balafrait le visage de l'oreille au menton. Ses guerriers l'accompagnaient. On leur fit honneur et, lors de la fête, on leur octroya les meilleures places et les plus fins morceaux de viande. À la fin des festivités, Coos se leva, les bras tendus, et s'adressa ainsi aux hommes qui l'entouraient :

« Mes frères, je vous apporte les salutations de Metacom… »

Il décrivit alors la progression triomphale de Metacom et la part que lui-même y avait prise : soldats tués, villes incendiées, colonies mises à sac. Penché en avant, Renard Noir buvait ses paroles. Coos appela les guerriers à se joindre à lui. Un homme se leva, suivi d'un autre, pour former le début d'un cercle. Coos demanda qui encore voulait le suivre. Renard Noir se leva pour prendre part à la danse.

– Non, tu ne peux pas ! Tu es trop jeune ! lui criai-je, mais il s'éloigna comme s'il ne m'avait pas entendue.

Je m'adressai alors à Geai.

– Retiens-le, dis-je.

– C'est trop tard. Il a été accepté, répondit Geai avant de se lever à son tour.

– Non, pas *toi* !

Je le saisis par le bras, mais il se dégagea et s'éloigna de moi.

– Il le faut ! Tu veux me voir déshonoré, humilié par mon propre fils, un garçon de quatorze étés à peine ? S'il est prêt à suivre le sentier de la guerre, je ne peux pas rester ici comme un vieux.

Une clameur rauque jaillit des gorges lorsque Geai rejoignit les autres hommes, car c'était un pisteur et un chasseur habile, qui s'était également révélé un guerrier courageux et rusé lors de la guerre avec les Mohawks. En temps normal, j'aurais été fière de lui, mais à l'instant je regrettai amèrement ses prouesses et déplorai qu'il ne fût pas infirme, malade ou faible, n'importe quoi qui l'eût obligé à rester auprès de moi.

Je lus la même angoisse sur les visages d'autres femmes tandis que leurs hommes se levaient, abandonnant leurs foyers et leurs feux pour se rassembler au centre du village.

Les flammes bondissaient et des étincelles volaient dans le sombre ciel nocturne. Les *powwaws* agitèrent leurs hochets en écaille de tortue, égrenant dans l'air leur crissement creux et monotone, puis les tambours battirent sur un rythme régulier et puissant. La danse de guerre commençait. Le sol tremblait sous les pieds des danseurs. La lueur du feu illuminait les formes humaines qui plongeaient et tanguaient, donnant à leur peau et leurs muscles luisants de sueur l'aspect du cuivre poli. Alors les chants s'élevèrent, chaque guerrier mêlant sa voix au rythme imposé par le battement des tambours et le martèlement des pieds. Des cris de guerre fusèrent, stridents et inhumains, semblables aux appels de la chouette ou de l'aigle. Coos brandit une massue arrondie surmontée d'une grande pointe barbouillée de rouge comme si elle était déjà couverte de sang, et en frappa une quintaine placée au centre du cercle. Tour à tour, les hommes frappèrent le poteau, tandis que les autres levaient les mains vers le ciel pour faire descendre les esprits sur terre.

Geai et Renard Noir étaient mêlés à la foule des danseurs. Je ne pouvais plus distinguer un seul homme dans cette masse confuse. Ils étaient prisonniers du rythme des tambours et des chants, aveugles à tous ceux qui se tenaient à l'extérieur du cercle, et ils se mouvaient comme s'ils ne faisaient plus qu'un, comme un serpent monstrueux. Femmes et enfants assistaient passivement au spectacle, immobiles et résignés, car ils savaient que pour celui qui se joignait à la danse de guerre il n'y avait pas de retour en arrière. La seule manière honorable de quitter la danse était la mort.

La danse se prolongea tard dans la nuit, mais j'avais le cœur trop lourd pour y assister plus longtemps. Je me retirai dans notre wigwam et restai longtemps seule sur notre couche, enveloppée dans les fourrures, sans pouvoir m'endormir. Oiseau Moucheté se réveilla et voulut savoir ce que signifiait ce bruit. Je la pris dans mes bras et la serrai contre moi, la berçant au rythme de la danse de guerre jusqu'à ce qu'elle se rendorme.

Geai me rejoignit alors que l'aube pointait. À sa vue, je faillis pousser un hurlement et il dut me bâillonner de sa main, car, l'espace d'un instant, je ne l'avais pas reconnu dans l'obscurité du wigwam éclairé seulement par les braises du feu. Il était en tenue de guerre. Sa tête était rasée, à l'exception d'une crête allant du haut du front à la nuque, et son visage peint, une moitié rouge et l'autre noire. Sans le collier qu'il portait, je ne l'aurais pas reconnu. Je le lui avais confectionné moi-même pour notre mariage, assemblant perles et coquillages. La demi-pièce d'argent sertie au centre brilla sur sa gorge lorsqu'il se pencha pour toucher la tête d'Oiseau Moucheté endormie.

Geai me serra dans ses bras et m'embrassa une dernière fois. Je voulais lui murmurer mon amour pour lui, le supplier, l'implorer, mais je me tus. Mon cœur était trop plein, les mots auraient fait jaillir les larmes et je ne voulais pas lui faire honte en pleurant devant lui.

Renard Noir attendait dehors, la tête également rasée et les yeux cerclés de noir comme s'il portait un masque de raton laveur. Je dois avouer que cette vision fit couler mes larmes. Ce n'était qu'un jeune garçon, bien trop jeune pour suivre les guerriers. À mes yeux, c'était encore un enfant, mon enfant, mais je savais que je ne pouvais pas le garder auprès de moi. Mes paroles de femme ne seraient pas écoutées. Je ne pouvais pas le forcer à rester, car il suivrait les guerriers quoi qu'il arrive. Je pouvais seulement lui donner ma bénédiction.

Il se pouvait que je ne les revoie jamais, mais ils partirent sans un mot d'adieu. En ne respectant pas la coutume, on risquait d'attirer le malheur sur soi ; or, dans la tribu de Geai, il n'existait pas de mot pour dire adieu.

CHAPITRE 21

LE TEMPS DES RÊVES

Désormais, je dormais seule, Oiseau Moucheté occupant la couche placée face à la mienne. Au début, elle avait dormi à côté de moi, mais mes rêves troublaient son sommeil. Je ne rêvais pas de Geai et de Renard Noir – leur piste m'était fermée –, mais de Beulah.

J'avais déjà rêvé de la colonie auparavant. De sombres rêves de ruines, d'herbe poussant sur des chemins désertés depuis des années. Dans ces rêves, la colonie était un lieu désert, encerclé par la forêt qui regagnait peu à peu du terrain. Des arbustes poussaient à travers le parquet des demeures au milieu des poutres tombées des toits ; vigne vierge et plantes grimpantes engloutissaient lentement les maisons.

Je m'étais souvent interrogée et j'avais longuement médité sur le sort de ceux que j'avais laissés là-bas. Au fil des ans, j'avais également rêvé d'eux, m'éveillant dans leur monde.

J'étais arrivée par la grand-rue boueuse de Boston, dans l'air chargé de sel marin, et j'étais entrée dans la pharmacie de Jonah Morse dont j'avais respiré l'atmosphère tonifiante comme un remède, à base de camphre, de réglisse et de soufre. J'avais également humé les senteurs du romarin et de la sauge provenant du potager cultivé derrière la boutique. J'avais entendu tinter la sonnette à mon entrée et vu Martha lever les yeux derrière le comptoir, surprise de ne voir personne ; ses yeux verts étaient aussi perçants qu'autrefois, mais son visage aimé plus vieux et plus ridé, ses joues flétries et plissées comme la peau d'une reinette conservée tout l'hiver.

Au même moment, Jonah arrivait de son officine, les manches de sa chemise blanche protégées jusqu'aux coudes par des pièces noires. Il paraissait plus petit, voûté, et il jetait autour de lui des regards furtifs à travers ses petites lunettes à monture métallique, en se demandant visiblement ce qui venait l'arracher à ses balances, ses fourneaux et ses alambics en ébullition. Martha le rassurait d'un signe de tête et se hâtait d'aller caler la porte qui, apparemment sans raison, s'était ouverte à la volée.

C'était ce que j'avais vu dans mes rêves précédents, mais dans ceux que je faisais maintenant, la boutique était vide, le sol et les étagères couverts de poussière. J'ignorais où étaient Jonah et Martha, mais je redoutais que la mort ne les ait emportés tous deux. Je m'éveillai le visage mouillé, car j'aurais aimé revoir Martha. Elle avait été bonne pour moi et je l'aimais bien.

Je me rendormis et rêvai de John et Sarah Rivers. Je les voyais prospères, avec des enfants devenus adultes. Sarah se tenait devant sa fenêtre ; elle regardait au-dehors, et je savais que ses pensées allaient à Rebecca.

J'avais déjà rêvé de Rebecca auparavant. Je l'avais vue femme, entourée d'enfants qui grandissaient. Je l'avais vue avec Tobias dans la maison qu'il avait construite pour elle. C'était une demeure imposante à deux étages, avec une grande façade dont le revêtement commençait à se délaver et un toit à bardeaux s'inclinant à l'arrière. Elle était aussi solide que celles qu'il construisait autrefois. Des étables trapues flanquaient le corps principal. Ils vivaient maintenant dans une vallée luxuriante au sol fertile ; la roue d'un moulin à eau tournait sur le fleuve impétueux. Dans l'un de ces rêves, je vis Tobias sur un quai, d'où il regardait des embarcations à fond plat emportées vers l'aval par le courant rapide avec leur chargement de bois. Le fleuve portait sa fortune.

Je rêvai à nouveau de Rebecca, mais ce rêve était différent. La demeure solide était presque en ruine. Nulle fumée ne montait de son épaisse cheminée en brique. Des étables s'échappait le meuglement plaintif des vaches qui n'avaient pas été traites, mais personne ne sortait de la maison ni ne traversait la cour vide. Des traces de brûlures maculaient le revêtement de la façade, révélant que la maison avait été attaquée. Il y avait de la tension dans l'air, une impression d'attente. Alors, dans la forêt, des oiseaux lancèrent tour à tour des appels stridents, le vacarme d'un merle cédant la place au bavardage creux d'un geai bleu.

La scène baignait dans la lumière dorée d'un petit matin d'automne. En revanche, la forêt toute proche était encore plongée dans l'obscurité. Soudain, des formes humaines émergèrent une à une de la lisière. Elles restèrent un instant dans l'ombre, puis elles s'avancèrent à découvert. Certaines se dirigèrent vers les étables pour voler des chevaux et du bétail. D'autres préparèrent des brandons et des broussailles pour allumer des feux au pied de la maison en bois et achever ainsi l'œuvre de l'incendie précédent. Quelques-unes s'approchèrent en rampant, hachettes et tomahawks en main, pour s'attaquer aux portes et aux volets.

Sur un signal invisible, les panneaux des étables se relevèrent et la façade de la maison se hérissa de canons de mousquets. Des nuages de fumée s'élevèrent au milieu de détonations brèves évoquant le craquement de branches sèches. Ces tirs croisés meurtriers prirent les Indiens par surprise. Un premier homme tomba, puis un autre. Les flèches ripostant aux tirs se heurtèrent, impuissantes, aux panneaux qui venaient de se refermer.

Les Indiens se rassemblèrent pour revenir à la charge et recommencèrent à ramper vers la ferme, munis de branches enflammées, mais ils se retrouvèrent de nouveau sous les tirs. Leur chef donna le signal de la retraite. Ses hommes se replièrent, mais l'un d'eux resta bloqué derrière un tonneau.

J'avais d'abord pris ces Indiens pour des inconnus, mais à présent je les voyais tous distinctement, à la fois de près et de loin, comme souvent dans les rêves. Je savais qui était l'homme bloqué derrière le tonneau. Je l'avais porté dans mon ventre, je l'avais aimé et j'avais guidé ses premiers pas, je l'avais regardé grandir et devenir un homme. À présent, il gisait dans la poussière, ses yeux de raton laveur hagards, pantelant comme un animal, chacune de ses respirations saccadées soulevant la poussière. Il avait l'air petit et frêle. Trop jeune pour être ici, trop jeune pour combattre. Une vie à peine commencée était sur le point de s'achever. Nous sommes désolés de te tuer, petit frère...

J'aurais fait n'importe quoi, donné n'importe quoi pour le sauver. « Prends garde aux vœux que tu fais », m'avait enseigné ma grand-mère, mais j'oubliai son conseil pour faire appel à tous mes pouvoirs. Je me transportai auprès de lui, mais on m'avait devancée. Geai avait fait demi-tour et accourait. Je voyais son visage peint, mi-rouge, mi-noir. Son approche déclencha une nouvelle salve de tirs. Une première balle le frappa à l'épaule, une autre dans le dos. Une troisième lui fit faire demi-tour tandis que le garçon restait à terre, immobile comme un lapin devant une hermine, les yeux blancs au milieu des cernes noirs de raton laveur. Je me dirigeai vers lui et lui prêtai ma force pour fuir. Enfin, il remua. Tandis que les impacts de balles soulevaient des nuages de poussière autour de lui, il se releva et s'enfuit.

Geai fut touché de plein fouet par une nouvelle salve. Il tomba à genoux devant les tireurs, les bras étendus, la tête rejetée en arrière, puis il s'abattit à terre. Le garçon jeta un regard en arrière, ses yeux tournant dans leurs cernes noirs. Il allait se précipiter vers son père qui venait de tomber, mais l'un des guerriers le rattrapa et l'entraîna dans la forêt.

Le silence retomba. Au bout d'un moment, des hommes sortirent de la maison, d'abord un à un ou deux par deux, puis tous ensemble. Ils se donnèrent des claques dans le dos en riant, tout joyeux à l'idée d'être encore vivants alors que d'autres gisaient à terre, morts. Ils se déployèrent au milieu des cadavres, frappant du pied celui-ci, retournant celui-là, comme si c'étaient des animaux tués pour le plaisir. Quelques-uns sortirent des couteaux et s'agenouillèrent devant les corps pour prélever des trophées. À l'instant même, une femme sortit en courant de la maison et leur ordonna d'arrêter. Elle était grande et svelte. Je reconnus Rebecca. Je lui envoyai mon esprit. L'un des hommes se tenait au-dessus de Geai, brandissant un coutelas comme s'il voulait lui trancher la tête. Je ne voulais pas voir mon mari décapité.

Elle le rejoignit et se pencha pour regarder de plus près le guerrier étendu sur le sol. Elle ordonna à l'homme de se maîtriser et s'adressa à tous ceux qui étaient présents. C'était une femme riche et d'un rang élevé ; sa parole était respectée. Sous ses directives, les morts furent emportés et abandonnés à la lisière de la forêt.

Je savais que ce rêve était véridique. Je pleurai cette mort avant même le retour de Renard Noir, qui me rapporta le collier de Geai.

– Il est mort en brave, dit-il en déposant le collier dans ma main.

L'argent de la pièce était terni, les perles et les plumes imprégnées de son sang qui les avait teintes en noir.

– C'est pour toi. Je l'ai pris afin que tu saches. Maintenant, je suis un homme, mère. Je prendrai soin de toi et d'Oiseau Moucheté.

Sa voix se brisa sur ces derniers mots. Il était trop rempli de chagrin pour en dire plus. Je pleurai, laissant librement couler mes larmes, sans plus me soucier des apparences. Cette manifestation d'émotion le bouleversa, mais il fit de son mieux pour me réconforter. Nous restâmes unis dans le chagrin d'avoir perdu le plus merveilleux des pères et un mari plus chéri que la vie même.

CHAPITRE 22

L'ATTAQUE

À leur retour au village, les guerriers apportèrent avec eux la guerre comme une épidémie de peste.

– Vous hébergez des fugitifs. (Les paroles des Anglais résonnaient dans l'air froid aussi brutalement que des fers s'entrechoquant.) Nous savons également qu'il y a une Blanche parmi vous.

Le capitaine chevauchait à la tête d'une colonne de la réserve territoriale composée de vingt à trente hommes. Son discours était traduit par un Indien qui les accompagnait, un certain John Samson. Ce dernier portait une chemise, un gilet et une culotte de cheval et tenait un mousquet à la main ; seule la longueur de ses cheveux flottant librement sur ses épaules le désignait comme Indien. Il travaillait pour les Anglais comme espion et comme éclaireur. C'est lui qui les avait informés du retour des guerriers et de ma présence au village.

Sans les ruses de cet homme et de ses semblables, les Anglais n'auraient guère eu d'espoir de gagner cette guerre.

Ils tombaient d'embuscade en embuscade, trompés par un ennemi qui se dérobait sans cesse, disparaissant pour réapparaître plus loin, voltigeant de marais en forêts comme une armée de feux follets. Ils n'étaient pas habitués à cette manière furtive de combattre. Ils aimaient prendre position et affronter l'ennemi à découvert. Ils aimaient se battre en terrain sûr. Néanmoins, ils apprenaient rapidement, avec l'aide de tribus qui avaient des comptes à régler.

– Si vous ne nous les livrez pas, ainsi que la Blanche, vous le regretterez. Vous avez jusqu'à demain matin à l'aube.

Le capitaine regarda autour de lui. Ses paroles retombèrent dans le vide. Personne ne réagit ni ne lança le moindre regard dans ma direction. Ma tête était couverte, mon visage barbouillé de cendres, et je gardais les yeux rivés au sol. Il attendit encore une réaction puis, n'en obtenant aucune, il poussa un soupir d'impatience.

– Souvenez-vous de ce que j'ai dit. Demain à l'aube.

Il fit pivoter son cheval et repartit au galop vers la porte du village, escorté de ses troupes et de leurs aides indiens.

Hoosac ordonna aux guerriers de quitter le village avec lui et je me joignis à eux. Le temps était froid et pluvieux. Un vent coupant soufflait du nord et les collines des alentours étaient assombries par des nuages noirs de pluie. Oiseau Moucheté était malade et déjà rouge de fièvre. Une nuit en plein air à l'approche de l'hiver ne ferait qu'aggraver son état. Mon jugement était troublé par la colère et le chagrin, sans quoi je ne l'aurais jamais laissée au village, mais je la croyais en sécurité auprès de Hoosac et de sa femme. Je me fiais à eux pour veiller sur elle et je pensais qu'elle serait mieux dans la chaleur de la maison longue qu'au-dehors, exposée aux intempéries avec nous.

Nous dressâmes des abris provisoires sur les hauteurs dominant le village et attendîmes que l'agitation soulevée par cette affaire retombe. Nous ne voulions pas mettre les nôtres en danger. Lorsque les soldats reviendraient fouiller le camp à l'aube, ils ne pourraient prendre prétexte de notre présence pour exercer des représailles.

Ils n'attendirent pas l'aube et ils n'eurent pas besoin de prétexte. Ils arrivèrent avant l'apparition de la première lueur dans le ciel. Nous nous éveillâmes dans le fracas de l'assaut, l'odeur de fumée portée par le vent et le flamboiement du feu. Nous nous précipitâmes au bord de la saillie rocheuse pour regarder le village en contrebas. Il était plongé dans le chaos. Les soldats avaient franchi l'enceinte et tiraient à l'intérieur des wigwams. Certains furent tués pendant leur sommeil, d'autres abattus sur place alors qu'ils tentaient de s'enfuir comme des rats d'une étable en feu. Hommes, femmes, enfants, cela ne faisait aucune différence. En traversant le village, les soldats incendièrent chaque demeure. Le jonc des wigwams n'était mouillé qu'à l'extérieur. Les couches internes bien sèches constituaient un excellent combustible. Les flammes bondissaient et les étincelles fusaient tandis que les poteaux des encadrements et les poutres craquaient. Bientôt, le village se transforma en fournaise.

Je courais en tous sens et scrutais désespérément le rideau de fumée et de feu. La terreur m'avait saisie, étreignant mon cœur, contractant ma gorge et me coupant la respiration, une peur telle que ma vue en était brouillée. Renard Noir s'élança vers le village, mais quelqu'un le tira en arrière.

– Attends ! Nous ne sommes pas assez nombreux, dit Coos, qui le retenait. Nous ne pouvons rien faire. Pas encore.

Nous regardâmes les soldats se retirer, poussant devant eux les survivants qu'ils emmenaient comme prisonniers. Ils s'arrêtèrent un peu à l'écart du village en flammes pour leur attacher les mains et les lier ensemble par le cou. Renard Noir était à côté de moi et nous nous efforcions de découvrir si Oiseau Moucheté se trouvait parmi les prisonniers. À leur taille, je devinais que certains d'eux étaient des enfants, mais je ne pouvais savoir avec certitude si ma fille était du nombre.

– Tu l'as vue ? demandai-je. Renard Noir secoua la tête.

– Non, mais nous la retrouverons, dit-il. Je tuerai tous ceux qui lui feront du mal. Ils paieront au centuple ce qu'ils nous ont fait aujourd'hui.

Coos rassembla ses guerriers.

– Nous allons suivre les Anglais, annonça-t-il. J'espère pouvoir les surprendre quand ils ne seront plus sur leurs gardes.

– Je descends au village, dis-je en m'éloignant. Coos se renfrogna.

– C'est trop dangereux, fit-il. Ils risquent d'envoyer des soldats pour piller ou empoisonner les garde-manger et je n'ai pas assez d'hommes pour te faire escorter.

– Je n'ai rien demandé de tel, répondis-je. Je suis Yeux de loup. J'irai seule.

– Non, intervint Renard Noir en s'avançant vers moi. Je ne te laisserai pas faire ça.

– Tu as beau être mon fils, tu n'as pas à me donner d'ordres, lui dis-je doucement.

– Alors je t'accompagne.

Je secouai la tête.

– Ton devoir est ailleurs, répondis-je.

Le groupe des guerriers avait subi de lourdes pertes. Désormais, ils avaient besoin de chaque homme et Renard Noir était le meilleur éclaireur dont ils disposaient. Il pouvait s'introduire chez les Anglais à leur insu. Il pouvait se tenir à quelques pas d'eux sans même qu'ils ne le remarquent. Ils se retrouveraient à terre, la gorge tranchée, avant qu'un seul d'entre eux n'ait compris que l'ennemi était dans la place. Il possédait comme un pouvoir magique. Coos ne pouvait se permettre de le laisser m'accompagner au village.

– Viens, l'exhorta-t-il. Nous devons faire vite, sinon ils nous échapperont.

– Très bien. Fais bien attention à toi, me dit Renard Noir. Nous nous retrouverons ici.

Lorsque je descendis de la colline, le village brûlait toujours. Les larmes m'aveuglaient et me faisaient tituber, si bien que je tombai plusieurs fois en chemin. Je me souvenais de ma vie ici, de mon arrivée avec Geai et Aigle Blanc, alors que mon ventre commençait à enfler, et combien nous en étions fiers. Je pensai à mes amies parmi les femmes. Et à mon bébé à moi, ma petite Oiseau Moucheté. Comme il n'y avait personne en vue, je pleurai sans retenue. Comme nous traitons légèrement le bonheur quand nous le croyons éternel !

Le sol était jonché de cadavres. Hommes sans armes, enfants, femmes, tous étaient morts là où ils étaient tombés, alors que, brutalement tirés de leur sommeil, ils avaient tenté de fuir. Beaucoup n'avaient même pas quitté leur wigwam ; leur foyer était devenu leur bûcher funéraire.

Je crus d'abord qu'Oiseau Moucheté avait échappé au massacre. Repoussant les nattes carbonisées du mur, je me frayai un chemin à l'intérieur de la maison longue qui brûlait encore. Je ne trouvai pas trace d'Oiseau Moucheté, mais la vue de plusieurs cadavres remplit mon cœur de désolation.

Je pensai un instant qu'on l'avait emmenée comme prisonnière et j'espérai que Renard Noir la retrouverait et me la ramènerait. C'est alors que je la vis. Elle avait tenté de s'enfuir de toute la force de ses petites jambes rapides, mais elle avait dû trébucher. Son pied était encore pris dans le cadre d'un gril. Elle était allongée comme si elle dormait, le visage intact, mais une sombre tache de sang auréolait sa tête. Je compris qu'elle était morte.

Je m'assis par terre, aussi glacée et insensible que le jour où Geai m'avait retrouvée seule dans la forêt. Je regrettai qu'il ne m'ait pas abandonnée. Je regrettai de ne pas être morte ce jour-là. Je me souvins alors du regard triste qu'Aigle Blanc m'avait jeté dans la grotte. Dès ce jour, et pendant toutes ces années, il avait su que cela devait arriver. Une telle connaissance est un fardeau douloureux. Il n'était guère surprenant qu'il ait eu hâte de quitter ce monde.

J'étais tellement perdue dans ma douleur que je l'entendis seulement lorsqu'il fut tout près de moi. Je n'avais même pas entendu approcher son cheval. C'était John Samson. Il mit pied à terre et se dirigea vers moi. Il avançait sans bruit. Bien qu'il fût habillé comme un Blanc, il portait des mocassins.

– Je savais que tu reviendrais, Yeux de loup. Et je sais pourquoi on t'appelle ainsi. Ta morveuse ne m'aurait servi à rien, mais toi… tu vaux un bon paquet.

– Ne t'approche pas, sinon tu t'en repentiras, dis-je en me levant et en décrochant le tomahawk pendu à ma ceinture.

– Que peut me faire une femme seule comme toi ?

– Tu es un traître et un tueur d'enfants. Tu ne mérites pas de vivre.

– Que comptes-tu faire ? Me jeter un sort ? (Il rit.) J'ai entendu dire que tu es très douée en sorcellerie.

– Tu veux voir ?

Je lui montrai le loup qui est en moi. Son sourire moqueur disparut et il pâlit en voyant une louve grondante prendre ma place. J'aurais pu le tuer en lui ouvrant la gorge d'un coup de dent, mais le goût du sang me répugne. Je préférai le pétrifier tout en reprenant ma forme humaine. Immobile comme une statue, il ne voyait et n'entendait plus rien lorsque le tomahawk s'abattit sur sa poitrine avec un craquement.

Il baissa les yeux d'un air surpris, comme s'il se demandait ce que cet objet faisait là, puis il tomba de tout son long.

Je l'abandonnai tandis que son sang formait des ruisselets dans la boue, et pris mon Oiseau Moucheté dans mes bras. Je la portai jusqu'au cimetière, au sommet de la colline dominant le village dévasté. Je la couchai sous les arbres dont les feuilles jaunes et rouges tombaient sur elle, puis je suivis du regard les hommes qui lui avaient fait cela, qui nous avaient fait cela. Je voyais très loin, comme si j'étais un oiseau, un faucon en vol. Je voyais la colonne d'hommes progressant vers le fleuve. La file désordonnée des prisonniers les ralentissait. Je voyais Renard Noir et les guerriers lancés à leur poursuite. Je pouvais leur prêter ma force, mais si la colonne réussissait à atteindre le fleuve, leur chance de la surprendre était perdue. De l'autre côté, les soldats auraient le temps de rejoindre la ville sains et saufs. Il fallait les arrêter avant la traversée du fleuve.

Je brandis une amulette d'oiseau-tonnerre qu'Aigle Blanc m'avait donnée et j'invoquai son pouvoir. Il pleuvait dans les montagnes depuis plusieurs semaines. La nuit dernière, nous avions vu la foudre zébrer le ciel et entendu gronder le tonnerre. D'énormes nuages noirs s'étaient vidés de leur eau, gonflant chaque ruisseau, chaque torrent. Il était temps que toute cette eau se déverse dans la vallée.

Au début, ce fut comme une pulsation, une vague d'abord petite qui enfla bientôt pour former un mur gigantesque.

Il rattrapa les premiers cavaliers au passage du gué. Les chevaux perdirent l'équilibre, des hommes tombèrent et furent balayés par la trombe furieuse. Les autres rebroussèrent chemin dans le désordre. C'est alors que les guerriers frappèrent. J'entendis hurler les hommes et les chevaux et je vis le sang jaillir dans l'air comme des gouttes de pluie. Je montai de plus en plus haut dans le ciel, jusqu'au moment où je cessai de les entendre, puis de les voir. Alors je retournai auprès d'Oiseau Moucheté.

Je choisis un emplacement sous un jeune bouleau argenté vigoureux et bien droit. Son tronc brillait et ses petites feuilles jaunes tombaient sur nous tandis que j'ôtais mes perles et mes bracelets, présents de Geai, pour les disposer autour d'elle. Je pris l'amulette d'oiseau-tonnerre, la posai sur sa poitrine et refermai ses doigts sur elle. Avec un poignard, je coupai mes cheveux et déposai les épaisses tresses de part et d'autre de ses épaules. J'arrachai de l'écorce aux arbres et l'en enveloppai avant de la placer face à l'est, selon la tradition du peuple de son père. Enfin, je jetai de la terre sur elle en lui faisant mes adieux.

L'histoire qu'Aigle Blanc m'avait racontée dans la grotte me revint en mémoire. Je compris pourquoi il me l'avait contée. Il avait su que tous les jours de notre existence aboutiraient fatalement à ce jour-là, dès l'époque de ma jeunesse et de mon premier amour pour Geai, avant même qu'Oiseau Moucheté ne fût conçue. Sagesse et connaissance naissent de la souffrance. Je le comprenais maintenant, alors que je jetais de la terre sur le corps de mon adorable petite fille.

Je restai longtemps devant sa tombe, dans la position de ceux qui veulent attirer la mort sur eux, genoux repliés, front reposant sur mes bras croisés. Au début, je voulus la suivre, entreprendre le même voyage qu'Aigle Blanc, mais je compris la leçon que je devais tirer de son histoire. Je devais renoncer à lutter contre le destin. Je priai donc de toute mon âme pour que Geai fasse halte au cours de son voyage sur le chemin des morts. Pour que les lanières de ses mocassins cassent et pour qu'Oiseau Moucheté le rejoigne, petite créature légère et rapide, lorsqu'il se pencherait pour les réparer. Alors il la hisserait sur ses épaules et la porterait dans la mort comme il l'avait fait si souvent dans la vie, et ils se dirigeraient ensemble vers le grand portail de la demeure de Kiehtan.

Je barbouillai mon visage avec les cendres d'un feu depuis longtemps éteint et me préparai à veiller toute la nuit, jusqu'à la lueur froide de l'aube.

Je voyageai en rêve, gravissant les montagnes pour retrouver Aigle Blanc. Si jamais j'avais eu besoin de lui, c'était bien maintenant. J'arrivai enfin devant la haute falaise au sommet de laquelle s'élevait la grotte des ancêtres. Il avait neigé, la première neige de l'hiver, et la roche grise était couverte de délicates congères sculptées par le vent en forme de flûtes et d'arêtes. Le froid était mordant, exactement comme la première fois que j'étais venue ici. Je vis ce que je n'avais pas été capable de voir alors : sur la paroi de la falaise étaient gravés d'étranges dessins, arabesques, cercles et spirales. Certains étaient là depuis que Moïse avait longé le Nil, depuis que Noé avait construit son arche. Ces dessins n'étaient pas l'œuvre de l'homme. Ils désignaient ce lieu comme la demeure des esprits, du *manitou.* Ils avaient été gravés par les premiers êtres vivants, pour montrer le commencement et la fin de toute chose.

Aigle Blanc m'attendait au pied de la falaise. Il était en tenue de voyage. Un carquois rempli de flèches et un sac contenant des provisions pendaient à sa ceinture, son arc était passé à son épaule. La peinture noire et vermillon se détachait comme un masque sur son visage aussi blanc que ses cheveux de neige.

Nulle parole de bienvenue ne franchit ses lèvres. Il toucha mon visage et ses mains tremblaient comme des feuilles tandis qu'il essuyait les larmes coulant sur mes joues. Il me prit dans ses bras et me serra contre lui aussi tendrement que le père que je n'avais jamais connu. Je sentais sa fragilité et, à travers ses vêtements, ses os frêles comme ceux d'un oiseau.

Ensuite, nous nous assîmes au pied de la falaise qui nous dominait de toute sa hauteur, et il me parla.

– Nous ne pouvons pas gagner cette guerre, dit-il. (Avec un bâton, il dessina une carte sur le sol.) Je vois un pays qui n'a pas de place pour nous. J'ai cherché la fin de l'arrivée des Blancs, mais je ne la vois pas. Ils sont comme la neige à l'époque de la gelée blanche. (Il leva la main pour attraper les flocons clairsemés qui dansaient autour de nous.) Au début, les flocons sont peu nombreux et couvrent à peine le sol. Mais en y regardant de plus près, on s'aperçoit que chacun est différent des autres, et à mesure que l'hiver s'avance, ils sont de plus en plus nombreux, toujours plus nombreux, et un jour ils recouvrent le monde qui devient tout blanc. Alors les gens attendent avec nostalgie le retour du soleil et les pluies tièdes de printemps qui balaieront la neige. Sauf que pour nous, il n'y aura pas de dégel. Ce sera l'hiver toute l'année. (Il leva vers moi ses yeux noirs et insondables.) Ce pays deviendra le leur et il n'y aura plus de place pour nous. Ils ne cesseront de venir que lorsqu'ils l'auront entièrement rempli. Tu le sais. Tu es née parmi eux. Ils essaieront de te reprendre, mais tu ne peux retourner auprès d'eux. Tu ne peux pas non plus prendre la route de l'ouest, aussi fort que tu le désires. Elle te sera fermée jusqu'à ce que ton temps soit venu, et il te reste de nombreuses années à vivre. Tu as versé le sang de ton cœur, ma fille, et la blessure est encore fraîche en toi, mais tu dois tenir bon : les nôtres ont besoin de toi. À présent, ta vie est parmi les tiens. (Il leva les yeux vers le ciel, puis regarda les montagnes qui s'étendaient au nord.) Va retrouver tes frères Pennacook. Si tu as besoin de moi, je te guiderai. Prends ceci en gage de ma présence à tes côtés.

Il ôta une plume d'aigle de ses cheveux et me la donna, puis il se leva et m'aida à en faire autant.

– Il est temps de partir, dit-il. Je dois m'en aller. Bientôt, les forêts des environs résonneront sous la hache de l'homme blanc. Ses charrues éventreront la terre. Un jour, il creusera cette montagne et prendra la pierre pour construire des maisons et pour la faire brûler dans des feux. Il est temps que nos ancêtres se rendorment. Que la terre les accueille en son sein.

Levant la tête, il regarda la falaise. Il cligna des yeux et le sol trembla sous nos pieds, tandis que des rochers dégringolaient. Lorsque la poussière retomba, la grotte avait disparu. C'était comme si elle n'avait jamais existé.

Aigle Blanc leva les bras vers le ciel. Ses mains ne tremblaient plus. Il partit, marchant vers l'ouest, vers le couchant. À chaque pas, il semblait se redresser un peu plus, et chacune de ses foulées était plus longue que la précédente ; à distance, j'aurais pu le prendre pour un jeune homme rentrant au village après une chasse fructueuse. J'allais encore perdre l'un de ceux qui m'étaient chers, mais je ne tentai ni de le retenir, ni de l'appeler. Du reste, comment pourrait-on arrêter un esprit ?

CHAPITRE 23

PREMIER DÉPART

Je restai au cimetière jusqu'au retour de ceux des nôtres qui avaient été capturés par les Blancs. Les guerriers les escortaient sur des montures prises aux soldats. Coos venait en tête, de grands sacs gonflés en travers de sa selle. En haut de l'un d'eux, je vis une main ouverte, la paume tournée vers le ciel comme pour recevoir un présent. Le bas des sacs dégouttait, trempé et noir de sang. C'était la coutume de rapporter les têtes et les mains des ennemis.

Le soleil descendait, teintant de rouge le ciel à l'ouest, tandis que Hoosac rassemblait ce qu'il restait des siens et qu'ils dressaient un camp provisoire dans les bois. Au coucher de soleil répondait une lueur symétrique vers le nord. De l'autre côté de la vallée, une ville brûlait.

Hoosac posta des guetteurs pendant que nous enterrions les morts. Ensuite, les guerriers prirent place autour du feu qu'ils avaient allumé à l'écart. Ils parlèrent de leur triomphe tard dans la nuit, se racontant inlassablement leurs exploits jusqu'à ce qu'ils deviennent partie intégrante de l'histoire de chacun et que chacun ait sa place dans l'histoire commune. C'est ainsi qu'elle s'inscrirait dans la mémoire collective.

Renard Noir ne se joignit pas à eux. N'ayant pas retrouvé Oiseau Moucheté parmi les prisonniers, il était revenu tourmenté de pressentiments sinistres. Lorsque je lui révélai ce qui lui était arrivé, il accusa durement le coup. Ses larmes diluèrent la peinture de son visage qui ruissela sur ses joues. Il me prit dans ses bras et nous nous serrâmes l'un contre l'autre. Je le réconfortai de mon mieux, mais au bout d'un moment, il s'écarta de moi, trop cruellement atteint pour partager sa peine même avec moi.

Le lendemain, nous le retrouvâmes devant la tombe de sa sœur. Il l'avait arrangée avec le plus grand soin, amassant de la terre et empilant des pierres sur elle afin que les animaux ne puissent la saccager. Il avait sillonné les environs pour ramasser au bord des rivières et des lacs des pierres et des coquillages qu'il avait disposés sur la tombe, formant des motifs qui auraient plu à sa sœur. Dans la mort comme dans la vie, il lui avait fabriqué des jouets, taillant dans du pin tendre une poupée qu'il avait habillée de fanes de maïs. Il avait sculpté des figurines dans des bouts de bois et les avait accrochées dans les arbres afin qu'elles tournent et virevoltent dans la brise comme autrefois, quand elle était bébé, au-dessus de son berceau. À présent, il se tenait debout, face à l'est, aussi immobile qu'une statue dans les pâles rayons du soleil levant.

Nous partîmes peu après l'aube, traversant le village. Tout ce qui n'avait pu être soustrait à l'incendie était brisé, brûlé et dispersé, et le sol était couvert de cendres. Ceux qui cheminaient avec moi regardaient avec une attention particulière ce qui les entourait. Ils savaient qu'ils partaient pour ne plus revenir. Chaque arbre, chaque pierre, chaque pli des collines, le dessin précis de la courbe que décrivait le fleuve à travers la vallée, chaque détail de la terre natale était soigneusement gravé dans les mémoires, comme celui qui, à l'approche de la cécité, s'efforce d'apprendre par cœur les traits d'un visage aimé avant que l'obscurité ne l'engloutisse.

J'avais vu le même regard chez ceux qui s'embarquaient d'Angleterre pour l'Amérique. Je pensai à John Rivers, à Tobias et à tous les hommes de Beulah. Ils étaient farouches et opiniâtres, et pour eux non plus il n'était pas question de revenir en arrière. Ils n'étaient nullement disposés à abandonner ce pour quoi ils étaient venus. De plus, ils avaient des armes en quantité et les leurs n'étaient ni malades ni morts. Cette guerre se poursuivrait jusqu'à son terme et je n'avais pas besoin d'Aigle Blanc pour savoir qui la gagnerait.

La route du nord passait devant la colonie anglaise voisine. Derrière la palissade cassée, des panaches de fumée s'élevaient encore des maisons que l'on avait laissées brûler toute la nuit. Les ravages étaient semblables à ceux de notre propre village, sinon pires, mais cette pensée ne me procurait aucune satisfaction. Je me sentais déchirée entre deux peuples. Rebecca et Tobias auraient pu vivre ici, de même que John et Sarah ou moi-même.

Le sol était piétiné, la boue à demi gelée criblée de traces de sabots et d'empreintes confuses de pieds chaussés de cuir, probablement celles de prisonniers, car les mocassins laissent peu de traces.

– Des Nipmucs. Une grosse troupe. Ils sont repartis vers l'ouest, commenta Renard Noir.

Vers le fleuve, la piste était jonchée de déchets de pillage : des vêtements déchirés, une chaussure jetée au loin, une poupée. Plus loin, un rideau de saules masquait une vision de cauchemar. La brume qui montait du fleuve se déposait comme un linceul sur des corps d'enfants et de femmes blanchis sous le givre matinal ; leur sang formait des ilôts écarlates. Tous avaient été scalpés.

– Les massacrer tous ainsi ! m'exclamai-je en regardant autour de moi, horrifiée.

– Ils ne les massacrent pas tous. Ils ont emmené ceux qui pouvaient encore marcher, ceux qui pouvaient survivre au voyage, dit Renard Noir, qui contemplait fixement les pitoyables restes humains. Ceux-là supporteront la marche. Les Indiens doivent aller loin pour être en sécurité, et par conséquent marcher vite. Ne vaut-il pas mieux attendre que les prisonniers ne puissent plus avancer que de les laisser livrés aux loups ou condamnés à mourir de froid ?

– Mais ceux-là sont des bébés ! Des petits enfants ! dis-je en montrant les cadavres. C'est de la cruauté pure !

– C'est la guerre qui est cruelle. Et comment peux-tu dire une chose pareille, mère ? Tu as pourtant vu ce qu'ils ont fait aux nôtres, à Oiseau Moucheté !

Il croisa les bras en me regardant d'un air accusateur. Son visage était peint de frais, sa crête de cheveux ornée de plumes gagnées lors de la dernière escarmouche. Les larmes qu'il avait versées sur Oiseau Moucheté avaient emporté ce qu'il restait d'enfance en lui. Il paraissait plus vieux que son âge, beaucoup plus vieux, et plus féroce que jamais, mais c'était mon fils. Je n'allais pas me laisser intimider par lui.

– Nous pouvons au moins leur offrir une sépulture, dis-je.

– Qu'ils enterrent eux-mêmes leurs morts, répondit-il en se détournant. Nous devons repartir, et vite, à moins que tu ne veuilles finir comme ceux-là. Les soldats sont peut-être déjà en route.

– Il y a peut-être des survivants, dis-je en regardant la colonie. Ils auront besoin de secours.

– Après le passage des Nipmucs ? (Le rire de Renard Noir résonna, dur et sans joie.) Ça m'étonnerait.

CHAPITRE 24

LA COLONIE

J'étais fermement résolue à entrer dans la colonie afin de voir s'il restait des survivants. D'autres se joignirent à moi, non pour porter secours aux blessés, mais pour glaner ce que les Nipmucs avaient abandonné, nourriture, couvertures, tout ce qui n'avait pas été emporté. La guerre nous transformait en charognards cherchant des déchets au milieu des décombres.

Dans de nombreuses maisons, les toits avaient brûlé et des poutres étaient tombées, mais les murs et les sols étaient relativement épargnés. Hommes et femmes gisaient à l'endroit même où ils avaient été abattus. Tous étaient scalpés et n'avaient plus besoin de mon aide.

Je franchis le seuil d'une maison du centre de la colonie. La porte tordue et cassée pendait de ses gonds, défoncée à coups de hache. Le toit avait disparu et la maison était ouverte à tout vent. Dans l'entrée, le corps d'un homme gisait sous un enchevêtrement de poutres brûlées. Je ne pouvais plus rien pour lui. Il était déjà mort avant que le toit ne tombe sur lui. Un coup de massue avait fait éclater son crâne comme une coquille d'œuf.

J'enjambai le cadavre et foulai les débris d'assiettes tombées d'une table que l'on avait retournée. Plus loin, dans un angle de la pièce, de la literie lacérée et brûlée fumait encore et des coffres apportés d'Europe béaient, leur contenu répandu sur le sol. Des éclats de vaisselle se mêlaient aux cendres froides du foyer. Sous mes pieds, je vis une trappe qui menait probablement à un cellier. Je refusais de me joindre au pillage, mais nous avions besoin de nourriture pour notre voyage, pour notre survie.

Je soulevai la trappe, pensant trouver dans le cellier des provisions stockées pour l'hiver. Je trouvai seulement un garçon. Il gisait sur le dos, inanimé, et une large entaille balafrait son front. Je m'agenouillai près de lui. La blessure était profonde et formait une croûte noire, mais du sang frais suintait encore des bords déchiquetés de la plaie. Il était pâle comme la mort, mais une veine battait faiblement à son cou. Il était vivant.

Renard Noir vint examiner ce que j'avais découvert. Lorsqu'il vit le garçon, il saisit sa hachette et son couteau à scalper.

– Non ! lui dis-je en retenant son bras. Ce n'est qu'un enfant. Il ne doit pas mourir.

J'étais déterminée à le sauver. Il n'y avait eu que trop de morts autour de moi et j'étais guérisseuse : j'avais le devoir de préserver la vie, non de la prendre. Je demandai à Renard

Noir d'emporter le blessé au-dehors. Un ruisseau traversait le village. J'allai y puiser de l'eau pour en baigner son visage et nettoyer sa blessure. Ses paupières s'entrouvrirent l'espace d'une seconde. À notre vue, il s'évanouit de nouveau, mais je décidai de l'emmener avec nous. Je fabriquai un travois sur lequel je l'attachai et demandai à Renard Noir de le tirer tandis que je marchais derrière lui.

Lorsque nous nous arrêtâmes afin d'établir notre campement pour la nuit, je lavai de nouveau sa blessure. Comme il était toujours inconscient, je le laissai attaché au travois et partis chercher dans les bois ce dont j'aurais besoin pour le soigner. Je grattai un tronc de sapin pour récolter de la résine, cueillis des feuilles de chêne et de l'achillée avec lesquelles je pourrais nettoyer et soigner la blessure, et arrachai de l'écorce de bouleau blanc qui, bouillie et infusée, apaisait la douleur. Lorsque j'eus rassemblé tout le nécessaire, je rentrai sans tarder.

Les autres avaient dressé des abris avec des troncs d'arbres coupés dans les bois des alentours et des nattes que nous avions emportées. Renard Noir avait improvisé un abri pour nous et il s'occupait à présent du feu. Le garçon était toujours attaché au travois. Je le déliai et le déposai sur le lit de feuilles et de branches de sapin que Renard Noir avait préparé pour moi.

– Je l'ai fait pour toi, pas pour lui, dit-il.

Comme je ne répondais pas, il sortit, offensé de voir son attention dédaignée, mais je ne bronchai pas. Dans l'immédiat, j'avais de vraies plaies à soigner, non des blessures d'amour-propre. Renard Noir reviendrait quand il y serait disposé. Je mis de l'eau à bouillir sur le feu pour faire infuser l'écorce de bouleau et commençai mes soins. Le garçon restait inconscient malgré la douleur que j'étais contrainte de lui infliger.

– Tu crois qu'il va guérir ? demanda Renard Noir à son retour.

Il regardait le garçon avec une curiosité froide, comme s'il s'agissait d'un chien ou d'un quelconque animal blessé que j'aurais amené ici pour le soigner. Le blessé était d'une pâleur mortelle et ses taches de rousseur se détachaient sur ses joues comme des éclaboussures de boue. Le visage de Renard Noir s'assombrit. Il s'agenouilla pour le regarder de plus près.

– Il est moucheté, dit-il. Comme…

Il se détourna brusquement ; cette vision avait rouvert sa blessure. Soudain, il sortit son couteau et empoigna une touffe de cheveux pâles et hirsutes. Ils étaient sales et emmêlés, mais par endroits ils brillaient comme de l'or.

– Non ! dis-je en lui saisissant le poignet. Pas ça !

– Pourquoi devrait-il vivre alors qu'elle est morte et seule dans la terre froide ?

– Une vie en remplace une autre. Ce n'est qu'un enfant, comme elle. Oiseau Moucheté a toujours été bonne : elle aurait voulu que nous prenions soin de lui, que nous lui donnions son lit et sa place près du feu.

Il serra le manche de son couteau, sans quitter des yeux la peau blanche et les cheveux blonds.

– Je sais que c'est dur pour toi, repris-je. Leur sang coule également dans tes veines. C'est dur d'être déchiré entre deux peuples.

– Pour toi peut-être, mère. Pas pour moi. Je suis pentucket.

Il me regarda, les yeux brillants de haine et de fierté. Je crus qu'il allait me défier, mais il n'en fit rien. Il posa son couteau, promit de ne pas faire de mal au garçon et alla dormir ailleurs. Il avait fait cette promesse sans trop de difficultés parce qu'il le croyait perdu, mais je savais qu'il n'en était rien. Je m'arrangeai une paillasse de fortune de l'autre côté de la tente, mais je ne dormis guère. J'alimentai le feu et veillai le garçon jusqu'au petit matin, espérant sauver une vie contre toutes celles qui s'étaient éteintes.

Le garçon s'éveilla alors que les lueurs de l'aube striaient le ciel. Ses yeux s'ouvrirent, bleus et vagues. Il ne comprenait pas ce qui se passait, mais il resta éveillé assez longtemps pour boire la décoction que j'avais préparée et pour prendre un peu de bouillon de viande et de légumes avant de retomber dans l'inconscience.

Je craignais que le coup qui lui avait fait perdre connaissance ne lui ait également troublé l'esprit. Les cahots du travois l'affectaient à peine. Toutefois, le soir venu, son état sembla s'améliorer, du moins assez pour qu'il puisse s'asseoir et percevoir ce qui l'entourait. À ma vue, ses yeux s'agrandirent de stupéfaction et il parut se demander ce que je faisais ici, parmi les sauvages. Sa peur s'apaisa lorsque je lui parlai en anglais.

– J'avais bien vu à tes yeux que tu n'étais pas des leurs, dit-il. Comment es-tu arrivée ici ? Ils t'ont fait prisonnière ?

– C'est une histoire que je te raconterai un autre jour.

– Et moi, qu'est-ce que je fais ici ?

– Tu as été blessé. Maintenant, tu dois te reposer et guérir.

Il fronça les sourcils comme s'il essayait de se rappeler qui il était et ce qui s'était passé, puis il poussa un gémissement de douleur : bien qu'en voie de guérison, sa blessure était encore sensible.

– Ne te tourmente pas. Il faut te reposer, répétai-je.

– Comment est-ce que je pourrais me reposer ? dit-il en s'efforçant de se redresser. Qui es-tu ? Comment t'appelles-tu ?

Je le lui dis.

– Non, ton vrai nom. Ton nom anglais.

– Personne ne l'a plus utilisé depuis des années. Je m'appelle Mary.

– Alors c'est comme ça que je t'appellerai.

– Et toi, quel est ton nom ?

Il réfléchit un instant et poussa un nouveau gémissement. Il ferma les yeux et des larmes perlèrent de leurs coins.

– Je ne me souviens plus.

– Ça ne fait rien. Bois, dis-je en lui donnant un peu de l'une de mes potions calmantes.

Il était faible et perdait souvent connaissance. Je le nourrissais de bouillon quand il était réveillé et priais pour que les forces lui reviennent rapidement. Je savais comment les Indiens traitaient les prisonniers dont la convalescence traînait.

Renard Noir gardait ses distances avec le blessé. Il ne me proposait pas son aide et je ne la lui demandais pas. Je savais ce qu'il éprouvait pour le prisonnier, mais je me refusais plus que jamais à abandonner ce dernier depuis qu'il se remettait.

Le garçon était jeune ; il reprit rapidement des forces et la mémoire lui revint avec elles. Il s'appelait Ephraïm Carlton. Il avait onze ans, bien que je l'aie cru plus jeune. Il me demanda ce qui était arrivé aux habitants de la colonie.

– Certains ont été tués, d'autres faits prisonniers, répondis-je.

– Et dans la maison où j'habitais ?

Je me souvins du cadavre gisant sous les poutres, mais il n'était pas encore prêt à affronter la vérité.

– Pas moyen de savoir, fis-je. Je n'étais pas là quand c'est arrivé, alors je n'ai rien vu. Ils ont dû être tués ou emmenés comme prisonniers.

– Ça me fait de la peine pour eux. C'étaient des gens bien – pas des parents, mais ils étaient gentils avec moi.

– Et ta famille ?

– Je ne me souviens plus de ma mère. Mon père est mort dans un accident. Il abattait des arbres, l'un d'eux est tombé dans la mauvaise direction et l'a écrasé.

– Cela faisait longtemps que tu vivais à la colonie ?

Le garçon secoua la tête.

– Non. J'ai vécu ici et là. Même en Virginie, pendant

un moment, mais le climat était mauvais pour mon père. Et puis Mr Barker m'a pris avec lui après l'accident. J'ai travaillé pour lui. Au moment de l'attaque, j'ai aidé à repousser les premiers assauts, et puis on s'est retrouvés à court de munitions. Mr Barker a pris son fusil par le canon et il s'est posté près de l'entrée, prêt à assommer le premier fils de pute de sauvage qui passerait la porte – c'est lui qui a dit ça, pas moi. Il m'a ordonné de me cacher dans le cellier avec sa femme et sa petite fille. Est-ce qu'elles… ?

– Elles n'y étaient pas. Peut-être les a-t-on emmenées.

– Peut-être. (Des larmes apparurent au coin de ses yeux.) Je prie pour que ça se soit bien passé ainsi. Enfin, dit-il en s'essuyant le nez avec le dos de la main, je me suis mis devant elles pour les protéger quand les sauvages arriveraient. On a entendu quelqu'un enfoncer la porte, lancer des choses et en casser d'autres. Ensuite, ça s'est calmé et on n'entendait plus que le frottement des mocassins sur le parquet. On pouvait voir à travers les fentes entre les planches. Même la petite se taisait tellement elle avait peur. On osait à peine respirer de peur d'être repérés, mais alors la trappe s'est relevée. Je me suis avancé pour me battre. Il nous a regardés avec sa figure peinte de carrés et de traits blancs, noirs et rouges. Ce n'était pas vraiment un homme que je voyais, plutôt un démon. Alors j'ai vu son bras partir en arrière et après, je ne me souviens plus de rien.

« Ils ont dû emmener Mrs Barker et l'enfant et me laisser là en me croyant mort. C'est une chance qu'ils ne m'aient pas scalpé, dit-il en touchant sa tête. Je parie qu'ils avaient trop à faire avec leurs autres prises pour s'occuper de mes cheveux.

Ephraïm allait mieux de jour en jour, mais j'étais inquiète au sujet de Renard Noir et du tour qu'allaient prendre nos relations. Je comprenais sa jalousie et je connaissais la source de son hostilité, mais lui-même devait comprendre que, en tant que guérisseuse, je devais prodiguer mes soins à tous ceux qui en avaient besoin – amis ou ennemis, peu importait.

Peut-être commençait-il effectivement à comprendre, car je trouvais souvent de petits cadeaux devant notre tente, un cuissot de chevreuil ou une paire de canards bien gras. J'y devinais le désir de faire la paix. Il passait beaucoup de temps à chasser et à se préparer à la guerre avec les hommes de la tribu, mais il venait tous les soirs dîner devant mon feu. J'en étais heureuse, même s'il persistait à ignorer la présence d'Ephraïm.

Le reste de la tribu allait repartir vers le sud pour retrouver d'autres tribus au Mont Wachusett, où Metacom avait établi ses quartiers d'hiver. Sous son commandement, une grande armée se rassemblait pour faire la guerre aux colonies anglaises.

Je me refusais à les suivre. Je me refusais à prendre part au combat. Appartenant aux deux camps à la fois, je me sentais déchirée. Je ne voulais plus voir un seul mort. Cela me déchirait encore plus le cœur de voir mon fils partir avec les autres, mais c'était à présent un guerrier et un éclaireur des plus habiles. Il était presque sans égal. On voyait clairement où était son devoir.

Le jour de son départ, je me gardai de lui faire des recommandations. Il partait à la guerre. Je pouvais seulement lui offrir toute la protection qui était en mon pouvoir.

– Je veillerai sur toi de mon mieux. Je te demande seulement de garder ceci jusqu'à ton retour, lui dis-je en prenant dans ma blague à tabac la plume qu'Aigle Blanc m'avait léguée. C'est ton arrière-grand-père qui me l'a donnée et maintenant, c'est moi qui te la confie. Que son esprit soit avec toi. Va et porte-toi bien, mon fils.

Il prit la plume et la fixa à la mèche de son scalp.

– Toi aussi, porte-toi bien, mère. J'espère que d'autres veilleront sur nous depuis le monde des esprits. (Je lus dans ses yeux qu'il pensait à son père et à Oiseau Moucheté.) Et je prie pour ne pas les décevoir. Attends-moi matin et soir, je reviendrai.

Il sauta sur son cheval, m'adressa l'un de ses rares sourires et s'éloigna avec les autres guerriers. Ephraïm et moi-même nous retrouvâmes seuls dans la forêt.

Ephraïm avait retrouvé assez de forces pour voyager. Il marchait à mon côté tandis que nous cheminions vers le nord.

– Il faut que je te dise une chose, Mary, m'annonça-t-il un jour. Je considère comme mon devoir de m'enfuir dès que possible pour rejoindre ceux qui se battent.

– Comme tu voudras, mais je te conseille de ne rien tenter pour l'instant.

– Tu ne pourras pas m'en empêcher.

– Je n'en ai pas l'intention, mais c'est la forêt qui pourrait t'arrêter. Tu es encore affaibli par tes blessures et nous sommes loin des régions que tu connais. Tu te perdrais rapidement. Il y a peu de colonies aussi loin au nord et, si jamais tu rencontres des guerriers, ils seront sans pitié.

– Mais enfin, où allons-nous ? demanda Ephraïm en regardant la forêt.

Je ne répondis pas.

Je marchais en proie à un chagrin constant, blessée au plus profond de mon être. Mon fils avait suivi le sentier de la guerre et j'ignorais si je le reverrais un jour. La peur que j'éprouvais pour lui s'ajoutait à la souffrance d'avoir perdu Geai et ma jolie petite fille. Mon cœur n'avait pas le temps de guérir. La blessure se rouvrait à chaque aube nouvelle. La douleur était aussi vive qu'au premier jour : à chaque instant de la journée, une lame acérée se retournait dans mon cœur.

CHAPITRE 25

QUECHEE - LES RAPIDES TUMULTUEUX

Notre errance prit fin avec la rencontre d'un homme de haute taille près des remous et des rapides d'un torrent tumultueux. À sa coiffure et ses tatouages, je reconnus un Pennacook. Il s'approcha de nous comme s'il avait attendu notre arrivée.

– Tu es Yeux de Loup, me dit-il en levant la main pour nous saluer et en s'écartant du torrent dont le rugissement couvrait sa voix. Il était plus âgé que je ne l'avais cru au premier abord et il boitait, car il avait une jambe plus courte que l'autre.

– Je suis Feu d'étincelles, reprit-il.

– Comment connais-tu mon nom ? demandai-je.

– Un rêve m'a averti de ton arrivée et guidé jusqu'ici. (Il se détourna et désigna, sur une hauteur, un aigle perché sur la plus haute branche d'un pin blanc.) J'ai connu Geai quand il était encore enfant, avant que la maladie n'arrive dans son village. Les hommes de son père et les miens allaient pêcher ensemble dans les rapides. (Il sourit et ses yeux se plissèrent, rieurs, à l'évocation du passé.) Il m'agaçait souvent parce qu'il voulait toujours jouer avec nous alors qu'il était bien plus jeune. Je l'appelais Petit Frère ; tu seras donc ma sœur. (Il baissa les yeux vers moi, la gaieté de ses souvenirs se teintant soudain de tristesse.) Je pleure sa mort et la perte qu'elle représente pour toi. Ton chagrin est mon chagrin.

Il n'en dit pas plus. Nous levâmes en même temps les yeux vers le ciel. Un bruissement d'ailes annonçait l'envol de l'aigle. Il décrivit un cercle au-dessus de nous et vola droit vers le cœur ardent du soleil couchant.

Nous passâmes le reste de l'hiver au camp pennacook, dans la tribu de Feu d'étincelles. Elle nous accueillit non en hors-la-loi cherchant un refuge, mais comme si nous étions des siens. Tous nous offrirent généreusement un peu de ce qu'ils possédaient : nourriture, vêtements et gîte. Comme je portais la marque du loup, on me fit une place dans la maison longue du clan du loup. Ephraïm et moi vivions comme les membres d'une même famille. Le garçon ne tentait pas de s'enfuir. Comment l'aurait-il pu, du reste ? L'hiver et la forêt constituaient une meilleure prison que n'importe quelle palissade. Nous étions bien plus au nord que dans la région de mon ancien village, et ici le climat était encore plus rude. Lorsque nous nous étions mis en route, Ephraïm et moi-même, j'ignorais où nous allions ; à présent, j'étais heureuse d'avoir trouvé refuge dans l'obscurité enfumée oùde nombreuses familles vivaient ensemble.

Nous ne manquions de rien. On nous donnait des fourrures pour nous habiller le jour et pour nous couvrir la nuit. La tribu avait gardé pour l'hiver le produit des récoltes d'été et le gibier abondait dans les vastes forêts du nord. Je taillai de nouveaux vêtements pour Ephraïm car les siens, trop légers pour l'hiver, étaient déchirés et usés jusqu'à la corde. Je lui confectionnai des mocassins fourrés, une tunique et des jambières en peau de daim bien souple. Je m'assurai qu'il n'était pas traité en prisonnier. Il fut accepté comme mon fils. Je lui enseignai les mots de la langue indigène désignant tout ce qui l'entourait et Feu d'étincelles lui apprit à chasser. Lorsqu'il ne chassait pas, il jouait avec les autres garçons : ensemble, ils faisaient des glissades dans la neige et sur la glace.

Souvent, le soir, Feu d'étincelles venait nous rejoindre près du feu. Quand il avait chassé, il nous apportait ses prises. Je le considérais comme un frère. Il était du clan du loup comme moi, et les membres d'un même clan n'ont pas le droit de se marier entre eux. Du reste, je ne cherchais pas de mari. Après Geai, comment aurais-je pu penser à un autre homme ?

Nous partagions un même chagrin. Il avait perdu sa femme, emportée par la maladie l'année précédente, et cette mort l'attristait encore. Sa fille était mariée et vivait avec le clan de sa mère. Son fils Naugatuck était parti combattre dans le sud avec les autres guerriers. Daim Blanc, la femme de Naugatuck, était retournée vivre chez sa mère jusqu'au retour de son mari. Feu d'étincelles n'avait pas d'autre enfant vivant, ses deux cadets ayant suivi leur mère sur le chemin de l'ouest.

Un soir, après avoir allumé sa pipe aux braises du feu, il me parla.

– En vérité, la maladie fait plus de morts que les balles des mousquets, de plus en plus à chacune de ses visites, dit-il. Cette guerre sera la dernière floraison de notre pouvoir.

– Pourquoi donc ?

Il tira sur sa pipe, exhala et me regarda à travers un nuage de fumée.

– Comment puis-je le savoir ? Je suis loin du feu autour duquel Wannalancet tient conseil.

– Sans doute, mais les messagers circulent.

Wannalancet, le sachem des Pennacook, avait établi son camp près du lac de Winnipesaukee, au nord du nôtre. Les messagers venant du sud faisaient souvent halte chez nous avant d'aller le voir. Naugatuck, le fils de Feu d'étincelles, était l'un d'eux. Je lui avais demandé de vérifier si Renard Noir était toujours avec les Pentucket et il m'avait promis de le retrouver. Je lui confiai une paire de mocassins que j'avais confectionnés pour mon fils. Les siens devaient être usés à présent et ceux-là étaient fourrés de poil de lapin, car nous étions au cœur de l'hiver. Je chargeai Naugatuck de l'informer que je me portais bien.

Feu d'étincelles savait que je m'inquiétais pour mon fils.

– Il est en sécurité pour l'instant, me dit-il. C'est la période des jours les plus courts de l'année, quand les arbres craquent sous le froid. Personne ne se bat en ce moment, pas même les Anglais. Naugatuck m'a dit que les guerriers attendaient que le soleil reprenne des forces dans le ciel : c'est alors seulement qu'ils s'attaqueront aux villes des Anglais.

Nous restâmes un instant silencieux, pensant à nos fils.

– Pourquoi es-tu si loin de Wannalancet ? lui demandai-je finalement.

– Il est chrétien. Je ne me convertirai jamais à cette nouvelle religion. Pour moi, le Grand Esprit est le Grand Esprit, alors pourquoi devrais-je l'appeler Dieu ? Pour moi, il sera toujours le Manitou.

Vers la mi-février, des messagers apportèrent les nouvelles d'attaques toutes récentes, de villes saccagées et abandonnées sur une large ligne de front allant du nord au sud. Vers le mois de mars, à l'époque de la fonte des glaces, des bandes d'Indiens avaient poussé jusqu'à Medfield, menaçant même Boston. Je savais que mon fils était au beau milieu de la mêlée. J'étais toujours sans nouvelles de lui, si bien que chaque nouveau message me rendait malade d'inquiétude.

Naugatuck revint vers la fin mars et m'informa que Renard Noir était sain et sauf. Il était obligé de rester dans le sud, mais il m'avait envoyé un souvenir, une petite tête de renard taillée dans la pierre noire et tendre avec laquelle on fabrique les pipes. Il avait acheté une pipe et l'avait sculptée pendant la période d'inactivité que connaissent les camps en hiver. Il avait toujours été habile de ses mains et cette tête était adroitement sculptée, avec des yeux obliques et une gueule souriante. On avait percé un trou derrière ses oreilles afin qu'il puisse servir de bouton ou de fermoir. Ce détail me fit sourire à travers mes larmes. Renard Noir avait toujours aimé fabriquer des objets utiles.

À l'arrivée du printemps, le village prit ses quartiers d'été. Pendant un moment, la guerre fut oubliée dans le démontage du camp. Les maisons furent démantelées, les nattes qui recouvraient les murs détachées et roulées et les piquets abandonnés sur place jusqu'à l'hiver prochain.

– S'il y a un prochain hiver ici, dit Feu d'étincelles, qui était venu nous aider. L'air pensif, il chargeait des paquets sur son travois.

– Pourquoi pas ? répondis-je. Wannalancet est neutre ; de plus, il est chrétien.

J'avais fini mes paquets et j'en préparais un qu'Ephraïm devrait porter. Ces déménagements représentaient pour chacun un lourd portage. Les enfants eux-mêmes devaient en prendre leur part.

– Ça ne change rien. Les Indiens chrétiens ont été expulsés des villes en prière et parqués sur une île dans le port de Boston, dit Feu d'étincelles en resserrant brutalement une lanière. C'est ainsi que les Anglais récompensent la loyauté.

J'éprouvais la même incertitude que lui, et pire encore. Je me souvenais des paroles d'Aigle Blanc. Les Indiens n'avaient pas la moindre chance de remporter cette guerre. J'avais tenté de lui échapper, mais à présent elle se rapprochait. Je n'avais pas envisagé de revivre parmi ceux de ma race, mais si les Indiens perdaient cette guerre, je tomberais aux mains des vainqueurs ; qu'adviendrait-il de moi alors ?

CHAPITRE 26

DEUXIÈME DÉPART

Pour rejoindre notre camp d'été, nous devions remonter le fleuve Merrimack puis d'autres cours d'eau dont le débit diminuait au même rythme que notre portage. Enfin, nous arrivâmes devant la vaste étendue du lac Winnipesaukee.

Le site du camp, sur la rive sud du lac, était dissimulé derrière un écran de saules. Le village fut remonté en l'espace d'une journée et la vie reprit son cours paisible, rythmé par les saisons. J'aidais les femmes à retourner la terre pour les semailles. Je travaillais avec Daim Blanc, la jeune épouse de Naugatuck et la belle-fille de Feu d'étincelles. Ephraïm et les autres garçons jouaient avec une balle qu'ils poussaient du pied ou avec un bâton sur les prairies, comme Renard Noir autrefois, et comme les garçons de mon village en Angleterre, il y avait si longtemps.

Avec le bêchage et les semailles du printemps, il était souvent facile d'oublier qu'une guerre était en cours. Elle se déroulait loin au sud de notre village, mais les passages des messagers devenaient de plus en plus fréquents, et Feu d'étincelles était souvent convoqué au camp de Wannalancet, à l'autre extrémité du lac.

Tandis que le printemps cédait la place à l'été, les nouvelles du sud devenaient de plus en plus inquiétantes. Les messagers ne parlaient plus de victoires, mais de pénurie de munitions et de poudre et de Mohawks arrivant furtivement de l'ouest depuis que la guerre absorbait toute l'attention des autres tribus. Ils parlaient surtout de faim et de maladies, de femmes trop éloignées de leurs villages pour faire pousser quoi que ce fût, et d'hommes trop occupés à combattre pour chasser. Il n'y avait presque rien à manger dans les villes mises à sac et les provisions pillées s'épuisaient rapidement. La famine guettait les campements.

La guerre était comme une balance dont l'un des plateaux, chargé d'hommes, d'armes et d'argent, penchait du côté des Anglais. Comme il était impossible d'assurer le ravitaillement, la défaite des troupes de Metacom n'était plus qu'une question de temps. Elle était inéluctable. Les messagers solitaires furent remplacés par des bandes dépenaillées fuyant le sud. On parlait d'une défaite de grande ampleur.

À présent, les tambours battaient le rappel dans les villes du Commonwealth. Les bandes ennemies seraient pourchassées, harcelées et traquées dans tout le pays. Tout Indien refusant de se rendre ne pouvait espérer aucune pitié de l'adversaire. Il serait immédiatement abattu. Ceux qui se rendaient devaient s'attendre à être gardés comme domestiques ou vendus comme esclaves.

Les tribus se dispersaient. Certaines tentaient de conclure une paix séparée. On racontait que Metacom était reparti vers le sud, dans son pays natal. Il fuyait à travers les marais, poursuivi par les Anglais comme une grenouille par de petits garçons. Enfin, la nouvelle de sa mort nous parvint. Sa tête tranchée avait été emportée à Plymouth pour y être exposée sur un piquet en guise d'avertissement et de vengeance.

La mort de Metacom ne mit pas fin aux persécutions pour autant. Les soldats continuaient de traquer les Indiens comme des rats dans une étable. De nombreuses bandes fuyaient vers le nord, cherchant refuge auprès de nous. Ces fugitifs arrivaient épuisés, malades et affamés pour la plupart ; nous leur apportions toute l'aide que nous pouvions. Ce fut une période de crainte et d'attente interminable. Renard Noir et Naugatuck ne rentraient toujours pas. Nous demandions de leurs nouvelles à chaque bande que nous rencontrions, mais ce que nous entendions à leur sujet n'était que rumeurs et contes. Ils étaient avec telle ou telle bande, ou même avec Metacom en personne. Ils avaient pris part à tel combat ou tel assaut. Naugatuck avait été blessé, tandis que Renard Noir s'en était tiré sans une seule égratignure, comme si un charme le protégeait. Bon nombre de ces histoires étaient vieilles de plusieurs mois et nous connaissions déjà certaines d'entre elles. Lorsque nous demandions où ils se trouvaient à présent, ou quand ils rentreraient, nous recevions pour toute réponse des regards sans expression et des silences. Chacun était trop préoccupé de sa propre survie pour s'inquiéter des autres. Il ne nous restait plus qu'à attendre.

Certaines bandes avaient capturé des Anglais. La plupart de ces prisonniers avaient été libérés, mais j'en vis néanmoins arriver quelques-uns au camp ; ceux qui les avaient capturés espéraient les échanger ou en tirer une rançon.

Je me tenais à l'écart de ces prisonniers. Je veillais à ce qu'ils soient nourris et convenablement traités, mais je les évitais soigneusement. Je ne ressentais aucun sentiment de loyauté envers eux, aucun lien de sang ou de communauté. Si je liais connaissance avec eux, je serais obligée de leur donner des explications sur ma présence au camp, et je savais quel jugement ils porteraient sur moi lorsqu'ils connaîtraient mon histoire.

Ils n'étaient ni entravés, ni attachés, ils pouvaient aller et venir librement, mais la proximité de la forêt les dissuadait de trop s'éloigner. Ils ne pouvaient pas se regrouper, car ils étaient dispersés dans les familles de ceux qui les avaient faits prisonniers.

Malgré mes efforts pour les éviter, je remarquai bientôt que l'une des femmes m'observait attentivement. Visiblement, je l'intriguais, et ce n'était pas le genre de personne qui aime les énigmes. J'avais connu des femmes comme elle à Beulah, de ces femmes qui se mêlent continuellement des affaires des autres. Elle me rappelait Goody Francis, la sœur de Martha. Elle s'appelait Mrs Peterson. Je l'avais aperçue à plusieurs reprises dans le camp. Bien qu'elle fût maigre et presque en haillons, elle excellait à survivre parmi ses geôliers. Je ne l'entendais jamais se plaindre et elle savait se rendre utile en effectuant des travaux de couture et diverses commissions. C'est à l'occasion de l'une de ces courses qu'elle m'aborda. Un soir, elle se rendit chez moi sous prétexte d'emprunter de la nourriture.

– J'ai vu votre fils… commença-t-elle.

Malgré ses vêtements indigènes, les cheveux d'Ephraïm trahissaient ses origines. Le soleil d'été les avait pâlis et ils étaient à présent de la couleur des fanes de maïs.

– Êtes-vous prisonnière ? demanda-t-elle en lançant à la ronde un regard furtif. Où est votre maître ? Depuis combien de temps vivez-vous ici ? De quelle ville venez-vous ?

– Je n'ai pas de maître. Je ne suis pas prisonnière. Et je vis ici de mon plein gré.

Ses yeux en boutons de bottines s'agrandirent de surprise et de curiosité.

– Comment est-ce possible ?

– Je suis partie d'une colonie il y a longtemps.

– De votre plein gré ?

– Pas vraiment. Disons que ma présence n'était plus souhaitée.

Elle rumina un instant cette révélation insolite.

– Je n'ai entendu qu'une seule fois une pareille histoire, dit-elle. Un pasteur en visite dont j'ai oublié le nom nous a parlé d'une fille qui avait ensorcelé toute une colonie avant de s'enfuir dans la forêt pour y rejoindre les esprits.

– Rien de tel ne m'est arrivé, fis-je rapidement. Un désaccord m'a opposée à ma maîtresse sur une affaire personnelle d'une nature un peu délicate, dis-je en baissant les yeux, certaine qu'elle comprendrait le sous-entendu.

– De l'inconduite ?

Elle parut choquée comme je m'y attendais. J'acquiesçai.

– Ma maîtresse a pris parti contre moi en se rangeant du côté de mon maître. J'étais têtue à l'époque, et stupide, alors je me suis enfuie. Je me suis perdue dans la forêt et j'ai été recueillie par des Pentucket. Depuis, je vis parmi eux. C'est-à-dire, maintenant, parmi ce qu'il en reste. Mon mari a été tué près de Pocumtuck et mon fils…

– Vous voulez dire que vous avez épousé l'un d'eux ?

Elle ne pouvait plus me regarder en face. Sa main se porta à sa bouche comme si elle allait vomir. Cette idée était à ses yeux bien plus choquante que la séduction d'une servante par son maître. Beaucoup trop choquante pour lui permettre d'adopter une contenance. Au-dessus de son col de chemise déchiré et sale, son cou était devenu aussi rouge qu'une crête de dindon.

– J'ai épousé l'un d'eux, oui.

– Je vois. (Les yeux baissés, elle évitait soigneusement mon regard.) Et ce garçon ? Ce n'est pas… il n'est pas né de… je veux dire, il est tellement blond ! Il ne peut pas être indien, quand même ?

– Non, répondis-je en riant de son air de dignité outragée. Ce n'est pas mon fils.

Je lui racontai où nous l'avions trouvé.

– Il sera libéré si Dieu le veut. Comme nous tous, fit-elle.

– Il n'a pas de famille là-bas, à ma connaissance. Le moment venu, ce sera à lui de décider s'il veut rester ou partir.

– S'il veut retourner à la civilisation ou vivre chez les sauvages ? dit-elle en me dévisageant.

Pour elle, la question du choix ne semblait même pas se poser.

– Vous n'avez pas d'autre enfant ? reprit-elle.

– J'avais une fille. (Je m'interrompis, craignant de ne pouvoir prononcer les mots qui allaient suivre.) Elle est morte.

– J'ai également des filles. Je suis désolée de ce qui vous est arrivé.

La sympathie qu'elle exprimait était réelle, mais je pouvais lire dans son regard que, à son avis, il était préférable qu'une fille née de moi fût morte.

– Vos filles sont-elles prisonnières ? lui demandai-je.

Elle secoua la tête.

– Leur père les a envoyées dans une ville sûre. J'allais les rejoindre, quand… (Elle se tut un instant, en proie au souvenir de tout ce qui lui était arrivé, de tout ce qu'elle avait vu.) Mon mari est officier dans la réserve territoriale. Le capitaine Peterson. Vous avez dû entendre parler de lui.

Je secouai la tête.

– Chez nous, il est célèbre… dit-elle avec une expression de fierté et de mépris mêlés. Mes filles… ajouta-t-elle en se reprenant, mes filles étaient loin et en sûreté quand ces sauvages ont attaqué. J'en rends grâce à Dieu. Je crois bien qu'elles n'auraient pas survécu.

– Vous a-t-on maltraitée ?

– Non, pas vraiment, et on ne m'a pas insultée non plus, mais la vie qu'on mène ici est très dure.

– Elle ne l'est pas plus pour vous que pour eux.

– Il y a du vrai là-dedans, dit-elle en regardant ses ongles noircis et cassés et ses mains sales. Je prie Dieu pour qu'il me donne la force d'endurer cette épreuve.

Elle se sauva un instant plus tard, car son maître l'appelait. Ce n'était pas un homme injuste, mais elle avait peur de lui. Je lui fis porter de la nourriture et des vêtements propres et je veillai, dans la mesure du possible, à ce que son maître ne se montre pas trop dur avec elle ; certains prisonniers étaient en effet cruellement traités, bien que souvent ce fût de leur fait.

Elle trouva moyen de revenir, en apportant une bible très abîmée qu'elle avait achetée à l'un des Indiens. Elle s'adressa à moi avec une profonde gravité, en me citant le livre d'Ézéchiel, chapitre 18, verset 27 :

Si le méchant se détourne de sa méchanceté… et agit selon la justice et la loi, il sauvera son âme.

Je lui répondis que mon âme n'avait nul besoin d'être sauvée. Je ne me considérais pas comme méchante et, à ma connaissance, je m'étais toujours efforcée de faire ce qui était juste et conforme à la loi.

Elle me regarda comme si j'avais proféré un blasphème effroyable et je ne la revis plus guère par la suite. Elle cessa toute tentative de rapprochement, mais je sentais souvent son regard sur moi. Sur moi, et surtout sur Ephraïm. Elle l'abordait fréquemment, le faisait venir pour lui confier une commission ou une autre tâche, et elle lui parlait longuement. Lorsque je l'interrogeais sur ces conversations, il répondait qu'elle lui parlait de la Bible et lui demandait s'il gardait la foi.

– Et toi, qu'est-ce que tu réponds ?

– Je réponds que oui, que je fais ce que je peux.

– Est-ce qu'elle te pose d'autres questions ?

Ephraïm ne me répondit pas. Il aurait visiblement préféré que je ne sache rien de ces conversations, mais c'était un garçon honnête, et comme il rougissait facilement, étant très blanc de peau, il avait du mal à dissimuler quoi que ce fût.

– Qu'a-t-elle dit d'autre ? insistai-je.

– Elle m'a demandé… (Il hésita, rougit encore plus violemment, puis sa voix se mua en un chuchotement.) Elle m'a demandé si tu pratiquais la sorcellerie. Elle l'a… elle l'a entendu dire.

J'eus l'impression que le sol se dérobait sous moi.

– Et qu'as-tu répondu ?

Je m'efforçais d'adopter un ton léger, bien que la réponse d'Ephraïm à cette question fût pour moi d'une importance capitale.

– J'ai répondu non, bien sûr ! Je lui ai dit que tu étais guérisseuse et que tu étais honorée et respectée en tant que telle. J'ai ajouté que tu m'avais sauvé la vie et que tu en avais sauvé beaucoup d'autres. Elle m'a demandé : « Tu veux dire parmi les Indiens ? » Je lui ai répondu qu'elle les considérait peut-être comme des païens, mais que toi, tu ne faisais pas de différence entre eux et les chrétiens.

– Je vois. Elle t'a demandé autre chose ?

– Oui. Elle m'a demandé si tu pratiquais.

– Et qu'est-ce que tu as répondu ?

– J'ai dit que bien sûr, tu pratiquais, mais à ta manière. (Il se tut un instant.) Je lui ai expliqué que tu n'avais pas le choix, puisque pendant toutes ces années, tu n'avais pas pu aller à l'église. (Il me regarda, inquiet.) J'ai eu tort ? J'ai dit ce qu'il ne fallait pas, Mary ?

– Mais non, répondis-je en ébouriffant ses cheveux doux comme la soie. Ne t'en fais pas.

– Si je l'ai fait, ce n'était pas exprès, dit-il en fronçant les sourcils, soudain troublé. Je suis vraiment désolé. Pourtant, j'ai seulement dit la vérité. (Son visage s'éclaira comme si une nouvelle pensée lui était venue.) Ça ne peut faire de mal à personne, non ?

CHAPITRE 27

UN TEMPS D'ÉPREUVES

La guerre prit fin avant les récoltes. Naugatuck et Renard Noir furent parmi les derniers à rentrer. Ils arrivèrent sales et fatigués par plusieurs jours de voyage. Ils étaient maigres et affamés, leurs vêtements en lambeaux, leurs mocassins usés jusqu'à la corde et leurs pieds en sang, mais ils étaient vivants. Tout le camp accourut pour les saluer et il me fut presque impossible de les approcher tant la foule qui se pressait autour d'eux était compacte. Lorsqu'elle s'écarta enfin, Renard Noir me rejoignit. Tous ces mois d'attente anxieuse furent balayés par un instant de joie sans mélange et je n'eus pas besoin de lui dire combien j'étais heureuse de le revoir.

Ces retrouvailles furent de courte durée, car il devait se rendre avec les autres hommes à la loge de sudation pour se nettoyer, et s'habiller pour les festivités. Je lui fis porter les habits neufs que j'avais confectionnés pour lui en attendant son retour et je me joignis aux autres femmes. Nous rassemblâmes toutes les provisions que nous avions pu trouver pour célébrer le retour des hommes.

Nous avions eu peu de raisons de nous réjouir au cours des mois précédents, si bien que tout le monde sans exception fut convié à la fête. Certains déclinèrent pourtant l'invitation. Mrs Peterson resta chez elle. Au plus fort des réjouissances, je remarquai que quelqu'un d'autre était absent. Ephraïm avait disparu. Je crus d'abord qu'il était avec les autres garçons qui couraient en tous sens, s'amusant comme des fous, mais je ne le vis pas parmi eux. Je le trouvai auprès de Mrs Peterson. Il me dit qu'il s'était senti de trop au retour de Renard Noir.

Il rentra avec moi ce soir-là, mais par la suite il commença à passer de plus en plus de temps avec l'Anglaise. Elle l'accueillait chaleureusement et elle était aux petits soins pour lui. Peut-être avait-il l'impression que, toute à la joie d'avoir de nouveau mon fils près de moi, je le négligeais. Peut-être la présence de Renard Noir lui pesait-elle. Mon fils était maintenant un guerrier endurci et redouté, et bien qu'il tînt toujours sa promesse de bien traiter le garçon, il ne lui témoignait guère d'amitié ; je pouvais donc comprendre pourquoi Ephraïm le craignait.

À présent que la guerre était finie, Wannalancet avait été convoqué à Dover par le major Richard Waldron afin de conclure un traité de paix et de libérer les prisonniers qu'il détenait encore. C'était à Ephraïm de décider s'il voulait ou non rentrer avec ces derniers. La perspective de son départ m'attristait plus que je ne voulais le lui laisser paraître, mais je lui répétai néanmoins qu'il pourrait choisir, le moment venu. Je lui avais donné ma parole et je n'ai pas l'habitude de revenir sur mes promesses.

Je croyais encore qu'il resterait peut-être auprès de moi, mais le jour du départ, il suivit Mrs Peterson. Personne ne se serait inquiété de sa disparition puisque, d'après ce qu'il m'avait dit, il n'avait plus de famille aux colonies, mais Mrs Peterson allait prendre soin de lui. Bien que nous puissions difficilement nous considérer comme des amies, elle m'en fit la promesse.

Feu d'étincelles déconseilla à Renard Noir et à Naugatuck de se rendre à la convocation de Waldron. Il estimait que Wannalancet commettait une erreur en faisant confiance aux Anglais. « À présent, nous sommes tous leurs ennemis », dit-il. Il avait bien fait de prévenir nos fils et ces derniers avaient été bien inspirés de suivre son conseil, car nombreux furent ceux qui ne revinrent pas de cette rencontre. Bien que Wannalancet eût lui-même agi en toute bonne foi, il avait été abusé. Il était venu conclure la paix avec les Anglais en traitant d'égal à égal, mais Waldron était d'un tout autre avis. À ses yeux, Wannalancet protégeait des fugitifs, ce qui constituait en soi un acte de guerre. Lors de cette rencontre, plusieurs centaines d'Indiens furent tués et un nombre encore supérieur capturés pour être vendus comme esclaves dans le pays ou aux Indes.

Ce fut donc une bande de guerriers furieux qui rentra au pays. Wannalancet se sentait trompé et trahi. Alors qu'il était resté neutre jusqu'ici, à dater de ce jour, les Anglais devinrent ses ennemis.

Depuis le retour de Renard Noir, j'avais planté un wigwam à l'écart de la maison longue. Feu d'étincelles venait souvent s'asseoir devant notre feu pour parler de la guerre avec Renard Noir, fumer une pipe et apporter des nouvelles du conseil. Un soir, il était avec nous lorsque nous entendîmes frapper à l'entrée du wigwam. C'était l'un des hommes de Feu d'étincelles. Il entra à grand-peine, car il portait quelque chose dans les bras. Je crus d'abord que c'était un chien ou un animal blessé, et puis je vis la tête qui reposait au creux de son bras. Les cheveux clairs étaient coupés en brosse, mais je reconnus Ephraïm. Ses pieds saignaient et ses mocassins étaient usés jusqu'à la corde, ses bras et ses jambes égratignés par les branches et les épines et son visage bouffi par les piqûres d'insectes. Ses vêtements puaient comme un tas de fumier.

Je demandai au guerrier de le déposer sur l'un des lits et je coupai les peaux de daim sales dont il était vêtu. Feu d'étincelles l'emporta à la loge de sudation où les hommes le lavèrent et le soignèrent. Il en revint emmitouflé dans des fourrures et on le mit au lit.

Il dormit jusqu'au soir suivant. Il s'éveilla affamé, mais si faible que ses mains tremblaient, heurtant son bol de sa cuillère en corne. Je le fis manger, puis je défis le paquet contenant ses anciennes affaires pour lui donner des vêtements propres.

– Tu as gardé toutes mes affaires ? demanda-t-il.

– Je n'ai rien jeté de ce qui t'appartenait.

– C'est bien, parce que je pense que je vais rester ici.

– Que s'est-il passé ?

– Je n'aimais pas la vie qu'on menait là-bas. Je n'aimais pas comment ils étaient avec moi.

– Tu veux parler de Mrs Peterson ?

– Non, elle, ça allait. C'était surtout son mari, le capitaine.

– Il ne te traitait pas bien ?

– Ce n'était pas seulement ça. (Il se détourna, les yeux soudain brillants de larmes.) Il y avait autre chose.

J'attendis qu'il se ressaisisse pour reprendre son récit.

– Quand j'ai vu comment c'était là-bas, j'ai changé d'avis, dit-il enfin. J'ai voulu rentrer avec Wannalancet, mais ils m'en ont empêché. Cette bonne femme, Mrs Peterson, a commencé à faire un tas d'histoires. Elle m'a récuré, et pas en douceur, alors que je n'avais pas vraiment besoin d'un bain. Et elle m'a habillé avec des vêtements de petit garçon. J'avais oublié que la laine pouvait gratter autant, et les bottes me serraient trop. J'ai demandé qu'on me rende mes anciens vêtements, au moins les mocassins, mais c'était comme si j'avais dit quelque chose de dégoûtant.

« Ils ont commencé à m'embêter avec des prières et des sermons. J'avais oublié que les bancs en bois étaient si durs, et le pasteur, là-haut, qui racontait des mensonges. Mrs Peterson, je n'avais pas grand-chose contre elle, mais son mari avait ses idées sur ce qu'un garçon devait être et ça ne m'allait pas du tout. Il m'a fait tout un discours sur l'ordre et la discipline et, en parlant, il battait la mesure avec une cravache. Ses filles étaient là. Elles l'écoutaient tête basse et elles n'osaient même pas le regarder dans les yeux – ni lui, ni moi.

« Cette nuit-là, dans mon lit, j'ai pesé le pour et le contre. Mes parents n'étaient pas comme ça et ça faisait longtemps qu'on ne m'avait plus dit ce que je devais faire et donné des ordres auxquels je ne voyais aucune raison d'obéir. Mrs Peterson disait que je n'étais pas un domestique, mais c'est quand même l'impression que j'avais. Alors je me suis levé en pleine nuit – j'y vois bien dans le noir et je sais marcher sans faire de bruit. J'ai trouvé mes vêtements, ceux que tu m'as faits, sur le tas de fumier. Ça ne sentait pas très bon, mais je les ai quand même mis en pensant que, si on envoyait les chiens pour me rattraper, ils ne sentiraient pas mon odeur. Quand le jour s'est levé, j'étais sur la piste du nord. J'avais fait bien attention au chemin que nous avions pris à l'aller, comme Feu d'étincelles m'a appris.

« Je n'étais pas seul sur la piste. Il y avait toute une armée en marche. Des Anglais à cheval. J'ai vu ce qu'ils ont fait aux Indiens. Ils les ont abattus comme des chiens. Certains devaient être des Nashua, je pense, d'après leurs tatouages. J'en connaissais quelques-uns. Ils avaient toujours vécu là et ils n'avaient jamais pris le sentier de la guerre, mais les soldats tiraient sans poser de questions. Parfois, même, ils leur tiraient dans le dos. Ça montre bien à quel point ils sont lâches. Un homme ne fait pas ça. Ils en ont scalpé aussi – quelle sorte de Blanc peut faire une chose pareille ?

– Comment peux-tu être sûr que ce n'était pas une autre tribu ?

– C'étaient des Blancs, pas de doute. J'ai vu les traces de sabots tout autour, dans la boue et dans le sang, et j'ai traversé leur camp plus tard dans la nuit. Un peu plus loin, il y avait un village complètement brûlé. Je n'ai fait que passer, sans prendre le temps de me reposer. J'avais peur de ce que je pourrais retrouver. J'avais peur que tu sois partie, j'avais peur… (Il se mordit les lèvres jusqu'au sang en s'efforçant de retenir ses larmes.) Je suis content que tu sois encore là, c'est tout.

« Je suis revenu parce que… tout ce que j'ai comme famille est là, reprit-il en me regardant. Tu es la seule qui ait été comme une mère pour moi. Et puis, ajouta-t-il en regardant Feu d'étincelles, les yeux brillants de larmes contenues, et puis je me disais que puisque mon père est mort, je pourrais peut-être en choisir un nouveau et que ce ne serait pas le capitaine Peterson.

Feu d'étincelles sourit et tendit la main pour toucher la tête hirsute du garçon.

– N'importe quel homme serait heureux d'avoir un fils comme toi, dit-il. Naugatuck sera fier de t'appeler frère.

– Moi aussi, j'en serais fier, intervint Renard Noir, qui avait écouté tout le récit d'Ephraïm depuis son lit. Il se leva, sortit de l'ombre et se dirigea vers le garçon.

– Tu t'es montré aussi courageux et avisé que n'importe lequel de nos guerriers. Tu as beaucoup souffert pour revenir parmi nous et tu es là parce que tu as choisi ton peuple. À présent, tu es des nôtres.

Il prit son couteau à scalper et, après s'être accroupi auprès d'Ephraïm, éprouva du doigt le tranchant bien affûté de la lame. Le garçon ne tressaillit même pas tandis que le couteau entaillait la base de son pouce. Renard Noir s'infligea la même coupure et lia leurs mains avec son bandeau afin que leurs sangs se mêlent.

– Maintenant, nous sommes du même sang, toi et moi, dit-il. Nous sommes frères.

Ephraïm ouvrit la bouche, mais pas un son n'en sortit. Des larmes coulèrent sur ses joues. Renard Noir attendit que l'orage s'apaise, puis il le souleva et le déposa sur son lit.

Feu d'étincelles prit du tabac dans sa blague et ralluma sa pipe.

– Au sud, nos feux ont été noyés dans le sang, dit-il. Nous ne pouvons pas retourner là-bas.

– Nous ne pouvons pas non plus rester ici, observa Renard Noir, qui était revenu près du feu après qu'Ephraïm se fut endormi. J'ai entendu parler de ce Peterson. Ephraïm a bien fait de s'enfuir de chez lui, mais il est sans pitié et il n'aime pas s'avouer battu. Il cherchera à reprendre le gamin.

– Wannalancet pense aller au nord, sur les terres des Français, reprit Feu d'étincelles.

– Au Canada ? demandai-je.

– Certains des siens y sont déjà, dans un village que les Français appellent Saint-François. (Feu d'étincelles tendit la main et prit un brandon dans le feu pour rallumer sa pipe.) Les Français ne portent pas les Anglais dans leur cœur. C'en est fini de la paix.

– Il faut les rejoindre, dit Renard Noir en s'accroupissant devant le feu.

Feu d'étincelles fit la grimace.

– C'est plein de robes noires, là-bas ; elles grouillent comme des puces sur un chien, fit-il.

– Des robes noires ?

Je n'avais encore jamais entendu cette expression, mais soudain j'eus froid comme lorsqu'une ombre passe devant le soleil.

– Des jésuites, répondit Feu d'étincelles en riant, mais son rire n'avait rien de joyeux. À côté d'eux, vos puritains ressemblent à une bande de perdrix bien grasses.

– Mais alors, où irons-nous ? demanda Renard Noir, qui avait du mal à contenir son impatience.

– C'est à chacun de décider, répondit Feu d'étincelles. C'est dur de quitter la terre où l'on est né, où sont nés vos grands-pères et les grands-pères de vos grands-pères. Je croyais que ce serait également la terre de mes enfants et des enfants de mes enfants, mais il n'en sera pas ainsi. Nous sommes déracinés comme les arbres dans la forêt. C'est comme si un grand vent nous arrachait de notre sol.

Ses yeux devinrent mornes comme des noix de la saison précédente. Il s'accroupit, les coudes sur les genoux, la tête posée sur les avant-bras, et resta longtemps immobile. Puis il se leva et nous quitta sans un mot.

Les jours passaient et Feu d'étincelles était toujours en proie à la mélancolie. Il fuyait toute compagnie et marchait seul au bord du lac ou sortait dans son canoë de l'aube à la tombée de la nuit. Renard Noir brûlait de partir, mais j'obtins de rester encore un peu. Feu d'étincelles était un ami. Je n'allais pas l'abandonner maintenant.

Le troisième jour, Naugatuck vint me voir. Il s'inquiétait pour son père.

– Il réfléchit à la décision qu'il doit prendre. Ne pourrais-tu pas l'aider ? demanda le jeune homme. Tu as de grands pouvoirs – c'est ce que dit Renard Noir.

– L'avenir m'est aussi fermé qu'à toi ou à n'importe qui d'autre. Feu d'étincelles recherche la solitude parce qu'il attend un signe.

Naugatuck hocha la tête. Les disques de cuivre ornant ses oreilles et son cou brillèrent à la lueur du feu.

– Les siens aussi, dit-il, mais d'autres s'en vont. Espérons que les esprits lui parleront bientôt, sinon il risque de se retrouver seul au bord du lac.

Une semaine s'écoula ainsi, puis Feu d'étincelles vint me voir au lever du soleil. Je compris aussitôt qu'il y avait du nouveau. Sa démarche était légère, et non plus lourde et traînante comme les jours précédents, et lorsqu'il repoussa la tenture du wigwam, ses yeux avaient retrouvé leur flamme.

Je l'invitai à prendre le petit déjeuner avec nous et envoyai Ephraïm jouer avec les autres garçons. Je devinais à son expression qu'il avait reçu le signe attendu. Nous restâmes silencieux jusqu'à ce qu'il fût prêt à me raconter ce qu'il avait vu.

– Cette nuit, alors que je marchais au bord du lac, j'ai

entendu l'appel des oies sauvages, dit-il. Plus tard, j'ai rêvé que je me tenais au même endroit et que je les voyais voler au-dessus de moi en longues files déployées comme des pointes de flèches aplaties. Elles me parlaient et je comprenais ce qu'elles me disaient. Elles me parlaient d'un lac et du pays du Silex.

Je fronçai les sourcils et secouai la tête. Les rêves sont d'une importance capitale pour savoir quelle décision l'on doit prendre, mais je n'avais pas la moindre idée de ce que celui-ci signifiait.

– Qu'est-ce que ça veut dire ? demandai-je.

– Ça veut dire que nous irons à Missisquoi, un endroit que les Abenaki appellent Mazipskoik, le pays du Silex. Là-bas, ils ont un village, au bord d'un lac qu'ils appellent Bitawbagw, et que les Français ont nommé Champlain.

– Tu en as parlé à Naugatuck ?

Feu d'étincelles acquiesça.

– Je lui ai raconté mon rêve et il m'a dit qu'il avait le même projet en tête.

Renard Noir prit la parole à son tour.

– Lui et moi, nous allons chasser et poser des pièges tout l'hiver afin d'avoir des fourrures à vendre. Si nous voulons poursuivre le combat, il nous faut de la poudre et des mousquets, et pour nous en procurer, nous devrons nous rendre chez les Français, à Mount Royale.

CHAPITRE 28

ALISON ELLMAN

Alison adorait Montréal. C'était une ville doublement étrangère, à la fois canadienne et française, et c'était précisément ce qui lui plaisait. C'était bon de prendre le large. Elle avait l'impression de ne pas avoir quitté l'Institut depuis des mois, sans parler de Boston. Elle avait réservé une chambre dans un hôtel du Quartier latin. Elle devait reconnaître qu'elle prenait du bon temps, même si ses recherches n'avançaient guère. Elle se fiait à ses relations sur place, et son contact à l'université Mac Gill ne semblait pas très optimiste. Elle devait dîner avec lui le soir même et, d'ici là, il aurait peut-être découvert quelque chose de nouveau. Entre-temps, elle était libre de passer la journée en touriste, à flâner sur le vieux port et dans le vieux Montréal pour refaire connaissance avec la ville.

– Cette fille, c'est une énigme, lui dit son ami Glen lorsqu'elle le retrouva dans l'un des restaurants de la vieille ville. Si elle est passée par ici, elle n'a laissé aucune trace de son passage.

Alison se versa un verre de vin en s'efforçant de dissimuler sa déception.

– Mais c'est quand même *possible*, non ? demanda-t-elle.

– C'est tout à fait possible, répondit Glen en prenant une bouchée de steak. Surtout si elle s'est retrouvée au milieu de la mêlée pendant la guerre du roi Philip. Les affrontements ont été plutôt violents. Les tribus de la Nouvelle-Angleterre ont pris une belle raclée et beaucoup d'entre elles ont fui vers le nord, certaines avec des prisonniers blancs.

– Mais elle n'était pas prisonnière.

– Sans doute, mais la présence d'une Blanche au milieu d'Indiens ne serait pas passée inaperçue.

Glen finit ses frites et s'essuya les lèvres avec sa serviette.

– Je vais voir si je peux trouver d'autres informations, dit-il. J'ai un collègue à l'UQAM. Il saura peut-être quelque chose. C'est plus son rayon que le mien. J'ai appelé son bureau. Il est à une conférence, mais il sera de retour dans un jour ou deux.

Il ne restait plus qu'à attendre. Alison décida de se rendre à Québec. Elle avait là-bas des amis qu'elle s'était promis d'aller voir. Elle pourrait y passer quelques jours et se rendre dans les bibliothèques pour rechercher dans les archives une référence à Mary.

Elle revint à Montréal les mains vides et passablement découragée. Lorsqu'elle entra dans sa chambre, le voyant lumineux du téléphone indiquant qu'elle avait reçu un message clignotait. Elle appela la réception.

– Mademoiselle Ellman ? Nous avons un fax pour vous.

Alison se leva, s'assit, puis se releva. Elle arpenta la pièce, le fax à la main. Mary était passée par ici. Peut-être avait-elle déambulé dans les mêmes rues qu'Alison. L'ami de Glen lui avait fait part d'une référence à une Anglaise voyageant avec un groupe d'Indiens qui fuyait la Nouvelle-Angleterre après la guerre du roi Philip. Il avait même suggéré l'itinéraire qu'ils auraient pu emprunter pour arriver jusqu'ici.

Plantée devant la fenêtre, Alison s'efforçait de ressusciter la présence de Mary. En général, elle aimait être au cœur d'une ville, mais à l'instant même le bruit montant des rues environnantes ne faisait qu'accroître sa nervosité. Glen avait raison : Mary était une énigme. Et cette dernière découverte ne faisait qu'épaissir le mystère, soulevant plus de questions qu'elle n'apportait de réponses. Comment Mary était-elle arrivée jusqu'ici ? Comment s'était déroulé son voyage ? Où s'était-elle rendue ensuite ? La solution à cette énigme ne résidait pas dans la ville moderne, ni dans les livres, les musées ou les bibliothèques. Elle dépendait entièrement d'Agnes.

Assise sur son lit, Alison réfléchit au rôle central de la jeune fille. Agnes n'avait pas repris contact avec elle ; Alison ne savait même pas au juste où elle était, mais elle devait absolument la retrouver. Il était grand temps que leurs recherches convergent.

CHAPITRE 29

AU LAC MIROIR

Agnes s'éveilla de nouveau sans savoir où elle se trouvait, ni même qui elle était ; en revanche, elle se souvenait de tout. Des scènes lui revenaient en mémoire, aussi vivantes que si elles venaient de se produire. C'était comme si elle était entrée dans la mémoire de quelqu'un d'autre ; il ne restait rien de la sienne. Elle sut alors ce qu'elle devait faire.

Tante M. était assise à la table près de la fenêtre. Dès qu'elle vit qu'Agnes était éveillée, elle s'approcha d'elle.

– Ça va ? demanda-t-elle. Tu n'as besoin de rien ? Je peux te préparer quelque chose ?

Tante M. se rendait bien compte qu'elle se conduisait en mère poule, mais elle était tellement heureuse que sa nièce revienne à elle qu'elle s'en moquait. À plusieurs reprises, des larmes avaient échappé à la jeune fille dans son sommeil, comme si ce qu'elle voyait était au-dessus de ses forces. Tante M. avait été presque irrésistiblement tentée de la réveiller, tout en sachant très bien qu'une telle intervention aurait été dangereuse.

– Je me sens bien, répondit Agnes.

Tante M. eut un sourire de soulagement.

– Enfin, pas exactement, reprit Agnes en fronçant les sourcils, l'esprit encore brumeux et les pensées floues. Je voudrais te demander quelque chose.

– Oui, quoi ?

– Il faut que tu m'écoutes.

Tante M. acquiesça. Elle comprenait. Quand Agnes reprit la parole, ce fut pour raconter scène par scène l'histoire qui venait de se dérouler. Sa tante l'écouta gravement, avec l'expression immuable de ceux qui ont l'habitude de graver un récit oral dans leur mémoire.

Lorsque Agnes eut terminé, tante M. prit les cartes géographiques et les étala sur la table.

– Ils ont dû partir de là, dit-elle en montrant d'un doigt boudiné la forme dentelée du lac sur la carte. Ensuite, ils auront suivi ces cours d'eau.

Elle se leva pour prendre un marqueur dans un pot sur la table. La pointe crissa tandis qu'elle traçait une ligne noire et épaisse sur la carte. En même temps, elle commentait l'itinéraire. À mesure qu'elle parlait, Agnes le voyait, à moitié dans son monde, à moitié dans un autre.

Ils partirent à l'époque de la chute des feuilles, chargeant leurs canoës de tout ce qu'ils possédaient, de tout ce dont ils auraient besoin pour l'hiver à venir : nourriture, récipients, vêtements, fourrures, couvertures, nattes pour construire des abris. Les hommes avaient renfloué les canoës en écorce de bouleau, ressoudant leurs jointures avec des racines d'épinette noire et les calfatant avec de la résine afin qu'ils soient bien étanches. Ils avaient rehaussé leurs bords afin de pouvoir les charger davantage, et orné leurs flancs de signes protecteurs en grattant l'écorce après l'avoir mouillée. Ils avaient également gratté le mélange de résine et de teinture dont ils avaient préalablement enduit les pagaies, révélant les visions qu'ils avaient eues en rêve.

Les vieillards, les enfants, les chiens et les bagages s'étaient installés au milieu des embarcations, les femmes et les hommes à l'avant et à l'arrière. Un homme se tenait à la proue pour guider, un autre en poupe pour gouverner et deux autres au milieu pour ramer. Ils manœuvraient adroitement, remontaient le courant en utilisant le reflux. Tout en ramant, ils chantaient des chansons évoquant l'histoire de la tribu, des origines à ce jour, et chaque coup de pagaie racontait leurs rêves à la rivière.

Tante M. nommait les rivières et les montagnes au fur et à mesure du voyage, et Agnes voyait les cours d'eau se presser entre de hautes falaises pour en resurgir en torrents écumants jaillissant par-dessus les rochers et formant des remous entre des blocs de pierre aussi hauts que des maisons. Par endroits, les rivières devenaient de plus en plus étroites et leurs eaux de plus en plus basses, avant de tarir complètement. Les voyageurs devaient alors débarquer à terre et cheminer, chargés de canoës et de bagages, jusqu'au moment où ils retrouvaient un cours d'eau qui puisse les porter.

Ensuite, tout n'était plus que visions fugitives : aube faisant pâlir le ciel à l'est, soleil sombrant derrière les arbres qui projetaient des barres sombres sur l'eau scintillante, feux de camp rouges sur une langue de terre avancée dans le courant, ou au bord d'un lac solitaire où les canards et les oies sauvages se reposaient au cours de leur migration vers le sud. Des hommes chassaient, à peine visibles dans les ombres de la forêt. Des femmes allaient cueillir des baies et des noix, stockant les fruits d'automne en prévision de l'hiver, exactement comme des écureuils. Agnes vit de près des plantes médicinales et se retourna pour adresser un signe de tête et un sourire à une jeune femme qu'elle n'avait jamais vue dans la réalité, mais qu'elle savait être Daim Blanc, la jeune épouse de Naugatuck. Elle éprouvait elle-même le besoin de se hâter, de ramasser noix, graines, feuilles, racines et écorces avant que la terre ne gèle et ne se couvre de neige.

Elle vit la flottille descendre en dansant de petites et de grandes rivières avant de rejoindre un confluent. Dès lors, le rythme s'accélérait. Dans le nord, l'hiver vient tôt. Ils voyageaient sous des ciels toujours bleus, mais les forêts changeaient de couleur : des arbres penchés au-dessus de l'eau les arrosaient d'une pluie d'or. Ils avançaient entre des montagnes inconnues, sur des rivières rapides et tumultueuses. Le givre recouvrait le sol et blanchissait les abris d'un soir.

– Je pense qu'ils sont par là, dit paisiblement tante M. tandis que son marqueur s'immobilisait à l'intersection d'un grand embranchement où une rivière succédait à une autre.

Le chemin était raide et difficile. Il fallait souvent faire plusieurs voyages pour tout transporter ; enfin, ils atteignirent l'embouchure du Winooski. C'était le fleuve qu'ils cherchaient. Il se jetait en aval dans le lac.

Tante M. désigna le lac Champlain, forme étroite et tortueuse, tache bleue sur la carte. Agnes sentait la rapidité du courant au-dessous d'elle. Elle descendait à une allure terrifiante vers le lac, qui ne s'appelait plus Champlain mais Bitawbagw, la Porte du Pays. Elle se sentait presque malade dans les remous et les vagues qui faisaient tanguer et rouler le canoë.

Plus tard, elle quittait l'embarcation et montait dans le ciel, de plus en plus haut, tandis que le soleil se couchait, transformant le lac en une nappe rouge. À présent, elle regardait au-dessous d'elle la ligne ténue des canoës qui se dirigeaient vers le nord, aussi frêles et minuscules sur la vaste étendue d'eau que les bateaux de feuilles fabriqués par les enfants.

CHAPITRE 30

MARY, À MISSISQUOI, LE PAYS DU SILEX

Le village abenaki que les Français appelaient Missisquoi était devenu une ville dont la population s'était encore accrue avec l'arrivée de groupes fuyant comme nous le sud en guerre. Les Indiens sont généreux et cultivent une tradition de don, de partage et de solidarité dans les moments difficiles. Les Abenaki avaient tendu la main de l'amitié à tous ceux qui voulaient la saisir. À présent, la fumée de myriades de feux de camp flottait dans l'air calme au-dessus d'un campement où vivaient des hommes de nombreuses nations.

Alors que je me demandais où nous pourrions trouver notre place au cœur de cette multitude, nous rencontrâmes des Pennacook qui nous avaient précédés et auprès desquels nous trouvâmes refuge.

Il y avait également des étrangers : des Français. Je les trouvais très différents de mes compatriotes.

– En quoi sont-ils différents des Anglais ? me demanda Feu d'étincelles.

– Comme les Pennacook sont différents des Iroquois, répondis-je.

Les premiers que je rencontrai s'appelaient dans leur langue *coureurs des bois.* Ils étaient trappeurs et marchands de fourrures et, à première vue, on aurait pu les confondre avec les Indiens avec qui ils faisaient commerce. Leur peau était très hâlée et leurs cheveux longs. Ils étaient vêtus de pagnes ou d'habits en daim. Seules leurs bottes et leurs barbes les distinguaient de ceux qu'ils appelaient *les sauvages.* Les Indiens ne portent que des mocassins et rasent leur visage, car ils trouvent les barbes laides. Ces *coureurs des bois* différaient des Indiens sur un autre point. Alors que ces derniers se lavent tous les jours, même en hiver, cassant la glace des lacs et des rivières et frottant leurs corps de sable, de nombreux trappeurs puaient franchement.

Certains d'entre eux étaient d'excellents hommes qui admiraient, approuvaient et avaient adopté le mode de vie des Indiens. D'autres, en revanche, interprétant mal ce qu'ils voyaient, prenaient les cheveux longs et la liberté de l'habillement comme prétexte pour vivre dans la saleté et la négligence. Ils considéraient la liberté des jeunes Indiennes d'accorder leurs faveurs à l'homme de leur choix comme de la licence et s'adonnaient sans modération aux alcools forts, buvant trop et encourageant les autres à les imiter. Certains Indiens aimaient boire; ils affirmaient que leurs visions en devenaient plus proches. Le fait que de telles visions soient erronées et dépourvues de toute valeur ne dissuadait en rien ceux qui avaient pris goût au cognac français.

Ces Français différaient de tous les hommes que j'avais pu rencontrer auparavant, Blancs ou Indiens. Je les évitais de mon mieux, mais Ephraïm s'entícha rapidement d'eux. Il adorait écouter leurs histoires, du moins ce qu'il pouvait en comprendre. Ils s'étaient aventurés plus loin que n'importe quel autre Blanc à l'intérieur du continent et ils parlaient longuement de ce qu'ils avaient vu là-bas : lacs grands comme des mers, chutes grondantes, prairies à perte de vue et larges fleuves qui, selon leurs dires, allaient se jeter dans l'océan de l'ouest. Ephraïm rêvait de voyager comme ces hommes. Je ne l'empêchais pas de les fréquenter, mais cela m'obligeait parfois à aller le chercher dans leur camp.

C'est ainsi que je rencontrai celui qu'ils appelaient Le Frenais. Ce jour-là, j'avais vu Ephraïm au bord du lac, près de l'une des cabanes où ils buvaient. Il se leva docilement quand je l'appelai, mais l'un de ces hommes s'interposa entre nous. C'était un nouveau venu au camp nommé Le Frenais. Il avait célébré son retour des contrées sauvages comme beaucoup de ses compagnons, en buvant trop et en prenant des libertés avec toute femme passant à sa portée.

– Qui es-tu, toi ? me demanda-t-il.

– Et toi ? répondis-je.

Il vacilla, déconcerté par mon insolence.

– Viens un peu par là, espèce de sauvage… commença-t-il.

Alors qu'il allait m'empoigner, l'un de ses compagnons le retint. Ces hommes étaient des Français, des Abenaki ou des Indiens d'autres tribus, dont certaines de Nouvelle-Angleterre.

– Elle est yenguese. Elle voyage avec des Pennacook, dit l'homme qui retenait Le Frenais. Il parlait l'algonquin et venait probablement du sud. C'était peut-être un Pocumtuck ou un Nashua.

– Prisonnière ? me demanda Le Frenais en se dégageant.

– Non, je ne suis pas prisonnière.

Je parlais dans la langue véhiculaire des Indiens, car je ne savais pas le français à l'époque.

– Qui est ton maître ? demanda-t-il. Combien demande-t-il pour toi ? Je te prends avec le garçon. Une femme comme toi pourrait m'être utile. Le garçon aussi. Les Anglais paient un bon prix le retour de prisonniers.

– Je ne suis pas prisonnière, répétai-je. Le garçon non plus. Nous ne sommes pas à vendre.

– J'ai largement de quoi payer, dit-il en titubant devant moi. Des fourrures, des fusils, de l'or.

– J'ai dit non.

– Alors ça sera encore moins cher, dit-il en ricanant.

Il voulut prendre des libertés avec moi, comme il avait l'habitude de le faire avec les Indiennes, et je le repoussai. Il était tellement saoul qu'il perdit l'équilibre. Il glissa dans la boue et atterrit sur son derrière osseux, ses genoux noueux repliés sous lui comme ceux d'un poulain et son pagne retroussé sur ses cuisses blanches et maigres. Sa chute provoqua les éclats de rire de ses compagnons. Ils ne firent rien pour l'aider tandis qu'il luttait pour se relever et s'étalait de nouveau. Plus il tombait, plus les autres riaient. Furieux, il les invectiva tous avant de tourner ses malédictions contre moi.

Je le regardai avec mépris.

– Prends garde à ces malédictions et à qui tu les adresses, lui dis-je en anglais. Elles pourraient se retourner contre toi.

Je me le représentai mentalement comme un cochon. Lorsqu'il parvint à se relever, je le fis retomber à quatre pattes et le forçai à patauger en reniflant dans la boue. Autour de lui, les rires redoublèrent, au point que les Indiens devaient essuyer les larmes qui coulaient de leurs yeux. Lorsqu'il se releva de nouveau, je me le représentai comme un chien. Il se dressa, les mains recourbées comme des pattes, et laissa fuser une série d'aboiements, puis de jappements suraigus.

Affolé, il me regarda ; dans ses yeux troublés par la boisson, l'ivresse céda la place à la crainte, puis à la panique. Il promena son regard autour de lui, les yeux agrandis, implorant une aide. Les hommes s'écartèrent soudain de lui, leur gaieté évanouie, et tous les yeux se tournèrent vers moi. J'entendis le mot *jongleuse*, qui dans leur langue signifie sorcière, mais à l'époque je n'en connaissais pas le sens. Les Indiens n'osaient plus croiser mon regard, et l'un d'eux se signa.

Je fis retomber Le Frenais sur le dos et laissai l'un de ses compagnons l'aider à se relever. Il s'éloigna en chancelant, soutenu par ses amis, et je rentrai chez moi. Cette rencontre me laissa une impression pénible. Je savais que je m'étais fait un ennemi. Mais Le Frenais disparut de mes pensées à mesure que l'hiver se faisait plus rude. Trop de gens s'entassaient dans le camp. Déjà, la maladie rôdait, frappant les

Indiens comme les Blancs. J'étais guérisseuse et l'on avait besoin de mon savoir-faire.

Le prêtre fut l'un des premiers touchés. La robe noire. C'était un jésuite, un membre de la Société de Jésus, qui avait pour mission de convertir les païens. Ces prêtres devaient leur surnom à leurs longues soutanes noires et à leurs manteaux à capuche. Sobres et chastes, méticuleux jusqu'à la manie, dévots jusqu'au martyre, ces Français ressemblaient aussi peu à Le Frenais et ses semblables qu'un ours à un loup.

Cet homme était arrivé de Mount Royale en canoë ; du lac, il avait cheminé jusqu'au camp en portant toutes ses possessions sur son dos. Il avait dressé un autel et un tabernacle pour ceux qui adhéraient déjà à la foi catholique et pour ceux qu'il espérait convertir. Il avait construit une petite chapelle qui se distinguait des autres demeures par une croix formée de deux bâtons liés.

J'ignore s'il a sauvé beaucoup d'âmes, mais sa présence au camp était tolérée. En cela, il avait connu un sort meilleur que ceux de ses semblables qui avaient tenté de répandre leur foi en Angleterre. Ma grand-mère m'avait raconté ce qu'il était advenu d'un jésuite hébergé dans un manoir local. Quand sa présence avait été découverte, il avait été traîné hors de sa cachette et pendu.

J'évitais cet homme. J'avais de bonnes raisons de détester les prêtres de toutes obédiences. Cependant, Daim Blanc avait des parents chez les Abenaki et certains d'entre eux étaient catholiques. Ils vinrent me voir parce qu'ils s'inquiétaient pour lui. Il était malade, mais il refusait de se laisser soigner par eux et de toucher à la nourriture qu'ils lui apportaient. Il redoutait probablement un tour de sorcellerie, alors qu'ils voulaient seulement lui administrer une décoction d'herbes pour le soigner. Ils pensaient qu'il m'écouterait peut-être puisque j'étais une Yenguese, venue de l'autre côté de la mer.

Pour ma part, je n'en étais nullement convaincue, mais j'acceptai néanmoins de lui rendre visite. Adossé à un grabat, il écrivait et dessinait dans un carnet qu'il gardait toujours sur lui. Il venait tout droit de France. Depuis son arrivée, il s'était laissé pousser la barbe afin d'avoir l'air plus sérieux, mais ces poils bruns clairsemés dissimulaient mal sa jeunesse. Je lui donnai moins de trente ans ; il était beau, bien que, sous l'effet de la maladie, son teint fût devenu aussi terreux que du parchemin. Ses yeux marron étaient profondément enfoncés dans leurs orbites et la peau autour d'eux grise et fragile, mais, à ma vue, ils étincelèrent. Je mis cette réaction sur le compte de la fièvre qui le consumait, car à l'époque j'ignorais tout de son fanatisme.

Je lui expliquai qui j'étais et pourquoi j'étais venue.

– J'ai entendu parler de vous, dit-il.

Il s'appuya sur le coude et me contempla avec une curiosité mêlée de perplexité. Il parlait anglais, mais lentement, comme si chaque mot n'était plus qu'un lointain souvenir.

Bien que la maison fût en écorce, comme celles des Abenaki, elle était remplie de meubles et d'objets apportés de

France : une table, un coffret sculpté, un bol en métal et des tasses, une nappe d'autel richement brodée. Je contemplai un instant tous ces objets. Il y avait longtemps que je n'en avais plus vu de semblables ; ils m'étaient à la fois familiers et étrangers. Leur présence en ce lieu était insolite, comme si un monde avait été inséré dans un autre.

– On m'a appris que vous étiez malade, fis-je en m'approchant de l'homme, qui s'était de nouveau étendu.

– Je me soigne très bien tout seul, répondit-il en montrant une lancette et un bol posés sur la table. En réalité, il ne faisait qu'affaiblir son corps par ces saignées.

– Dites plutôt que vous vous tuez très bien tout seul. Vous feriez mieux de prendre les remèdes que les femmes vous apportent.

– Je n'ai pas confiance en leurs remèdes et je ne veux pas de leur nourriture. Elle me dégoûte.

– Leurs remèdes sont aussi souverains que tous ceux que vous pourriez trouver à Paris. Quant à la nourriture, je la préparerai moi-même si vous me promettez de la manger.

Je le soignai et lui fis à manger. Il s'appelait Luc Duval. Il était né en Normandie dans une famille fortunée, mais il avait toujours désiré entrer dans les ordres. Il avait trouvé sa vocation sous l'inspiration de l'un des précepteurs de son enfance qui était lui-même jésuite. Cet homme avait été missionnaire en Angleterre. Il avait enseigné l'anglais à Luc, qui était avide d'apprendre. Ce dernier m'enseigna à son tour un peu de français. Lui-même tentait d'apprendre la langue véhiculaire des tribus indiennes. Nous baragouinions pour nous comprendre, mêlant jusqu'à trois langues, mais avec le temps, nous nous familiarisâmes avec chacune et fîmes connaissance.

La curiosité lui revenait avec les forces. Il voulut tout savoir de ma vie et des circonstances qui m'avaient amenée ici. Il me demanda comment je me sentais au milieu des sauvages.

– Je ne les considère pas comme des sauvages, répondis-je.

– J'ai beaucoup entendu parler de leur barbarie, de leur cruauté et de leurs rites étranges.

– Nos propres rites peuvent paraître tout aussi surprenants à des étrangers. Ils se méfient déjà du baptême.

– Pourquoi ? C'est pourtant leur voie vers le salut.

– Ils l'appellent la magie de l'eau et ils l'associent à la mort, car c'est dans ces circonstances qu'ils le voient pratiquer le plus souvent.

Il fronça les sourcils, incapable de comprendre une interprétation aussi erronée de ce qui était pour lui une vérité absolue.

– Et leur cruauté ? demanda-t-il.

Je le regardai. Qui étions-nous pour parler de cruauté ? Comment les Indiens pouvaient-ils être plus cruels que nous l'étions entre nous ou avec nos ennemis ? Au moment même où nous parlions, la tête de Metacom pourrissait sur un épieu à Plymouth. Et combien d'autres avaient souffert dans son pays et dans le mien ? Combien étaient morts massacrés dans les rues, brûlés sur des bûchers, pendus, écartelés, roués et torturés ? Combien avaient été marqués au fer rouge ou flagellés ?

– La cruauté est partout, fis-je.

– Ils vivent dans des conditions sordides. Comment avez-vous pu choisir de rester avec eux ?

– Ce n'est pas ainsi que je vois les choses.

– Cet inconfort, cette fumée…

Je me mis à rire au souvenir de la chaumière de ma grand-mère, avec son unique pièce et le lit que nous devions partager.

– Je ne suis pas de haute naissance comme vous, fis-je. Ma maison natale manquait de confort et était enfumée. Et vous, pourquoi êtes-vous ici, si vous trouvez que la vie y est si désagréable ?

– Je suis venu parce que c'est mon devoir, dit-il simplement. Je n'ai pas peur de mourir. Je suivrai la voie des martyrs. Je suis l'exemple du père Jogues qui a été tué par les Iroquois, et du père Gérard, mon supérieur, qui a atrocement souffert aux mains d'une bande de Mohawks. La seule vraie gloire naît de la détresse. C'est seulement par la souffrance que nous pouvons comprendre ce qu'a été l'agonie du Christ sur la croix.

Je n'avais rien à lui répondre. Un tel discours m'était bien plus étranger que toutes les croyances que j'avais pu rencontrer chez les Indiens. Il n'était guère surprenant que ces derniers considèrent les robes noires avec méfiance.

Son zèle missionnaire lui revint avec la santé.

– Je suis venu ici pour baptiser, pour sauver des âmes et les mener à Dieu, mais on me résiste de toutes parts alors que l'Église est le salut, la voie vers le ciel !

Je tentai de lui expliquer que, pour les Indiens, l'existence d'un ciel chrétien signifiait l'abandon de leurs proches et de leurs compagnons, non seulement sur cette terre, mais aussi pour l'éternité. Il ne pouvait concevoir que, redoutant cette solitude, la plupart d'entre eux choisissent de prendre la longue route de l'ouest après leur mort.

– Je ne progresse guère, c'est indéniable, reprit-il. Peut-être ne peuvent-ils comprendre mon message. (Il me regarda soudain.) Mais vous...

Son regard était timide, mais plein de feu. Pour lui, j'étais perdue au même titre que ceux qu'il considérait comme des païens. C'était un fanatique, aussi convaincu de détenir la vérité que le révérend Johnson, ou Cornwell, ou n'importe lequel des puritains que j'avais connus autrefois. Toutefois, je n'étais pas disposée à échanger une tyrannie contre une autre.

– Je ne suis pas et ne serai jamais adepte de votre religion. Vous gaspillez votre temps et votre énergie avec moi, répondis-je.

Après cette conversation, je ne me sentis plus aussi à l'aise qu'auparavant avec lui, mais plus je l'évitais, plus il me recherchait. Un jour, il m'arrêta au bord du lac.

– Mary, il faut que je vous parle, dit-il.

– De quoi ?

– Pourquoi ne venez-vous plus me voir ?

– Vous êtes guéri. Vous n'avez plus besoin de moi.

– Je croyais que nous étions amis.

– Des amis ne s'épient pas.

– Même si l'un d'eux redoute que celui qu'il tient en haute estime ne soit perdu pour l'éternité ?

– Que voulez-vous dire ?

– Vous portez le nom de la Sainte Vierge. Pourquoi le reniez-vous pour en prendre un autre ? Ce n'est pas seulement que vous soyez protestante ; je crains que l'erreur dans laquelle vous êtes tombée ne soit bien plus grave. Je sais que ces gens vous respectent, mais je croyais que c'était seulement pour vos dons de guérisseuse. Maintenant, je sais qu'il y a une autre raison. Ils vous considèrent comme une femme-médecine, une sorcière. Même les Français partagent cette conviction. Aujourd'hui même, l'un des coureurs des bois est venu me demander de l'entendre en confession afin de lever une malédiction que, selon lui, vous lui auriez jetée.

Il parlait de Le Frenais. Dans la journée, ce dernier m'évitait, mais il avait commencé à hanter mes rêves.

– C'est répugnant. (Le visage de Duval se convulsa soudain en une grimace de dégoût.) C'est horrible.

– Alors n'écoutez pas ce qu'il raconte.

– Vous ne le niez pas ? demanda-t-il avec un regard horrifié.

– Qu'y a-t-il à nier ? Ce que je crois ne regarde que moi.

– Je prierai pour vous.

– Vous ne serez pas le premier à le faire.

– Je vois que la prière ne suffira pas.

La tristesse de son regard n'en éteignait pas l'ardeur fanatique. Malgré sa jeunesse, sa foi était absolue et sa volonté inflexible.

– Je ne permettrai pas une chose pareille. Je vous sauverai. Je vous instruirai...

Je ne voulais pas être sauvée, mais seulement lui échapper. Alors qu'autrefois j'avais trouvé sa compagnie stimulante, je me sentais désormais mal à l'aise en sa présence.

Mes rêves étaient tourmentés et pénibles. Dans certains de ces rêves, Le Frenais me fuyait à travers une étendue blanche où j'entendais le vent hurler. Dans d'autres, un grand oiseau volait au-dessus de moi et son ombre me recouvrait, faisant la nuit sur tout. Dans d'autres encore, j'avançais sur un chemin envahi de brouillard et barré par une grande palissade de plusieurs pieds de hauteur. J'interrogeai Feu d'étincelles sur leur signification, mais lui-même était nerveux et irritable. Il souffrait dans tout son corps, en particulier d'une vieille douleur à la cuisse droite, autrefois cassée et dont les os s'étaient mal ressoudés, qui minait ses forces.

Je pensais que nous serions plus en sécurité en pleine nature. Je songeai à suivre Renard Noir et Naugatuck lorsqu'ils partiraient chasser en hiver, mais nul ne peut échapper à son destin. Il était clair que Feu d'étincelles ne supporterait pas un nouvel hiver en forêt. Sa mauvaise jambe ferait de lui un fardeau et, du reste, les siens avaient besoin de lui au camp. Puis, un jour, Daim Blanc vint m'annoncer timidement qu'elle attendait un enfant. Malgré mes doutes, je dus oublier mes craintes pour penser aux autres. Cependant, lorsque Renard Noir et Naugatuck partirent rejoindre leurs quartiers d'hiver, je les implorai d'emmener Ephraïm. Je voulais éviter qu'il ne s'attire des difficultés ou ne prenne de mauvaises habitudes. Malgré mon interdiction, il fréquentait toujours les Français. Beaucoup d'entre eux buvaient pour échapper à l'inactivité forcée et à l'ennui d'un camp d'hiver. Ils n'auraient été que trop heureux de voir Ephraïm se joindre à eux, malgré sa jeunesse.

Je m'appliquais à éviter les ennuis. Je me tenais soigneusement à l'écart de la petite chapelle couverte d'écorce et des taudis puants du bord du lac. Pourtant, un après-midi, à l'époque où les jours sont les plus courts, la nuit tombant plus tôt, mon chemin me mena sur la rive du lac. À quelques pas de moi, la silhouette d'un homme émergea de l'obscurité grandissante, et soudain Le Frenais surgit devant moi.

Je voulus le contourner, mais il me barra le passage. Je pouvais sentir son haleine chargée d'alcool, et si le regard de ses yeux bleus était trouble, il se déplaçait rapidement pour un homme ivre.

– Si tu me touches, tu t'en repentiras, l'avertis-je.

Il ricana, découvrant des dents noires et cassées.

– Je vais te donner une leçon. Par ici, sorcière !

Je lisais dans son regard ce qu'il avait l'intention de faire, et devinai qu'il avait cette idée en tête depuis un certain temps. Tout faible et méprisable qu'il fût, c'était un homme, et comme tous ses semblables, il connaissait la meilleure manière de se venger d'une femme.

Il n'y avait personne dans les parages, et même si cela avait été le cas, je doute que l'on me fût venu en aide. Je me dégageai de son étreinte et m'enfuis, sachant ce qu'il ferait s'il me rattrapait. Je courus vers le lac, qui était à présent un champ de glace de plusieurs pieds d'épaisseur. La nuit tombait et le vent charriait de la neige, un grand mur gris déferlant de l'autre extrémité du lac à une vitesse stupéfiante. J'aurais presque pu croire que Hobbomok, l'esprit noir des eaux profondes, de la nuit et du vent du nord-est, fondait sur nous sous la forme d'une violente tempête de neige.

Bientôt, nous fûmes saisis dans un tourbillon blanc et le monde extérieur disparut. Ma peur de Le Frenais fut balayée par l'urgence de trouver un refuge. Lors de telles tempêtes, toutes les limites s'effacent et l'on peut alors facilement perdre le sens de l'orientation et périr à quelques mètres d'un abri. Je trébuchai sur un canoë retourné, sous lequel je me réfugiai en attendant la fin de la tempête.

J'émergeai de mon refuge dans un paysage blanc où l'eau et la terre étaient invisibles sous un épais manteau de neige. Sur le chemin du retour, je ne vis pas trace de Le Frenais, ni de la moindre présence humaine.

Le Frenais avait disparu. Certains affirmaient qu'il était parti à la chasse en traîneau, bien que tout son matériel fût resté dans sa cabane. Personne ne le regretta vraiment, mais sa disparition était un mystère. D'autres racontaient qu'on l'avait vu courir sur la glace en hurlant, pourchassé par une forme noire. On en parla encore pendant quelque temps, mais, l'hiver devenant de plus en plus dur, chacun ne se préoccupa plus que de sa propre survie. Le Frenais fut rapidement oublié.

Des pêcheurs le retrouvèrent à l'époque du dégel, flottant au milieu de blocs de glace. Ils le reconnurent à la croix qu'il portait au cou, celle que la robe noire lui avait donnée. Ils le transportèrent à l'église afin que la robe noire l'enterre et plante une croix au-dessus de lui, mais la petite chapelle en écorce était vide. Duval avait été rappelé à Mount Royale depuis peu. Ils enterrèrent le corps du mieux qu'ils purent.

CHAPITRE 31

MOUNT ROYALE

Jamais je n'avais attendu aussi avidement le retour du printemps, même si le premier présent du dégel avait été le cadavre ballonné et rongé par les poissons de Le Frenais. Peut-être aurais-je dû y lire un présage, mais je n'en fis rien. Je chassai cet événement de mon esprit. La nouvelle saison allait ramener les chasseurs au camp.

La chasse d'hiver est pleine de dangers et nous étions sans nouvelles d'eux depuis leur départ. Feu d'étincelles et moi montions la garde tous les jours, chacun de nous s'efforçant de dissimuler à l'autre notre commune appréhension. Enfin, par un jour dont la chaleur était comme une promesse d'été, un messager arriva du lac. On avait vu des canoës. Nous accourûmes sur le quai, et cette fois-ci notre attente ne fut pas déçue. Renard Noir et Naugatuck s'approchaient du rivage sur une embarcation tellement chargée de fourrures qu'il restait à peine de la place pour Ephraïm. Mon cœur se gonfla de joie. Ils étaient émaciés après un hiver passé dans les forêts du nord et Ephraïm avait visiblement besoin d'un bon bain, mais ils étaient sains et saufs et j'en remerciai le ciel.

Ils avaient bien travaillé et leur butin fit l'admiration de tous. Avec les provisions qu'il nous restait, nous préparâmes une fête qui se prolongea tard dans la nuit, tandis que nous écoutions leurs récits en buvant à leur retour. Renard Noir et Naugatuck restaient modestes malgré l'admiration générale, mais ils n'eurent qu'éloges pour Ephraïm et la part qu'il avait prise à la chasse. Les deux hommes riaient de le voir prendre inlassablement la parole pour raconter que, sans lui, ils seraient rentrés les mains vides. Il me fit présent d'un collier confectionné avec les griffes d'un ours qu'il me jura avoir tué lui-même. Renard Noir cessa alors de rire pour affirmer que c'était la pure vérité : Ephraïm s'était révélé un chasseur vaillant et intrépide. Ils l'avaient baptisé Lynx en raison de la couleur de ses cheveux et de l'agilité avec laquelle il évoluait dans la forêt.

Renard Noir parlait de lui avec fierté et je me réjouissais du fond du cœur de les voir si bien ensemble. À présent, ils étaient véritablement frères, car ils éprouvaient la confiance absolue et la camaraderie profonde de ceux qui ont compté l'un sur l'autre pour leur survie. Leur affection mutuelle me plaisait bien plus que n'importe quelle quantité de peaux de castors.

Ils étaient rentrés avec de nombreuses fourrures qu'ils comptaient vendre, mais ils découvrirent rapidement que les marchands de Missisquoi étaient malhonnêtes. Ils avaient entendu dire qu'ils obtiendraient un meilleur prix de leurs fourrures à Mount Royale. J'acceptai de m'y rendre avec eux, car là-bas aussi les marchands essaieraient probablement de les rouler, or je comprenais leur langue et je savais lire les signes sur le papier. Naugatuck et mon fils avaient besoin de moi et j'étais heureuse de partir. C'était un véritable soulagement de quitter le camp d'hiver surpeuplé que le dégel transformait en une mer de boue fétide.

Après avoir pris congé de Feu d'étincelles, de Daim Blanc et du reste de leur communauté, nous nous mîmes en route. Il avait été décidé que, une fois les fourrures vendues, nous rentrerions au camp avec les biens obtenus en échange, pour repartir tous ensemble chez les Pennacook, dans le sud. Cependant, certains des Pennacook vivant au camp n'accompliraient pas ce voyage, car ils préféraient rester chez les Abenaki. Feu d'étincelles souffrit longtemps de cette décision, mais chacun était libre de choisir et lui-même était résolu à rentrer au pays.

Nous voyageâmes en canoë, descendant les cours d'eau jusqu'à la ville que les Français construisaient entre le fleuve et la montagne. Elle ne ressemblait à aucune de celles que j'avais pu voir jusqu'ici. Elle était entourée de solides palissades comme si elle s'attendait à être attaquée à tout moment, et si la plupart des édifices construits à l'intérieur de cette enceinte étaient en bois, quelques autres étaient en pierre, ce qui donnait encore davantage à la ville l'allure d'une forteresse. Du reste, les menaces extérieures étaient bien réelles, car la ville était exposée aux attaques des

Iroquois, aussi des soldats y montaient-ils la garde jour et nuit.

Les habitants étaient tout aussi vigilants face aux assauts livrés à leur foi. Une grande croix en bois plantée à flanc de montagne dominait la ville et l'on construisait des églises sur le port et le long des rues récemment tracées. Nonnes et prêtres se mêlaient à la foule des aventuriers, soldats, marchands, trappeurs et Indiens de diverses nations. À l'exception des nonnes, la ville comptait peu de femmes et encore moins d'enfants. Elle semblait essentiellement habitée par des hommes.

Les marchands de fourrures, qui avaient établi leurs entrepôts près du fleuve, se montraient aussi malhonnêtes que ceux de Missisquoi. Les marchandises que l'on nous offrit en échange de nos fourrures étaient de qualité très médiocre et ne comprenaient ni mousquets, ni munitions, ni poudre. Le marchand leva le bras avec un sourire de mépris ironique pour nous faire comprendre qu'il faudrait lui apporter beaucoup plus de fourrures pour obtenir des armes. Renard Noir et Naugatuck le dévisagèrent avec une expression indéchiffrable. Ils avaient déjà pris leurs distances avec lui. Je regardais ces deux jeunes hommes grands et droits aux beaux visages lisses se faire insulter par ce misérable crasseux, noueux et contrefait, qui était deux fois plus petit qu'eux et auquel il restait à peine une dent. Son haleine puait le cognac et le cadavre. Ils avaient risqué leur vie pour obtenir ces fourrures et j'étais bien décidée à ne laisser personne les rouler.

Je m'avançai et m'adressai à lui en français.

– Ce sont leurs femmes qui parlent pour eux, maintenant ? demanda-t-il en se tournant vers une audience imaginaire, puis il se pencha en avant pour me dévisager de plus près. Mais toi, tu n'es pas des leurs, pas vrai ? (Il tendit vers moi une patte sale à moitié dégantée et me toucha la poitrine, puis il s'adressa à Naugatuck.) Combien ?

– Trop cher pour toi, Devois.

Un Français qui nous avait observés s'approcha de nous. Ses mouvements étaient lents et presque félins dans leur nonchalance. Il n'était pas habillé pour affronter la vie en pleine nature et ce n'était probablement pas un militaire non plus, bien qu'il portât un pistolet et une épée au côté. Il était vêtu de velours et de dentelle. Une pierre précieuse ornait son oreille. Ses cheveux retombaient en boucles bien huilées et sa courte barbe était taillée avec soin. Lorsqu'il s'approcha, je sentis les effluves épicés de son parfum. Il me regarda et sourit.

– Il va falloir me suivre, dit-il.

Bien qu'il n'eût pas l'allure d'un militaire, il était accompagné de soldats. Sur un signe de lui, deux d'entre eux s'avancèrent, leurs mousquets à la main. Naugatuck et Renard Noir se raidirent et portèrent instinctivement la main à leurs armes. Ils étaient prêts à se battre, mais je les en dissuadai d'un signe de tête. Ils étaient entourés d'ennemis – soldats, marchands, Indiens d'autres nations. S'ils ripostaient, ils le paieraient probablement de leur vie.

Renard Noir tremblait de tous ses membres, mais finalement sa main abandonna le manche de son poignard.

– Voilà quelqu'un de raisonnable, fit l'homme, et il sourit.

Ses yeux étaient d'un bleu sombre et opaque de lapis-lazuli. Une lueur d'amusement y brilla, mais ils étaient aussi froids que des pierres.

– Personnellement, je ne supporterais pas de vous voir roulés, reprit-il.

Il leva un doigt en direction du marchand et les marchandises entassées doublèrent de volume une première fois, puis une seconde. À présent, elles comprenaient les précieux mousquets. Lorsqu'il s'estima satisfait, il indiqua d'un signe que le marché était conclu.

– Prenez-les avant que je ne change d'avis, dit-il.

Naugatuck et Renard Noir ne firent pas un geste. Ils avaient négocié ces marchandises, mais il aurait été dégradant pour eux de les accepter dans de telles circonstances.

– Décidez-vous : c'est ça ou rien, les avertit l'homme.

Renard Noir aurait volontiers refusé, mais je lui fis signe de prendre ce qu'on lui donnait. On ne les achetait pas, lui et son compagnon. Ils avaient acquis ces marchandises dans les règles. À présent, elles leur appartenaient.

– C'est à vous, dit l'homme à Naugatuck. Vous avez compris ?

Naugatuck inclina la tête.

– Mais pas ceci, dit l'homme en posant la main sur mon épaule. Maintenant, il faut me suivre. Le garçon aussi.

Il regarda autour de lui, mais lors de son séjour dans la

forêt, Ephraïm avait appris à se déplacer aussi discrètement qu'un jeune Indien. Il s'était éclipsé.

– Peu importe, nous le retrouverons plus tard, déclara l'homme. Un *petit sauvage* avec des cheveux d'ange, ça ne passe pas inaperçu, n'est-ce pas ? Maintenant, madame, êtes-vous prête ?

Son ton était courtois, mais empreint de menace. Il était clair que j'étais prisonnière. Les soldats nous encadrèrent. Renard Noir s'élança en avant, suivi de Naugatuck, mais les soldats les repoussèrent de leurs mousquets entrecroisés. Je criai à Renard Noir d'abandonner. Je ne voulais pas voir ces hommes lui brûler la cervelle devant moi. Naugatuck était un beau jeune homme, le fils de mon ami, et sa jolie jeune femme attendait un enfant. Je ne voulais pas le voir verser son sang pour moi. J'étais contrainte de suivre les Français, que je le veuille ou non.

CHAPITRE 32

LE GRAND

L'homme qui m'avait capturée s'appelait Le Grand ; je n'en savais pas plus, ni sur lui, ni sur les raisons de mon emprisonnement. On me mena à une chambre où une jeune Huronne m'apporta de la nourriture et de quoi me laver, mais après son départ je constatai que la porte était fermée à clef. J'allai à la fenêtre. Il était impossible de descendre par là ; du reste, des soldats montaient la garde devant le bâtiment. J'étais prisonnière et je ne pourrais pas m'évader facilement.

Cette nuit-là, je dormis dans des draps pour la première fois depuis dix-sept ans, mais je rêvai de la forêt. J'étais redevenue une jeune fille et Geai me poursuivait. Je l'entendais m'appeler et je percevais l'écho de son rire. Il gagnait du terrain : je l'entendais se rapprocher peu à peu. Je ralentis délibérément afin qu'il puisse me rattraper et me retournai, pleine de désir, mais il se contenta de sourire et fit demi-tour. À présent, c'était moi qui le poursuivais, mais il restait hors de vue. J'arrivai devant une grotte où j'entrai, pensant l'y trouver, et m'engageai dans un labyrinthe de couloirs dans lequel je finis par me perdre. Au centre de ce labyrinthe, Aigle Blanc était assis dans la chambre des visions et contemplait le feu qui brûlait devant lui. À ma vue, il se leva et, sur le mur derrière lui, son ombre se mua en un oiseau monstrueux aux ailes déployées comme celles d'un oiseau-tonnerre.

Je reculai précipitamment et sentis l'ombre de ses grandes ailes s'étendre sur moi. Je l'avais d'abord pris pour un aigle, mais ses plumes qui formaient une chape étaient d'un noir d'encre et dentelées comme celles d'un corbeau. Je me débattis, mais de grandes serres écailleuses aux griffes acérées comme des rasoirs me clouèrent au sol et l'oiseau géant se posa sur moi comme un corbeau sur une charogne. Son long bec me frappa, déchirant ma robe en daim pour m'arracher le cœur.

Je m'éveillai trempée de sueur, sans savoir où j'étais. Dans une chambre, dans une maison – l'idée même était étrange après avoir dormi pendant tant d'années sous l'écorce et les nattes. Je restai un instant immobile, fixant du regard le bois richement sculpté du plafond. Un feu brûlait dans la cheminée, illuminant la pièce. Je me levai, mais, lorsque je voulus m'habiller, je m'aperçus que l'on avait emporté mes vêtements pendant mon sommeil.

Quand la Huronne revint, je lui parlai dans la langue véhiculaire des Indiens. J'ignorais si je pouvais lui faire confiance, mais je lui demandai néanmoins de transmettre un message à Renard Noir. Elle devait lui dire où j'étais et l'informer que j'étais étroitement surveillée, mais que l'on ne m'avait ni offensée, ni fait le moindre mal – pour l'instant, du moins.

Elle ne répondit rien, mais acquiesça comme si elle avait compris. Je m'en tins là par prudence. J'en avais cependant assez dit pour que mon fils comprenne que je ne pourrais pas aisément m'évader par moi-même, et que toute attaque directe contre ceux qui me retenaient prisonnière serait vouée à l'échec. Tout ce que je pouvais faire, c'était tirer du Français le plus de renseignements possible afin de savoir quel sort m'était réservé. Pour trouver un moyen d'évasion, je devais m'en remettre à Renard Noir. Je me sentais un peu réconfortée en pensant à lui, car il était aussi astucieux et rusé que le promettait son nom. Si quelqu'un pouvait me tirer de là, c'était bien lui.

La Huronne versa de l'eau dans une cuve et me donna une pièce de toile pour me sécher après mon bain, puis elle se retira. Un bain chaud était pour moi un grand luxe et j'avoue que je m'attardai longuement dans l'eau parfumée. La jeune Indienne revint avec des vêtements : une robe avec une longue jupe et des jupons, des manches à crevés et un corsage très ajusté. Le contact de vêtements européens était insolite et inconfortable, mais j'avais le choix entre m'en accommoder ou me promener nue. Mes mocassins avaient été emportés avec mes vêtements, mais j'aurais encore préféré marcher pieds nus plutôt que de les comprimer dans les souliers que j'étais censée porter.

Je passai la journée seule, enfermée dans ma chambre ; vers le soir, la Huronne revint. Elle devait me mener à son maître, mais elle m'apportait aussi un message de Renard Noir. Elle me dit que Naugatuck était rentré à Missisquoi, tandis que Renard Noir et Ephraïm restaient cachés dans les parages. Les hommes de Le Grand recherchaient Ephraïm et l'on racontait que le Français offrait une récompense pour sa capture.

– Ton fils te fait dire de ne pas t'inquiéter, car ils ne le retrouveront pas, m'informa-t-elle. Il a ajouté… (Elle fronça les sourcils comme si elle s'efforçait de se rappeler quelque chose qui n'avait aucun sens pour elle.)… il te demande de te rappeler Coos et la chasse d'automne.

Alors que Renard Noir n'avait que neuf ou dix ans, il avait voulu se joindre aux chasseurs de la tribu, mais Coos le lui avait interdit en affirmant que, faute d'expérience, il effraierait le gibier. Renard Noir les avait quand même suivis et il s'était glissé dans leur camp, où il avait dérobé non seulement leurs plus belles fourrures, mais aussi le couteau de Coos. Depuis cet exploit, sa ruse était devenue légendaire. Je souris à ce souvenir, mais j'étais en même temps remplie de crainte. Cette maison était une véritable forteresse : y pénétrer pourrait se révéler une épreuve insurmontable, même pour lui.

La Huronne me dit qu'elle en saurait plus cette nuit, mais qu'à présent elle ne voulait pour rien au monde faire attendre son maître. Elle me mena à lui les yeux baissés.

Monsieur Le Grand – Jean Le Grand – était assis au bout d'une longue table dans une grande pièce illuminée de nombreux chandeliers. Leur lumière donnait un éclat chaud au bois poli et faisait étinceler le verre, le cuivre et l'argent sur la table. Les murs étaient tendus de tapisseries aux couleurs somptueuses. Je n'avais encore jamais vu un tel luxe, ni même imaginé qu'il pût exister dans le milieu fruste des colonies. Le Grand me convia à dîner avec lui. Nous mangeâmes dans la vaisselle la plus splendide que j'aie jamais vue et bûmes dans des verres d'une grande délicatesse, mais la nourriture n'était pas à mon goût : je la trouvais à la fois trop salée et trop raffinée, et le vin me faisait tourner la tête.

– Je ne veux pas rester ici et vous ne pouvez pas m'y contraindre, dis-je à Le Grand.

– Si, je le peux, vous ne tarderez pas à vous en rendre compte, répondit-il en étendant devant lui ses mains couvertes de bagues.

– Qui êtes-vous ?

– Un marchand, un négociant, un entrepreneur, bien que vos compatriotes aient d'autres noms pour me désigner. Corsaire, par exemple.

– Boucanier ?

Il fit la grimace comme s'il jugeait ce terme offensant.

– Je travaille pour le compte de la France, mais je suis également connu pour arrêter les navires au large du port de Boston afin de détourner leur cargaison, dit-il en se renversant dans sa chaise. Vous serez mon hôte jusqu'à ce que l'on ait décidé de votre sort. Le gouverneur tient particulièrement à votre présence. C'est lui qui m'a demandé de vous retrouver et de vous garder ici.

– Comment avez-vous su que j'étais ici ?

– Nous avons guetté votre arrivée. Un certain capitaine Peterson est venu à Québec s'informer s'il y avait des prisonniers parmi les bandes d'Indiens fuyant le sud. Je vois que ce nom vous est familier. (Il m'avait observée attentivement en prononçant ces mots et je ne voyais aucune raison de nier.) Il a en particulier demandé des renseignements sur une femme et un jeune garçon qui voyageaient ensemble sans être parents.

– Pour quelle raison ?

Le Grand me sourit.

– Il semblait croire le garçon en danger.

– Comment cela ? (Je regardai Le Grand avec stupéfaction.) Je ne lui ferais pas plus de mal qu'à mon propre fils.

– Précisément. Votre fils est un *sauvage.* Vous vous êtes unie à l'un de ces hommes et vous avez adopté leurs mœurs païennes, selon Peterson. C'est un homme vertueux qui s'inquiète pour le salut de l'âme de ce garçon. Il désire vivement le soustraire à de telles fréquentations et le renvoyer dans sa famille.

– Il n'en a pas.

– Ce n'est pas ce qu'affirme Peterson. Le garçon aurait à Rhode Island un oncle qui souhaite le retrouver. Il offre une forte récompense, dit Le Grand avec un sourire. Mais les préoccupations de Peterson ne se limitent pas au garçon. Il s'inquiète également à votre sujet. La vie que vous menez est une offense pour lui comme pour tous les Anglais.

– Que me veut-il ?

– Il souhaite votre retour à la civilisation. Quant à ses projets concernant votre avenir, ce n'est pas mon affaire. (Le Grand se mit à rire.) N'ayez donc pas l'air si alarmée. Vous êtes en territoire français et ici, les capitaines anglais n'ont aucune autorité. Votre sort n'a pas encore été tranché.

Malgré ces paroles rassurantes, mon esprit travaillait fiévreusement. Si les Anglais me reprenaient, combien de temps s'écoulerait-il avant que l'on ne découvre mon histoire ? Les nouvelles circulent vite aux colonies. Certaines personnes étaient au courant de ma fuite de Beulah, des raisons qui l'avaient motivée et des soupçons dont j'avais été l'objet là-bas. Quel serait le jugement porté sur moi lorsque à ma faute initiale s'ajouterait mon séjour parmi les sauvages ?

Je restai perdue dans mes pensées. À ce moment, un serviteur entra et chuchota quelque chose à l'oreille de Le Grand. Ce dernier répondit par un signe de tête rapide, comme s'il avait reçu un renseignement qu'il attendait. Le serviteur se retira et Le Grand se tourna vers moi.

– Il y a ici quelqu'un qui voudrait vous parler, dit-il. Le père Gérard.

– Une robe noire ?

– Il préfère le terme de jésuite. Il est à la tête de cet ordre dans cette ville. Il veut vous convertir. (Le Grand me regarda fixement.) Je pense qu'il aurait plus de chances de convertir les bêtes sauvages de la forêt, sans parler des sauvages eux-mêmes, mais ces jésuites sont entêtés. Encore un qui veut sauver votre âme immortelle. C'est tout à votre honneur, Mary. Venez. Il vous attend dans la bibliothèque.

Il se leva en me faisant signe de le suivre.

Nous entrâmes dans une pièce meublée de secrétaires et dont les murs étaient couverts d'étagères sur lesquelles s'alignaient des livres reliés de cuir. Un prêtre était assis devant un feu brûlant dans une grande cheminée en pierre. Les bûches enflammées dégageaient une chaleur considérable, mais il était penché en avant comme s'il voulait avoir encore plus chaud. Son fauteuil était si proche du feu que celui-ci aurait pu roussir le bas de sa soutane. Il avait une barbe et des cheveux gris et son visage aux traits tirés était creusé de rides profondes qui semblaient avoir été gravées par de longues souffrances. Il ne semblait pourtant pas incommodé à l'instant même, mais il ne se leva pas pour me saluer. Un solide bâton était posé à côté de lui. Ses mains reposaient sur les accoudoirs de son fauteuil ; l'une d'elles, à moitié dissimulée dans les plis de sa soutane, était refermée, tandis que l'autre pendait, couverte de bagues qui étincelaient à la lueur du feu.

– Je suis le père Gérard, dit-il.

Il me fit signe de m'asseoir en face de lui. Je compris alors l'origine des souffrances qui avaient marqué son visage. Il avait perdu tous les doigts de la main gauche. Ce que j'avais pris pour un poing était en réalité un moignon aux jointures couvertes d'une peau rose et plissée. J'avais déjà vu ce genre de mutilation, un moyen de torture employé par les Iroquois. Chaque doigt avait été scié avec le tranchant aiguisé d'un coquillage. Il fallait posséder une endurance exceptionnelle pour supporter une telle épreuve sans pleurer ni hurler. Je considérai le jésuite avec un respect nouveau. Il avait certainement gardé le silence, sans quoi il n'aurait pas été ici en ce moment.

– Je vous attendais, Mary, reprit-il en prononçant mon nom à la française. Si vous n'étiez pas venue, c'est nous qui serions venus à vous.

– Comment savez-vous mon nom ?

– Grâce au père Duval. Ses notes nous ont informés de votre présence sur le territoire, dit-il en brandissant un petit carnet taché qui reposait sur son genou. Au début, il s'est inquiété pour votre bien-être. Pour une Blanche, les conditions de vie des sauvages ne sont pas précisément, euh… (Il chercha le mot juste.)… satisfaisantes.

– Je vis parmi eux de mon plein gré, dis-je simplement. Je ne tiens pas à être secourue. Où est le père Luc ? demandai-je, et je regardai autour de moi en m'attendant à le voir, le visage frais et bien rasé.

– Il n'est pas ici. Il est parti pour une autre mission, chez les Iroquois cette fois-ci. (Les deux Français échangèrent un regard.) Je crains qu'il ne recherche le martyre. Toutefois, avant son départ, il m'a demandé de vous retrouver. Il a beaucoup insisté sur ce point. (Les yeux noirs du jésuite me lancèrent un bref regard.) Il craint pour votre âme immortelle, vous comprenez. Certains… certains événements relatés ici, dit-il en feuilletant les pages gondolées du carnet, doivent être pris très au sérieux. Si jamais ils étaient véridiques, ou si l'on avait la *preuve* de leur véracité…

Je regardai le jésuite, puis Le Grand.

– Excusez-moi, mais je ne comprends pas ce que vous voulez dire, fis-je.

Le prêtre me fixa de ses yeux étincelants et scrutateurs comme ceux d'un corbeau dans son visage ravagé.

– Alors je serai plus direct, dit-il. Le bruit court que vous êtes une sorcière. Et que vous avez tué un homme. Un certain Frenais.

– Le Frenais, rectifiai-je.

– Vous le connaissiez donc ? demanda le prêtre.

– Bien sûr.

– Alors cette histoire est-elle vraie ? Êtes-vous mêlée à sa mort en quelque façon ?

– Non. Je ne l'ai même pas touché. Là-bas, la vie est dangereuse, surtout en hiver. La moindre erreur peut être fatale. Le Frenais buvait. La boisson rend les hommes stupides et imprudents ; ils mettent alors en danger leur vie et bien d'autres choses encore.

Le jésuite me regarda fixement.

– Le bruit court que sa mort n'a pas été provoquée par la boisson, dit-il. Les Indiens racontent qu'on l'a vu courir sur la glace au plus fort d'une tempête, poursuivi par une forme noire et hurlant comme s'il avait le diable à ses trousses.

– Et alors ? C'est une bonne histoire à raconter devant le feu en hiver. Les Indiens aiment les contes. En cela, ils sont semblables à nous.

Le jésuite referma brusquement le carnet.

– Je ne suis pas venu ici pour vous mettre à l'épreuve, Mary, dit-il. J'espère que nous n'en viendrons pas là. Les indigènes sont crédules et superstitieux. Votre réputation s'est répandue parmi eux. Il est hors de question qu'une Blanche vive parmi les Indiens, révérée en tant que sorcière. Nous avons déjà assez de mal à les convertir sans cela. Certaines personnes, dit-il en lançant un regard à Le Grand, seraient toutes disposées à vous rendre aux Anglais, mais pour ma part, je ne suis plus certain que ce soit la bonne solution. Je prends actuellement des dispositions pour que vous soyez accueillie chez les sœurs le temps que je décide de ce qu'il convient de faire. Je sais que les sœurs feront leur possible pour vous ramener dans le sein de l'Église. Soyez attentive à leur enseignement, car votre vie pourrait en dépendre.

Il se leva en prenant lourdement appui sur son bâton, se servant de sa main valide comme levier. Après avoir refusé d'un geste l'aide de Le Grand, il se dirigea vers la porte en claudiquant. Il boitait fortement, ce qui donnait à sa démarche une allure grotesque. À sa manière de se déplacer, je devinai qu'il était né avec un pied bot et une jambe plus courte que l'autre. Venir de si loin dans cet état pour mener une vie aussi dure et dangereuse ! Ces jésuites étaient aussi coriaces que les indigènes qu'ils tentaient de convertir.

– Que voulait-il dire ? demandai-je à Le Grand. Pourquoi ma vie devrait-elle dépendre de mon attitude vis-à-vis des sœurs ?

En réalité, j'avais très bien compris ce que le prêtre avait insinué, mais j'avais besoin d'une confirmation avant de prendre une décision.

– Convertir quelqu'un comme vous ferait rentrer au bercail des légions de brebis égarées. Sinon…

– … Sinon ?

Le Grand ne répondit pas directement à ma question, mais il prit le carnet que le père Gérard avait laissé et l'agita devant mon nez.

– Ils vous appellent Loup-Garou.

Je reconnus ces mots. Je les avais déjà entendus à Missisquoi.

– Un loup-garou ? Mais c'est une créature née de la superstition. (Je me sentais envahie par une grande lassitude. Comme ils connaissaient mal toutes ces choses !) Je ne me promène pas la nuit et je ne me réveille pas dans un fossé, nue et la gueule pleine de sang.

Le Grand brandit le carnet de Duval.

– On raconte que vous avez tué un homme au moyen de la sorcellerie, dit-il.

– Comme je l'ai expliqué à ce prêtre, la vie là-bas est dangereuse même sans l'intervention de la sorcellerie.

– Mais vous êtes bien une sorcière ? Vous savez ce que nous faisons aux sorcières ? (Comme je ne répondais pas, il le fit à ma place.) Nous les brûlons. Voilà le sort qui vous attend si vous ne vous convertissez pas. Nous avons déjà ici de futurs saints, français et indigènes. Peut-être le père Gérard désire-t-il que vous rejoigniez le troupeau. Sinon…

– Sinon quoi ?

– Vous serez sa Jeanne d'Arc.

– Vous comptez donc me remettre entre ses mains ?

Je devinai à son expression qu'il n'en avait pas l'intention, mais cette idée ne me réconforta guère. J'avais l'impression d'être le poisson qui saute de la poêle pour atterrir dans le feu.

Le Grand s'assit dans le fauteuil que le père Gérard venait de quitter.

– Les jésuites sont très influents par ici, c'est certain, mais moi, j'ai d'autres projets pour vous. J'ai un bateau qui lèvera l'ancre demain ou après-demain au plus tard, avec vous à son bord.

– Et vous, que comptez-vous faire de moi ? Me livrer à Peterson ?

– Je n'ai pas encore pris de décision. Ce serait du gâchis de vous abandonner aux sœurs et aux jésuites. J'ai un ami prisonnier à Boston, un corsaire comme moi. Les autorités locales seraient très intéressées par un échange. C'est l'idée du capitaine Peterson. Mais il se peut que j'en décide autrement.

– Et que décideriez-vous ?

Il se tut un instant comme s'il réfléchissait.

– J'échangerais bien le garçon une fois que nous aurons mis la main sur lui, ce qui ne saurait tarder. J'ai promis une belle récompense pour sa capture et les habitants de Montréal, français ou indiens, vendraient leur grand-mère pour de l'or. Quant à vous, je ne pense pas que je vous remettrai à Peterson.

– Qu'allez-vous donc faire de moi ?

– J'ai dans l'idée de vous ramener en France. (Il sourit

et ses dents blanches étincelèrent dans la noirceur de sa barbe.) Vous êtes une vraie beauté sous cette couche de crasse indigène, et avec une histoire si exotique ! *La belle sauvage.* La cour raffole de distractions en tout genre. Vous feriez sensation là-bas. (Son ton se durcit lorsqu'il vit que je restais silencieuse.) Ce sera moi ou les nonnes. Pensez-y.

– Et si je refuse de choisir ?

– Vous savez ce qu'il vous reste, dit-il en haussant ses élégantes épaules. Il reste toujours le bûcher.

Je croisai les bras autour de mon corps comme si je sentais déjà les flammes me lécher les pieds. Le Grand sourit.

– Nous n'en arriverons peut-être pas là, fit-il. Mais vous tremblez ! Tenez. (Il se leva pour jeter d'autres bûches dans le feu et pour sonner un serviteur.) Je vais nous commander du vin chaud. Les nuits sont encore froides à cette époque de l'année.

– Vous m'intéressez beaucoup, Mary, dit-il lorsque le vin fut arrivé. Il avait pourtant l'air d'un homme revenu de tout.

« J'ai connu beaucoup de femmes, mais je n'en avais encore jamais rencontré de semblable à vous. (Il remua le contenu fumant de la coupe posée devant lui et en versa un peu dans une timbale en argent.) Buvez ! Ce vin a été préparé selon mes instructions et je pense qu'il vous plaira.

Il me tendit la timbale et me regarda boire. Le breuvage, un mélange de cognac et de vin relevé d'épices – noix de muscade, clou de girofle et cannelle – me réchauffa. Tandis que je le sirotais, je crus sentir un arrière-goût différent, quelque chose de lourd et de puissant. Je regardai Le Grand d'un air interrogateur.

– Il vaut mieux boire ce vin lentement, dit-il en souriant. Il contient un alcool très fort que j'achète aux Hollandais et qu'ils appellent genièvre. Maintenant, racontez-moi comment vous en êtes venue à vivre avec les sauvages. J'aimerais en savoir plus. Et soyez sans inquiétude. Dans ma famille, on s'y connaît un peu en magie. Tout ce que vous pourrez me dire ne sortira pas de ces murs.

Quelle que fût la composition de cette boisson, je me rendis compte que ma langue se déliait. Je me surpris à raconter toute mon histoire à Le Grand. Lorsque j'eus terminé, il se pencha pour remplir de nouveau ma timbale.

– Je savais bien que vous ne me décevriez pas. Nous sommes faits pour nous entendre, vous et moi. (Il eut un large sourire qui découvrit une dent en or de chaque côté de sa mâchoire. Cette fois-ci, le sourire monta jusqu'à ses yeux bleu sombre.) On m'appelle le Loup des mers. Et maintenant, à mon tour de parler de moi.

Il était issu d'une famille noble, bien qu'il ne fît pas usage de son titre.

– Je suis ce que vous appelleriez le mouton noir de la famille. Mon frère est prêtre comme le père Gérard, mais il préfère rester en France, et mon autre frère vit à la cour ; pour ma part, je trouve la vie là-bas ennuyeuse et étouffante. Je devais être soldat, mais j'étais fatigué de tuer des Hollandais dans la boue de Flandre. Je voulais de l'aventure et je l'ai trouvée en mer. J'ai des intérêts un peu partout – ici, aux

Indes et aux Antilles. (Il sourit de nouveau, mais avec plus de douceur, comme à l'évocation d'une scène que lui seul pouvait voir.) Les Antilles vous enchanteraient, Mary. Il fait si chaud là-bas, sans le maudit froid de ce pays, tout y est si vert, mais d'un vert éclatant, et la lumière est différente, pas comme dans ces forêts sombres et lugubres. Les îles sont pleines de couleurs. Des fleurs et des fruits poussent partout en même temps, comme au paradis. Des oiseaux voltigent dans ce paysage, des oiseaux bleus, rouges et jaunes, certains pas plus grands que ça, dit-il en esquissant la forme d'une noix au creux de son poing. Ils volent comme des abeilles en butinant des fleurs avec un bec aussi fin qu'une aiguille.

– Cela doit être un endroit merveilleux.

– Oh oui ! Merveilleux. Là-bas, la mer est tiède comme du sang, de la couleur de l'aigue-marine, et le sable aussi blanc que du lin. J'ai fait construire une maison près du rivage, afin de pouvoir être seul quand j'en ai envie. J'adore contempler l'océan. (Il se tut un instant.) J'avais d'abord pensé vous ramener en France, mais maintenant, je crois que je préférerais vous emmener là-bas. Qu'en dites-vous, Mary ? Ce que je viens de vous décrire vous plaît-il ? Là-bas, vous pourrez vivre libre, aussi libre que vous avez vécu ici. Voulez-vous venir avec moi ?

Ses pensées avaient pris un tour entièrement différent de ce à quoi je m'étais attendue. Je l'avais pris pour un aventurier froid et cruel, endurci au contact d'un monde impitoyable. À présent, je voyais le feu qui brûlait dans son âme et les raisons de son errance à travers le monde. Je voulus lui répondre, mais mes pensées devenaient confuses. Ma langue était lourde et inerte. Soudain, j'eus les plus grandes difficultés à me mouvoir. La chaleur du feu et le vin épicé avaient répandu une langueur insidieuse dans tous mes membres. Lorsque je tentai de me lever, je chancelai.

Il me rattrapa en passant le bras autour de moi. De son autre main, il repoussa mes cheveux de mon front et toucha la marque de mon clan sur ma joue. « Ma belle sauvage », murmura-t-il, et je sentis sur ma peau la chaleur de son haleine imprégnée de vin tandis qu'il tournait mon visage vers le sien.

Il y avait longtemps que je n'avais plus senti le contact d'un homme. Peut-être était-ce le vin ou une drogue qu'il avait mise dedans. Ou peut-être était-ce la force de son baiser. Toujours est-il que je ne me débattis pas quand il me prit dans ses bras, et lorsqu'il m'entraîna vers sa chambre, je le suivis de mon plein gré.

CHAPITRE 33

EPHRAÏM

Je m'éveillai dans son lit, entre des draps de l'étoffe la plus fine. J'étais seule et, à en juger par la position du soleil, il était tard. Il avait dû partir régler ses affaires. Je m'adossai à des oreillers fourrés de plume d'oie pour réfléchir à ce qui s'était passé, mais mon esprit était lent et mes sens engourdis. Au goût que j'avais dans la bouche, je compris qu'on avait mêlé du pavot au vin chaud.

La Huronne entra dans la chambre avec un plateau qu'elle déposa sur une table à côté du lit. J'essayai de lui parler, mais elle se retira aussitôt sans m'accorder un regard. Je me levai et revêtis une robe de chambre en soie que l'on avait préparée à mon intention. Mes vêtements de la nuit dernière avaient été remplacés par des habits bien plus beaux en soie et en velours. Une vieille comptine me revint en mémoire : « Trois étaient vêtues de toile rêche, trois allaient en guenilles, et trois portaient du fin velours... »

Le petit déjeuner que l'on m'avait servi était savoureux

comme la manne. Il se composait de petits rouleaux de pain blanc chaud aussi fondants et succulents que des gâteaux, de copeaux de beurre jaune et crémeux et d'un bol d'une boisson onctueuse et foncée au goût à la fois puissant et doux. Bien que je n'en eusse jamais goûté auparavant, je savais que c'était du chocolat. La Huronne revint pour préparer mon bain et emporter mon plateau. Je lui parlai en français, puis dans la langue véhiculaire des Indiens, mais elle ne semblait plus comprendre aucune de ces langues. En sortant, elle me jeta un regard qui en disait long sur ce qu'elle pensait de moi.

Je passai le reste de la journée perdue dans mes réflexions. Je n'avais encore jamais connu de telles splendeurs. Si je le voulais, elles pourraient m'appartenir définitivement. Il me suffisait d'accepter la proposition de Le Grand. J'errai dans la maison, comparant une vie à l'autre. Il y avait au moins un signe suffisamment clair : jamais auparavant on ne m'avait témoigné une telle déférence, mais je n'en étais pas moins prisonnière. Les soldats postés devant le seuil de la maison m'empêcheraient de le franchir. La cage avait beau être dorée, elle n'en restait pas moins une prison.

Le Grand revint dans la soirée et m'annonça que nous partirions avec la marée du matin. J'étais restée seule toute la journée et la honte que l'attitude de la Huronne m'avait fait éprouver avait grandi d'heure en heure.

J'étais donc prête à affronter Le Grand, mais j'avais oublié son charme, sa beauté et la séduction qu'il savait déployer. À table, il porta un toast en mon honneur avec du vin doré et, au dessert, il me fit manger des douceurs en parlant de la vie que nous allions mener ensemble. Je fus de nouveau envoûtée alors que je connaissais pourtant son habileté. Au moment de nous coucher, j'avais l'impression qu'il était membre d'une société de magiciens.

Des coups frappés à l'étage inférieur nous réveillèrent. Quelqu'un appelait Le Grand. Il passa en hâte une chemise et des pantalons, puis enfila ses bottes pendant que je revêtais une robe de chambre et me penchais à la fenêtre pour voir de quoi il retournait.

Deux soldats se tenaient devant la grande porte d'entrée, encadrant la silhouette d'un jeune garçon vêtu de daim. Ils le tenaient par le col comme un chat qui se débat. Ils étaient presque deux fois plus grands que lui, mais ils avaient néanmois du mal à le maîtriser. Les portes furent ouvertes toutes grandes et Ephraïm jeté sur les dalles de l'entrée. J'entendis au-dessous de moi un traînement, un bruit de pas dans l'escalier, puis la voix d'Ephraïm qui m'appelait. Je me précipitai hors de la chambre et me retrouvai face à lui. Il s'arrêta net.

– Mary ! s'exclama-t-il.

– Il se débat comme un chat sauvage, dit Le Grand qui arrivait à sa suite, pantelant. Mes hommes sont couverts de bleus, de bosses et d'égratignures.

– Lynx, c'est le nom qu'on me donne, déclara Ephraïm avec un grand sourire. Je suis venu ici de mon plein gré, dit-il à Le Grand. Vos hommes n'ont pas le droit de me traiter ainsi.

– Tu portes bien ton nom, fit Le Grand en tendant le bras avec une grimace.

À travers la manche déchirée de sa chemise, on voyait son bras sillonné de griffures profondes ; elles enflaient déjà et un peu de sang perlait.

– Il faut que je panse ça. Je reviens tout de suite, dit-il.

Il sortit, me laissant seule avec Ephraïm.

– Tu es blessé ? demandai-je au garçon.

– Rien de grave.

Il entra dans la chambre, incapable de détacher les yeux de moi.

– Qu'est-ce que tu regardes comme ça ? demandai-je.

– Tu as changé, dit-il avec un émerveillement naïf. Tu as l'air d'une dame. Il n'y a pas à dire, tu t'es vraiment bien récurée, Mary.

– Il s'agit bien de ça ! répliquai-je. Pourquoi t'es-tu laissé prendre ?

– C'était le seul moyen de te rejoindre. C'est Renard Noir qui m'envoie. Il a un plan.

Je devinais de quoi il s'agissait. Parfois, les guerriers se laissent capturer délibérément pour être emmenés dans le camp ennemi. Une fois dans la place, ils travaillent à l'évasion des prisonniers avec leurs compagnons restés libres. C'était une idée astucieuse, mais très risquée.

– C'est très imprudent, dis-je.

– Mais, Mary…

– Écoute-moi bien. Le Grand a de bonnes raisons de te faire rechercher. Tu viens de te jeter dans la gueule du loup.

– Comment ça ?

– Pourquoi ne m'as-tu pas dit que tu avais de la famille aux colonies ?

– Quelle famille ?

– Le Grand m'a dit qu'un oncle te recherchait.

– Quel oncle ? Je n'ai jamais entendu parler d'un oncle.

– Le capitaine Peterson est allé à Québec. Il dit qu'un oncle de Rhode Island veut te reprendre.

Le visage d'Ephraïm s'assombrit. La mémoire semblait lui revenir.

– Je me souviens maintenant, dit-il. Cet oncle est devenu quaker. Mon père et lui étaient arrivés ensemble aux colonies. Papa ne pensait rien de bon de sa nouvelle religion et ils se sont brouillés. Papa ne parlait jamais de lui. (Il haussa les épaules.) C'est tout ce que je sais. C'est arrivé avant ma naissance. Qu'est-ce qu'il me veut ? (Il s'assit sur le lit et leva les yeux vers moi.) Avant ça, il n'avait jamais voulu de moi.

– Eh bien, maintenant, si. On va rentrer en Nouvelle-Angleterre. Le Grand va t'échanger contre l'un de ses amis corsaires.

– Et toi ?

– Il a d'autres projets pour moi.

Ephraïm parcourut la pièce du regard ; ses yeux se posèrent sur moi, le lit derrière nous, la veste de Le Grand jetée en travers d'une chaise et mes vêtements gisant sur le sol. Il se raidit soudain comme un animal aux aguets.

– *Maintenant*, je vois de quoi il s'agit, dit-il.

Il se leva pour examiner la pièce, inspectant chaque recoin.

– Et alors, de quoi s'agit-il ? répliquai-je.

Il s'accroupit, les coudes sur les genoux, et posa la tête entre ses mains.

– La Huronne nous a fait passer le message. C'est pour ça qu'on a dû agir si vite. Elle nous a dit que Le Grand voulait t'emmener, mais elle n'a pas précisé à quel titre.

Il me regarda, le visage déformé par un rictus de mépris sardonique, l'expression que les trappeurs français arboraient lorsqu'ils parlaient des femmes. J'aurais dû le gifler pour son insolence, mais son mépris me brûla. Je l'avais mérité. Je me sentis rougir violemment.

– Renard Noir ne peut pas s'introduire ici, reprit Ephraïm. La maison est trop bien gardée. Alors il s'est dit que le meilleur moment pour te faire évader, ce serait quand tu arriverais au port. Il attendra là-bas. Il ne pense pas qu'on le repérera, car pour les gens d'ici, tous les Indiens se ressemblent. Il a tout préparé et il attendait le moment de te tirer de là, mais maintenant, on dirait que ce n'est plus vraiment la peine de se fatiguer. (Il leva les yeux vers moi.) Comment as-tu pu lui faire ça ?

– C'est un guerrier, maintenant. Un homme. Il n'a plus besoin de moi.

Mais au moment même où je prononçais ces paroles, je savais que c'était faux. Je n'avais pas de réponse à la question d'Ephraïm. J'avais l'impression de marcher dans un rêve. Il n'ajouta pas un mot, mais ses yeux bleus étaient des plus éloquents, plus éloquents qu'il n'en avait lui-même conscience. Je me détournai brusquement, au bord des larmes au souvenir d'une autre séparation dans une autre chambre, à l'étage supérieur d'une auberge, en Angleterre, bien des années auparavant.

– Je ne retournerai pas chez Peterson, dit-il enfin. Ni chez un oncle que je connais même pas. J'aimerais mieux mourir. Je te préviens, Mary, soit je repartirai avec Renard Noir, soit je me ferai tuer en essayant de le rejoindre.

Comment avais-je pu le blesser si cruellement ? Je pensai à Renard Noir qui attendait quelque part dans la nuit. Ils avaient tout risqué pour moi. Comment aurais-je pu commettre une telle trahison ? Je ne comprenais plus comment j'avais seulement pu envisager de rester avec Le Grand – vraiment, j'avais dû être ensorcelée.

CHAPITRE 34

RENARD NOIR

Avant même le lever du soleil, Le Grand était parti pour le port. Les dernières et plus précieuses cargaisons devaient être chargées en dernier et il ne faisait pas confiance aux employés du comptoir, tous des balourds ou des gredins, disait-il. Il voulait être sur les lieux pour tout contrôler lui-même. Nous devions le rejoindre plus tard, à la marée haute.

Les ports sont des lieux animés ; peu avant le départ d'un bateau, il y règne toujours une grande confusion. Une foule agitée se pressait sur le quai, où passagers et marins se mêlaient aux marchands venus vérifier que leurs biens étaient en sûreté à bord. Un groupe d'Indiens avançait au milieu de la foule ; ils venaient se louer comme porteurs, proposer leur marchandise, ou simplement en curieux. Des canoës dansaient sur l'eau à côté des coques des navires. Ephraïm se précipita au bord du quai, comme saisi d'une excitation puérile devant des images et des bruits nouveaux.

Il revint me dire en anglais que le canoë de Renard Noir était là. Deux soldats nous escortaient. Ils semblaient savoir ce que je représentais pour Le Grand, car nous étions surveillés, mais pas de trop près, et ils se gardaient bien de prendre des libertés avec nous. Je regardais autour de moi, comme émerveillée par le spectacle de la foule, et bientôt j'aperçus Renard Noir, parmi d'autres Indiens ; il portait un ballot de fourrures comme s'il était venu les vendre. Il n'avait pas besoin de s'approcher. Il communiquait avec nous dans le langage de signes que les chasseurs utilisent en forêt, quand ils doivent se déplacer sans bruit. Ephraïm lui répondit de la même manière et Renard Noir s'éclipsa pour rejoindre son canoë.

Je ne voyais pas Le Grand. Les soldats qui nous escortaient étaient lents et abrutis par une nuit de beuverie. Ils s'agitaient nerveusement, bâillaient en plein milieu d'une phrase et buvaient du cognac pour combattre l'air froid montant du fleuve et la gueule de bois de la veille. Je m'approchai d'eux et leur parlai doucement, comme aux chevaux que l'on veut calmer. Ils étaient déjà éméchés et engourdis par la boisson, le froid et l'heure matinale. Il me fut facile de les endormir assez pour qu'ils cessent de percevoir notre présence.

– Comment as-tu fait ? me demanda Ephraïm tandis que nous nous mêlions à la foule.

– La magie, dis-je en regardant les deux soldats assis sur un tonneau, les yeux fixes, immobiles comme des statues. Des paroles magiques. C'est Aigle Blanc qui m'a appris.

Nous nous faufilions à travers la foule. Sur le quai grouillant d'activité, personne ne remarqua notre disparition, ni n'entendit le bref clapotement d'une pagaie et le bruissement d'un canoë indien fendant l'eau. Des lambeaux de brume montaient du fleuve. J'espérais qu'ils masqueraient notre fuite tandis que nous longions les quais. Sur un mouillage désert, nous nous dissimulâmes au milieu de poteaux ruisselants d'humidité, aussi nombreux et serrés que les arbres d'une forêt, et attendîmes l'arrivée de Renard Noir, serrés l'un contre l'autre.

– Je n'en reparlerai plus jamais si tu réponds à ma question, fit Ephraïm.

– Quelle question ?

En réalité, je savais très bien à quoi il faisait allusion.

– Pourquoi as-tu fait ça, Mary ? Pourquoi as-tu pensé nous abandonner, Renard Noir et moi, pour rester avec lui ?

– Cela n'avait rien à voir avec toi, ni avec Renard Noir. Je ne peux pas vraiment t'expliquer. D'ailleurs… (Je regardai ses larges yeux d'enfant et ses sourcils semblables au pelage d'un chiot.) Tu es encore trop jeune. Un jour, tu comprendras.

– Est-ce que c'était une sorte de folie ?

Ephraïm ne voulait pas lâcher prise ; il n'aimait pas les énigmes. Je me mis à rire.

– Il y a de ça, répondis-je. Peut-être a-t-il utilisé une sorte de magie.

– Et ça a marché ? Même avec toi ? demanda Ephraïm en me dévisageant, l'air stupéfait.

– Oui. (Je souris, en savourant le goût que m'avait laissé cette aventure : un mélange doux-amer, comme son chocolat.) Ça a marché. Même avec moi.

À présent, la marée était presque haute et l'eau venait lécher nos pieds. Elle allait bientôt refluer. Je me demandai si Le Grand avait déjà remarqué mon absence. Je savais seulement qu'il avait hâte de s'en aller. Il ne voudrait pas attendre la prochaine marée alors que le navire était déjà chargé et prêt à lever l'ancre ; du reste, d'autres affaires le pressaient de partir.

Allait-il tout remettre en question pour moi ? Un canon tonna comme en réponse à mes interrogations. J'espérai qu'il signalait le départ du navire, mais des voix résonnèrent le long des quais, se rapprochant peu à peu. Elles m'appelaient. Il me cherchait.

Je regardai vers le port et je l'aperçus, très haut, appuyé au bastingage du navire, donnant à ses hommes l'ordre de se déployer en éventail à travers la foule grouillante. Ses marins grimpaient aux mâts pour faire le guet et scrutaient la rive de leurs yeux perçants, à la recherche de la moindre trace de notre présence. Ils surveillaient également le fleuve. Le Grand n'était pas stupide. Il avait dû leur ordonner de chercher un canoë indien. Une couple d'embarcations légères s'éloigna de la rive, à la poursuite de Renard Noir.

– Regarde, là-bas !

Ephraïm me désigna des hommes qui longeaient les quais au pas de course, comme une file de fantômes dans le brouillard gris. Ils suivaient l'itinéraire que nous avions emprunté. Bientôt, nous entendrions le martèlement de leurs bottes sur le quai en bois. Un autre groupe s'approchait de nous, arrivant de la direction opposée, et la marée qui montait sournoisement à l'assaut des poteaux nous contraignait à battre en retraite vers la rive du fleuve. Je regardai ce dernier, scrutant l'horizon à travers les tourbillons de brume, dans l'espoir de voir approcher le canoë de Renard Noir. Il demeurait invisible. Peut-être avait-il été capturé, ou contraint de faire un détour pour échapper à ses poursuivants. Peut-être le courant puissant l'avait-il ramené au milieu du fleuve. Ephraïm et moi étions pris au piège. Si nous restions immobiles, nous risquions d'être submergés par les eaux montantes ; si nous sortions de notre cachette, on nous repérerait à coup sûr.

CHAPITRE 35

KANIATARAKARONTE - LA PORTE DU PAYS

Un appel monta du fleuve, un cri lugubre d'oiseau marin. Ephraïm répondit par un cri semblable, et bientôt un canoë apparut, glissant sur l'eau. Nous montâmes rapidement à bord en prenant chacun une pagaie, car nous étions toujours poursuivis. Renard Noir manœuvra pour ramener le canoë au milieu du fleuve. Des canoës indigènes et de longues embarcations étaient lancés à nos trousses ; certains nous talonnaient, alors que d'autres s'éloignaient seulement des quais jalonnant la rive.

Nous jouions au chat et à la souris, disparaissant derrière les lambeaux de brume pour réapparaître un instant plus tard, mais nos poursuivants gagnaient du terrain et nous menaçaient de tous côtés. En magie, sers-toi de ce que tu as sous la main, m'avait recommandé Aigle Blanc. Sur mon injonction, la brume se mua en un brouillard épais. Les hommes se mirent à crier et à jurer tandis que leurs bateaux se heurtaient, et nous rejoignîmes le bras principal du fleuve en nous fiant aux courants rapides pour semer nos poursuivants.

Les cris et les appels diminuèrent d'intensité, puis se perdirent dans le lointain. Villes et quais glissèrent derrière nous, cédant la place à des falaises sombres et menaçantes et à la présence silencieuse et oppressante de la forêt. Renard Noir mouilla dans une petite anse où je troquai mes vêtements étrangers contre le costume indien. J'abandonnai sur le sable grossier la robe dont Le Grand m'avait fait présent. Les larges jupes et jupons gisaient au bord de l'eau comme le corps d'une noyée rejeté sur la rive.

Nous nous dirigions vers le fleuve Richelieu, qui nous ramènerait au lac Champlain. Nous devions descendre ce grand fleuve avant de bifurquer à l'est, suivant ainsi l'itinéraire que Feu d'étincelles, Naugatuck et leurs compagnons emprunteraient pour rentrer au pays. C'était du moins notre intention, mais le sort en avait décidé autrement. Nous ne devions jamais revoir nos amis pennacook.

Nous naviguions sur le lac, aussi minuscules que des poussières de cendre sur la surface d'un miroir, lorsque la tempête éclata. Une brusque rafale balaya le lac derrière nous et, lorsque nous nous retournâmes, il était impossible de distinguer l'air de l'eau. Le lac était aussi noir que le ciel, comme si les deux éléments s'étaient unis. L'eau tourbillonnait et se soulevait en colonnes, tandis que des vagues aussi hautes que celles de l'océan menaçaient de submerger notre frêle embarcation.

Nous nous dirigions vers l'est, mais l'on aurait dit

qu'une immense main nous repoussait vers l'ouest. Nous ne pouvions lutter contre elle. La tempête était semblable à une bête rugissante qui aurait fondu sur le lac pour s'emparer de nous. La pluie était si torrentielle que nous ne voyions plus ni terre, ni ciel, ni eau. Renard Noir murmura que Hobbomok devait être vraiment furieux. C'était comme si les histoires racontées par notre peuple se réalisaient à l'instant même. Comme si un grand serpent dormant au fond du lac s'était réveillé et se dressait à la surface, écailleux et ruisselant, pour tous nous dévorer.

Nous avons tout perdu. Nos vêtements eux-mêmes s'étaient déchirés lorsque la tempête nous avait rejetés sur la rive. Nous devions ressembler à des cadavres gisant sur le sol au milieu des bouts de bois et des feuilles, couverts de la boue du lac.

Je m'éveillai au son de voix rudes parlant une langue que j'entendais pour la première fois. On me donna des coups dans les côtes et dans le dos avec un bâton ou le manche d'un javelot, puis un pied me retourna. La semelle était souple – une semelle de mocassin. C'étaient des Indiens, quelle que fût leur nation. J'entrouvris un œil et vis des broderies de perles que je ne connaissais pas. Ces hommes portaient des jambières montant jusqu'au genou, des peaux de daim ornées de plumes, de l'étoffe rouge achetée aux Hollandais et de longs pagnes à franges. L'un d'eux arborait une large ceinture richement ornée et une grande écharpe tissée, négligemment nouée sur l'épaule. Ils transportaient une impressionnante panoplie d'armes : massues de guerre, tomahawks et couteaux à scalper. Un autre guerrier nous contemplait, appuyé sur une lance.

Leurs visages étaient peints de rouge, de jaune, de bleu et de blanc comme chez les nôtres, mais les motifs m'étaient inconnus. Leurs coiffures différaient également de toutes celles que j'avais pu voir auparavant, et deux d'entre eux portaient des coiffes semblables à des bonnets et ornées de trois plumes en bouquet.

Ils s'écartèrent de nous et parlèrent à voix basse. Leur ton était plus curieux qu'hostile. Je n'avais encore jamais rencontré d'hommes semblables, mais je savais qui ils étaient, car je les connaissais de réputation. C'étaient des Iroquois, peut-être des Mohawks, et en tant que tels, les plus redoutés des guerriers. Les noms même dont on les désignait – Iroquois, Mingo, Mohawks, Maquas, c'est-à-dire vipères, traîtres, cannibales, couards – révélaient la terreur qu'ils inspiraient. Je savais néanmoins que nous étions en sûreté, du moins pour l'instant. Ils ne nous tueraient pas alors que nous gisions dans cet état, car ce serait faire preuve de lâcheté.

Après une rapide consultation, ils revinrent vers nous. L'un d'eux saisit Ephraïm par les cheveux, non pour le scalper, car dans l'état du garçon ç'aurait été comme de manger de la charogne, mais pour observer de plus près leur couleur. Deux hommes se dirigèrent vers le lac avec des seaux en bois afin de puiser de quoi nous asperger. Je ne pouvais pas faire la morte indéfiniment. À la deuxième aspersion, je frissonnai et m'assis.

Ils jetèrent de plus grandes quantités d'eau sur Renard Noir, le remirent debout et le giflèrent sans ménagement, le faisant saigner du nez. Je leur criai d'arrêter dans toutes les langues que je connaissais. L'un d'eux s'approcha de moi.

– *Français ?* demanda-t-il.

– Anglaise, répondis-je en secouant la tête.

– Kiohensaka ? (Ses yeux s'agrandirent d'étonnement.) Et lui ? demanda-t-il en français en montrant du doigt Renard Noir qui se débattait, maintenu au sol par des guerriers. L'un d'eux le frappa tandis qu'un autre lui liait les mains.

– Pennacook. C'est mon fils.

– Et l'autre ? (Il désigna l'endroit où Ephraïm gisait, encore à demi-inconscient.)

– C'est mon autre fils.

Il hocha la tête, prenant note de l'information, puis se releva d'un mouvement souple. Il se désigna, ainsi que ses hommes.

– Haudenosaunee. Iroquois. Kahniakehaka. Mohawk. Vous allez venir avec nous, dit-il.

CHAPITRE 36

ALISON

Hau-den-o-sau-nee. Alison épela le mot pour elle-même. Le peuple de la Maison Longue. Kah-nia-keh-aka. Le peuple du Silex.

– Puis-je vous aider ?

– Oh ! (Alison leva les yeux du tableau qu'elle examinait.) Oui, je prends ça, dit-elle en saisissant un piège à rêves sur une étagère à sa hauteur. Je cherche également quelqu'un.

– Qui ça ? demanda la femme avant d'emballer l'objet et d'encaisser.

– Une jeune fille. Elle s'appelle Agnes Herne.

– Ça fera dix dollars.

Alison lui tendit l'argent.

– Connaissez-vous Agnes ? demanda-t-elle.

– Peut-être, répondit la femme avec une expression méfiante. Que lui voulez-vous ?

– C'est l'une de mes étudiantes, improvisa Alison en

hâte. Elle m'aide à faire des recherches. Elle est venue ici pour poser des questions à sa tante, je crois.

– Alors ça doit être Miriam. C'est le magasin là-bas, fit la femme en le désignant du pouce à travers la vitrine. Mais elle n'est pas là en ce moment. Le magasin est resté fermé toute la semaine.

– Où est-elle ?

– Aucune idée, répondit la femme en secouant la tête. Miriam n'en fait qu'à sa tête. Mais Sim doit le savoir. C'est son fils.

– Où puis-je le trouver ?

– Je peux vous expliquer où se trouve sa maison, mais il n'y est probablement pas en ce moment. Il doit être au casino.

Alison remercia la femme et sortit. Le casino était un peu plus loin dans la même rue. Le néon rose de l'enseigne était éclipsé par la vive lumière du matin, mais malgré tout elle ne passait pas inaperçue. C'était le point culminant à plusieurs kilomètres à la ronde.

Sim la rejoignit à l'accueil. Il ne semblait pas particulièrement surpris de la voir, mais lorsqu'elle lui expliqua le but de sa visite, il dut l'informer qu'il était sur le point de commencer une partie.

– J'ai une voiture. Dites-moi où c'est, je m'y rendrai seule.

Sim secoua la tête.

– Vaut mieux que je vous emmène là-bas. Vous allez prendre des chemins destinés à l'exploitation du bois et vous risquez de vous perdre.

– Alors j'attendrai. Quand aurez-vous fini ?
– Je peux me faire remplacer. Disons vers midi ?
– Très bien.
– Qu'allez-vous faire d'ici là ?
Alison jeta un regard à la ronde.

– C'est la première fois que j'entre dans un casino. Ça m'a l'air palpitant.

– Hé, attendez… dit-il en plissant le front. Faites attention. Vous pourriez y laisser tout votre argent, et je parle sérieusement ! Jouez seulement avec les machines à sous. Ne vous lancez pas dans les trucs plus risqués…

– Ne vous inquiétez pas.
– Bon, à plus tard.

Lorsqu'ils se retrouvèrent, Alison rayonnait de joie. Elle avait tout un sac de jetons à encaisser.

– Drôlement impressionnant, votre casino, dit-elle en comptant ses dollars.

– Ce n'est rien comparé à d'autres établissements, mais nous nous agrandissons peu à peu et ce n'est pas l'espace qui manque pour le faire. En ce moment, nous examinons les possibilités de jeu sur Internet.

– Oh, alors c'est plutôt une bonne chose ? demanda Alison alors qu'ils se dirigeaient vers le parking.

– C'est ce que pensent la plupart des gens.
– Votre mère aussi ?
Sim se renfrogna et se gratta la tempe du pouce.
– Disons qu'elle y voit des objections.

– Elle m'a l'air d'être une forte personnalité.

– Ça, vous pouvez le dire, répondit Sim avec un large sourire.

– Agnes semble très attachée à elle.

– Ouais, elles sont très proches.

– Elle m'a raconté que vous avez grandi ensemble, et que vous avez été comme un frère pour elle.

Sim eut un sourire surpris.

– Elle a dit ça ?

– Oui, elle a dit ça.

– Sa mère l'a plus ou moins larguée ici. C'était vraiment moche. Agnes était tellement malheureuse qu'elle passait son temps à se bagarrer à l'école et qu'elle ne voulait plus parler à personne. Alors il fallait bien que je m'occupe d'elle, vous comprenez ?

– Et sa mère ?

– Oh, pour le moment, Agnes ne veut pas entendre parler d'elle, mais ma mère dit qu'il faut lui laisser le temps. Elle dit que ce n'est pas vraiment sa faute, parce que Dina, la mère d'Agnes, n'était elle-même qu'une gosse quand elle a eu Agnes. Ma mère pense que quand Agnes sera un peu plus grande, elle verra tout ça d'un autre œil.

– Et vous, qu'en pensez-vous ?

– Je crois que c'est possible. Agnes en a vu de dures, alors elle est sur ses gardes. (Il se tut un instant.) Mais elle vous aime bien, ajouta-t-il.

– Ah oui ? (Alison se sentit étrangement heureuse de cette révélation.) Comment le savez-vous ?

– Oh, c'est juste une impression. C'est tout à votre honneur. Agnes ne fait pas confiance à beaucoup de gens. Surtout aux étrangers. On apprend à se méfier.

– Quoi, même maintenant ?

– Même maintenant.

Sim lui ouvrit la portière de sa voiture et elle s'installa au volant.

– Ma camionnette est à côté, c'est la noire, là-bas, dit-il. Suivez-moi de près.

CHAPITRE 37

AU LAC MIROIR

– Eh bien, cette Alison ! Elle a de la suite dans les idées ! Elle a cherché Sim dans toute la réserve, et maintenant il l'amène ici.

– Comment le sais-tu ? Encore un truc de chamane ?

– Pas vraiment, gloussa tante M. en brandissant le téléphone portable. Je regardais ça pendant que tu dormais et ça s'est mis à sonner. C'était Sim. Il arrive avec elle.

– Quand ?

– Bientôt. J'aurais préféré un autre moment. J'ai failli leur dire de ne pas venir.

– Pourquoi ?

Agnes voulait absolument voir Alison. Elle voulait savoir ce qu'elle avait pu découvrir sur Mary et elle avait hâte de lui raconter ce qui s'était passé ici.

– Parce qu'on n'a pas encore fini et que je ne veux pas d'interruption. Il faut aller jusqu'au bout, aussi loin qu'*elle* veut nous emmener, et je ne crois pas que nous en soyons encore là, qu'est-ce que tu en penses ? Alors je ne veux pas de toi ici quand ils arriveront.

– Pourquoi pas ?

– Ça casserait ta concentration. Ils ne vont plus tarder, maintenant. J'ai bien envie de les renvoyer. Va faire un tour.

Agnes sortit de la cabane comme on le lui demandait. Elle avait depuis longtemps renoncé à comprendre tante M. De plus, elle avait endossé le rôle de l'apprentie sorcière, de la chamane-assistante, et en tant que telle, elle devait obéir aux ordres. Elle prit le sentier menant au-dessus de la cabane. De là-haut, on voyait la route, ce qui permettait d'observer les allées et venues. Elle perçut dans le lointain le grondement d'un moteur, puis d'un autre, et vit une voiture progresser derrière un véhicule plus grand. C'était sûrement eux. Elle pressa le pas pour monter plus haut : de là, elle aurait un meilleur poste d'observation. Peut-être redescendrait-elle quand même à la cabane, juste pour dire bonjour. Tante M. et elle pourraient reprendre leur travail après le départ d'Alison. Dans l'immédiat, il n'arriverait certainement rien.

Ses jambes étaient lourdes et son dos douloureux comme si elle avait marché plusieurs jours d'affilée. Soudain, elle se sentit incroyablement lasse, comme si un seul pas de plus représentait un effort trop grand pour elle. Elle s'affaissa au sol, adossée au tronc d'un grand arbre, et ferma les yeux.

CHAPITRE 38

LA FORTERESSE MOHAWK

Ils nous avaient ligotés avec des racines de pin noir, et liés les uns aux autres avec une corde en lierre tressé. Ils nous encadraient, deux hommes devant nous et deux derrière, pour nous forcer à avancer. Ils maintenaient un rythme rapide, très éprouvant sur ces sentiers de forêt, et nous avions du mal à les suivre. Nous étions affaiblis par notre quasi-noyade et n'avions rien mangé depuis l'avant-veille. Renard Noir était aussi infatigable que les guerriers mohawks, mais Ephraïm était encore plus mal en point que moi. Il était à bout de forces. Sa démarche était chancelante, son visage livide et couvert de sueur, et autour de sa bouche, la peau avait une teinte bleuâtre. Il pouvait s'évanouir d'un instant à l'autre. Une telle faiblesse lui ferait perdre toute valeur et il risquait de le payer de sa vie. Je me laissai tomber au sol, le dos contre un arbre, en assurant que je ne pourrais faire un pas de plus. Je savais que cela pouvait me coûter la vie, mais il fallait absolument que je fasse cesser cette marche.

Nos ravisseurs se retirèrent à l'écart pour se concerter. L'un d'eux voulait nous tuer sans plus attendre, mais l'avis de leur chef l'emporta. Comme la nuit allait bientôt tomber, une halte venait à point nommé, décida-t-il. Il ordonna à ses hommes de dresser un camp. Ils nous attachèrent à un arbre en nous entravant comme des animaux pour nous empêcher de fuir.

Ils nous apportèrent de l'eau et de la farine de maïs séchée qu'ils avaient mouillée pour la rendre comestible. C'était la nourriture des guerriers en voyage et l'ordinaire de ces hommes. La farine était sèche et les portions maigres, mais cela nous rassasia et nous rendit des forces.

Après le repas, Ephraïm rampa jusqu'à moi.

– Tu ne peux pas te servir de paroles magiques comme avec les soldats ? me demanda-t-il.

Je secouai la tête en lui montrant du doigt les amulettes que les guerriers portaient au cou et sur la poitrine. La magie serait sans effet sur eux.

La marche dura trois jours encore. Au quatrième soir, nous ne fîmes qu'une halte très brève et repartîmes dès l'apparition des premières lueurs dans le ciel. Nous étions tout près de leur village et ce jour sortait visiblement de l'ordinaire, car ils avaient hâte d'arriver. Le chemin était difficile, bourbeux, semé de touffes de joncs et d'herbe rude. Ils nous poussaient en avant et nous forçaient à accélérer en nous frappant avec des bâtons, en nous piquant avec des lances et en grommelant dès que nous trébuchions. Nous n'avancions qu'à contrecœur. Le voyage était préférable à l'arrivée.

Il était impossible de savoir quel sort ils nous réservaient ; si c'était la mort, elle ne serait pas rapide.

La journée s'annonçait chaude, mais des nappes de brouillard montaient du sol marécageux. Le paysage que nous traversions était sinistre, un cimetière où des vêtements flottaient sur les arbres comme des bannières en lambeaux, dominé par le crâne aveugle d'un grand animal à cornes.

Au-delà de ce cimetière s'étendait le camp. Perché sur une hauteur, c'était un gros village fortifié, hérissé de pieux aiguisés et entrecroisés que l'on avait taillés dans des troncs d'arbres. Il se dressait devant nous, ramassé comme un porc-épic. À sa vue, je chancelai et je me serais arrêtée net si l'on ne m'avait rudement poussée en avant. J'avais déjà vu ce lieu en rêve, et à présent chaque image, chaque bruit était de mauvais augure, des cailloux du sentier aux grognements de nos gardes et au craquement de leurs mocassins.

En nous voyant approcher, des guetteurs postés sur de hautes plates-formes donnèrent l'alarme pour signaler notre présence à ceux qui se trouvaient à l'intérieur de l'enceinte. Pour entrer dans le village, il fallait franchir une double rangée de pieux qui se chevauchaient, formant un étroit corridor. Juste avant d'arriver, j'entendis des battements de tambours, des chants et le martèlement de pieds. Une fête ou une cérémonie battait son plein, mais à notre apparition le silence se fit.

CHAPITRE 39

UN NOUVEAU FOYER

Tout le village s'était rassemblé à notre arrivée. Nos ravisseurs défirent nos liens, nous laissant nous masser les mains et les poignets pour rétablir la circulation. À présent, ils ne craignaient plus que nous ne nous évadions.

Des enfants surgirent de la foule qui se pressait autour de nous pour nous lancer des pierres et des insultes. Ils s'intéressaient particulièrement à Ephraïm, attirés par la couleur de ses cheveux et par tout ce qui le distinguait d'eux. S'ils espéraient une réaction de sa part, ils furent déçus. Il savait ce que l'on attendait de lui et comment il devait se conduire. Il restait immobile, les bras croisés, adoptant le regard lointain de son frère Renard Noir. Ce dernier se préparait mentalement à tout ce qui pouvait arriver. Il devrait montrer que son courage lui permettait de triompher de toutes les épreuves. Le moindre signe de faiblesse de sa part, le moindre appel à la pitié signifierait qu'ils pourraient prendre son âme et s'approprier ainsi sa force ; sinon, il deviendrait un esprit lié à la terre et ne rejoindrait jamais les plaines du ciel. Il devait être capable d'endurer n'importe quel supplice. Ils pouvaient lui faire subir les tortures les plus cruelles afin d'éprouver son endurance au-delà de toute mesure. Ils pouvaient en faire autant avec nous et l'obliger à assister à notre supplice. Ils pouvaient nous emmener dans un lieu où, par comparaison, la mort nous apparaîtrait comme une amie des plus clémentes. Nous mettrions trois jours à mourir.

Les hommes qui nous avaient menés au village s'écartèrent, nous livrant à l'inspection générale. Trois femmes se détachèrent de la foule pour venir nous examiner comme un maître jauge un serviteur ou un fermier du bétail. Elles portaient sur la joue la marque de leur clan : tortue, loup, ours. C'étaient les mères des clans, les maîtresses des maisons longues qui dominaient le village. Notre sort était entre leurs mains.

Elles se plantèrent devant nous. L'une d'elles fit pivoter ma tête après avoir repéré la marque du loup sur ma joue gauche. Elle était exactement semblable à la sienne. Elle plongea ses yeux dans les miens et sourit.

Les autres femmes ordonnèrent à Renard Noir et à Ephraïm de se déshabiller et reculèrent pour les examiner sans façon ; elles apprécièrent la souplesse et la vigueur du corps de Renard Noir et considérèrent avec étonnement la blancheur crue de la peau d'Ephraïm, contrastant avec le hâle de son visage et de ses mains. Elles se détournèrent enfin et, sur un signe d'elles, la foule se calma et s'aligna pour former deux rangées.

Les femmes remontèrent ce corridor vivant et se dirigèrent vers les maisons longues. Ces dernières étaient d'imposantes demeures tapissées d'écorce, plus vastes que toutes celles que j'avais pu voir auparavant ; elles devaient contenir dix à quinze feux et être assez spacieuses pour accueillir vingt à trente familles. Elles se distinguaient des autres demeures par les insignes des clans surmontant les portes.

Les femmes se postèrent devant leur seuil en compagnie des autres chefs. C'était à elles de décider du sort des prisonniers. Le village avait dû subir des pertes, car nous ne fûmes pas condamnés à être torturés et brûlés. Nous devions être adoptés, à condition de passer avec succès l'épreuve des haies.

Les habitants du village étaient alignés sur deux files ; hommes, femmes et enfants, tous étaient armés de lanières, de massues, de bâtons, tout ce qu'ils avaient sous la main pour nous frapper.

Nous devions arriver aux portes des maisons longues. Si nous chancelions, flanchions ou tombions en cours de route, nous perdrions toute valeur et serions mis à mort.

Renard Noir partit le premier. Massues et bâtons s'abattirent sur son passage, mais ne rencontrèrent que le vide, tandis qu'il fonçait droit devant lui avec des feintes à droite et à gauche, esquivant pieds et jambes tendus pour le faire trébucher. Il eut terminé avant même que la plupart des villageois n'aient vraiment compris qu'il était passé. L'homme qui nous avait capturés eut un large sourire admiratif. Il fit signe à Renard Noir d'approcher de la maison du clan de la tortue. Les hommes postés sur le seuil s'avancèrent pour le saluer et lui donnèrent des claques dans le dos et des accolades, l'accueillant comme un frère.

Maintenant, c'était au tour d'Ephraïm. Il se tenait à côté de moi, le dos bien droit et le regard fixe, ignorant les railleries des enfants qui nous jetaient des excréments, mais il tremblait comme un poulain avant sa première course.

– Je veillerai sur toi, lui murmurai-je.

Il hocha la tête et partit comme une flèche, aussi rapide que Renard Noir, mais il était plus jeune et affaibli par le voyage et la tempête sur le lac. Il reçut rapidement dans le dos et les épaules des coups brutaux qui ralentirent encore sa course. Il chancela lorsqu'un coup à la cuisse fit plier sa jambe sous lui, mais il continua en titubant, courbé vers le sol, le corps formant un angle étrange avec sa jambe touchée, récoltant des coups de droite et de gauche. Je pensais néanmoins qu'il s'en tirerait seul, mais, à l'instant même, un petit garçon au visage plein de malice tendit le pied. Ephraïm allait trébucher et s'étaler dans la boue. Je dominai la foule du regard. Tout ralentit. L'enfant perdit l'équilibre et tomba devant Ephraïm qui l'enjamba et poursuivit son chemin en clopinant.

Il ne lui restait plus qu'une courte distance à franchir et la chute du garçon avait distrait l'attention des villageois, qui portaient désormais leurs coups à contretemps. Ils regardaient avec stupéfaction leurs armes retomber dans le vide et s'entrechoquer. Cependant, Ephraïm avait franchi les haies et se dirigeait vers les maisons d'une démarche mal assurée.

Il allait rejoindre Renard Noir lorsque la mère du clan du loup l'attrapa au passage. Elle le prit dans ses bras et le porta jusqu'au seuil de sa maison. Son regard revint ensuite se poser sur moi. C'était à mon tour de les rejoindre. Les femmes ne sont pas tenues de subir l'épreuve des haies. Les habitants du village abaissèrent leurs armes et reculèrent pour me laisser le passage.

On nous lava, on nous régala et on nous donna de nouveaux vêtements. Nous avions fait nos preuves et désormais nous étions admis parmi les Kahniakehaka, le peuple du Silex. L'adoption de membres d'autres tribus est courante chez de nombreuses nations indiennes, afin de remplacer les gens morts de maladie ou tués à la guerre. Je compris rapidement pourquoi cette tribu nous avait adoptés.

La maladie avait frappé la maison du clan du loup. À midi, certains gisaient encore sur leurs couches, empoignant leurs vêtements dans le délire causé par la fièvre, ou presque immobiles, plongés dans un engourdissement torpide. En m'approchant d'eux, je vis que leurs mains et leurs visages étaient couverts de plaies purulentes et de pustules. Ils souffraient de la maladie que les Anglais appellent la petite vérole.

La mère du clan les observait de sa place près du feu central, le visage tourmenté et plein de tristesse. Une telle maladie peut décimer un clan entier avant même d'arriver à son terme.

La mère dit quelques mots à une femme de plus petite

taille qui se leva d'un bond et traversa la pièce pour me rejoindre.

– On m'appelle Wahiakwas, Celle qui cueille les baies, me dit-elle. Je suis pennacook comme toi. J'ai été capturée lors d'une attaque contre mon village, il y a longtemps. Je suis arrivée ici à la même époque que maintenant, pendant la lune des fraises, et j'ai été adoptée par les Kahniakehakas. (Elle jeta un regard vers les corps allongés dans la pièce.) Ceux-là sont tombés malades après l'arrivée d'un marchand au village. C'était un Hollandais, ce qu'ils appellent un *asseroni*, un fabricant de couteaux. Ils ne savaient pas qu'il était malade, sinon ils ne l'auraient jamais laissé entrer, mais maintenant…

– Quand cela a-t-il commencé ? demandai-je en la regardant. Quand est-il arrivé ici ?

– Il n'y a pas longtemps. Il est tombé malade il y a une semaine…

– Combien y a-t-il de malades en tout ?

– Quatre ou cinq dans chaque maison…

Il était déjà tard pour intervenir, mais cela pouvait encore en valoir la peine et empêcher d'autres personnes d'être contaminées.

– Dis à la mère du clan que je voudrais lui parler, fis-je.

La mère du clan me mena au chef. Il devait donner son approbation à mon projet.

Il se tenait au centre de sa maison, dans l'attente de ma visite. Son visage était couvert de tatouages ; sa tête, qui semblait toute ronde sous plusieurs peaux de fouines, était couronnée d'une coiffe de plumes d'aigles. Il était abondamment paré de ceintures de *wampum*. Il n'était pas très grand, il avait même l'air d'un nain à côté des hommes qui le flanquaient, mais ces derniers maintenaient soigneusement une distance entre eux et lui. Il était drapé dans son pouvoir.

Il écouta en silence tandis qu'on lui expliquait mon projet.

– Pourquoi ? demanda-t-il à Celle qui cueille les baies. Pourquoi ferait-elle cela pour nous ?

– Ces gens sont malades et je suis guérisseuse, répondis-je par l'intermédiaire de Celle qui cueille les baies. Et votre peuple est désormais le mien.

– Très bien, dit-il en regardant les guerriers assis à ses côtés. C'est entendu.

La maison fut construite à l'écart du village, à l'extérieur des remparts hérissés de pieux. Les malades me furent amenés sur des civières. Je demandai aux villageois d'aller cueillir des fleurs, autant qu'ils pourraient en trouver, afin que la maison reste fraîche et saine, et d'aller ramasser dans la forêt les herbes et les produits médicinaux dont j'aurais besoin. Enfin, je leur demandai de me laisser et de revenir seulement pour m'amener de nouveaux malades. Ils devaient déposer la nourriture et l'eau à l'extérieur de la palissade que j'avais fait construire autour de la maison.

J'avais déjà quinze patients, parmi lesquels plusieurs enfants. Je me mis à les soigner de mon mieux, en espérant que la tâche ne se révélerait pas au-dessus de mes forces. J'allumai un feu et fis bouillir de l'eau afin de préparer une infusion d'herbes destinée à baigner les plaies et à prévenir les infections. Je pilai et broyai des ingrédients, préparai des onguents et des décoctions pour faire baisser les fièvres et purifier le sang. Tout en travaillant, je fredonnais une vieille chanson dans ma langue natale : « Si tôt, si tôt au début du printemps ». Ma grand-mère la chantait en s'affairant dans sa chaumière. Je sentais sa présence à mes côtés et je l'adjurai de me prêter des forces.

Au premier soir, alors que je veillais près du feu au milieu des gémissements des malades et des râles des mourants, je sentis soudain un changement dans l'air. La tenture de l'entrée avait été repoussée pour livrer passage à quelqu'un. J'entendis le crépitement d'un hochet en écaille de tortue et un visage émergea de l'obscurité vacillante. Une femme ordinaire se serait enfuie sur-le-champ. Je crus vraiment que c'était un esprit, l'incarnation d'un dieu. Mon cœur bondit dans ma poitrine et je lui ordonnai de se tenir tranquille. Je n'étais pas une femme ordinaire. J'étais *powwaw*. J'étais sorcière.

J'attendis, immobile et silencieuse, et le regardai décrire des cercles dans la pièce comme un chat sauvage autour de sa proie. Le corps et les vêtements étaient ceux d'un homme, mais le manteau qu'il portait était d'une composition fabuleuse, un assemblage de tissus, de peaux et de fourrures cousus ensemble et ornés de coquillages et de disques de cuivre et de fer. Ils cliquetaient tandis que l'apparition dansait autour de moi ; le visage tourné vers moi était immense, tourmenté et déformé, avec des cheveux hirsutes semblables à des ailes de corbeau, des yeux comme de profondes cavernes et une peau qui avait la couleur même du sang.

Je plongeai la main dans ma blague à tabac et lui en offris une pincée. Il s'écarta de sa démarche féline étrangement arquée et commença à circuler au milieu de mes malades et à danser le long des corps alignés en psalmodiant, en agitant son hochet et en étendant les mains au-dessus d'eux. Même les plus agités s'apaisaient après son passage et, lorsqu'il revint vers moi, la maison entière semblait plongée dans une paix profonde.

Il s'approcha et s'arrêta en face de moi. Je sentais le pouvoir émaner de lui comme la chaleur du feu.

Il ôta son masque, me montrant un visage presque aussi hideux et torturé que le déguisement qui l'avait dissimulé. Un œil était fermé et sa paupière affaissée. Une grande cicatrice laissée par un tomahawk ou une hache barrait ce côté de son visage du front à la mâchoire, traversant la marque du clan de l'ours qu'il portait sur la joue. L'autre côté était intact. L'œil sombre brillait d'intelligence, mais la peau était profondément et vilainement criblée par la petite vérole. J'avais en face de moi un homme, et un homme imparfait, mais je sentais que cela ne diminuait en rien son pouvoir.

– Je suis Satehhoronies, Haut Ciel, parce que je vois aussi loin qu'un oiseau volant très haut, dit-il en tournant vers moi son œil aveugle, et je compris la signification de son geste : il n'est pas besoin d'yeux pour voir. Je suis Ronaterihonte, Gardien de la Foi, reprit-il. Je suis également guérisseur, comme toi. (Il éleva le masque qu'il tenait entre ses mains.) Voilà celui que je deviens lorsque j'accomplis les cérémonies. C'est lui qui me donne le pouvoir de guérir. Il a été sculpté dans le tronc d'un tilleul encore vivant et il est chargé d'*orenda*, ou ce que vous appelez *manitou.*

Il parlait dans la langue des tribus de Nouvelle-Angleterre. Comme je le regardais, il parut deviner ma pensée.

– Je parle de nombreuses langues, dit-il.

Il répéta cette phrase en anglais, puis en français, et dans une autre langue que je supposai être du hollandais. Puis il sourit et son visage devint presque beau, tel qu'il avait dû être avant d'être ravagé et marqué par la maladie et la guerre.

– Je suis venu pour t'aider. (Ses doigts touchèrent ses joues, suivant les contours de la peau criblée de trous.) Comme tu peux le voir, j'ai déjà souffert de cette maladie.

– Ceux qui en ont été atteints ne tombent généralement pas malades une seconde fois.

– C'est juste. Et toi ? Cette maladie tue également les Blancs.

– Quand j'étais petite, je l'ai attrapée sous une forme plus bénigne. Ma grand-mère l'appelait la variole de la vache. C'est elle qui me l'a transmise.

– Transmise ?

J'acquiesçai.

– Elle a prélevé des germes sur les plaies qu'une fille de ferme avait aux mains et elle me les a transmis en m'égratignant. Tous ceux qui ont été atteints de cette forme bénigne de la maladie n'ont jamais souffert de la forme la plus grave, c'est du moins ce qu'elle m'a dit et je crois que c'est vrai.

– Il y a sans doute une part de vérité là-dedans.

Il se leva et me tendit la main. Sa poignée de main était chaude et vigoureuse.

– Ce que tu fais est bien, Mary.

– Comment sais-tu mon nom ?

– Je sais beaucoup de choses. (Il prit un air lointain et mystérieux, puis il m'adressa l'un de ses sourires obliques.) Je pourrais répondre que c'est grâce à la magie, mais en réalité, c'est le garçon qui me l'a appris. Tu sais que tu as un nouveau nom ?

– Comment m'appellent-ils ?

– Ils t'appellent Katsitsaioneh, Celle qui apporte les fleurs. Et maintenant, viens : nous avons beaucoup de travail.

C'est ainsi qu'il resta pour m'aider à combattre la maladie, et je dois dire que sans lui j'aurais probablement rejoint les morts qu'il emportait chaque jour hors de la maison. Il m'aidait à soigner les malades et réconfortait les mourants. Lorsqu'ils trépassaient, il enterrait leurs corps avec toutes les cérémonies de circonstance. Malgré tout, les malades ne cessaient d'affluer, toujours plus nombreux.

Un jour, il m'interrogea de nouveau sur la connaissance que ma grand-mère avait de cette maladie. Je lui donnai toutes les explications qu'il demandait et il médita longuement.

– Peut-être pourrions-nous faire la même chose : prélever des germes sur un malade en voie de guérison et les introduire sous la peau de tous ceux de la tribu, dit-il enfin.

– Et s'ils en meurent ?

– Si cette situation se prolonge, dit-il en me lançant un regard sinistre, ils mourront tous, quoi qu'il arrive. Je vais en parler à mes frères guérisseurs ; nous pourrons ensuite aborder la question au conseil et les gens décideront.

Je ne pensais pas qu'ils approuveraient l'emploi d'une méthode aussi radicale, et de fait ils en discutèrent longuement autour du feu du conseil, mais finalement le projet fut adopté.

Nous ignorions si notre traitement serait efficace. Au début, le mal parut seulement empirer, mais peu à peu le nombre des malades diminua, et un jour on ne nous en amena plus. Ce répit se prolongea une semaine, puis deux. Nous ne vîmes plus arriver un seul malade. Nos derniers patients guérirent. Après plusieurs mois de travail, alors que nous étions sur le point de tomber d'épuisement, nous n'avions soudain plus rien à faire.

Lorsque nous sortîmes de la maison, les feuilles des arbres n'étaient plus vertes et les gens du village nous acclamèrent – ils nous acclamèrent tous les deux.

CHAPITRE 40

LA MAISON DE LA GUÉRISSEUSE

Tous mes malades étaient partis. La maison qui avait été construite pour eux était vide. Je la nettoyai, sortis et brûlai la literie, et fis brûler du genévrier et du tabac pour purifier l'atmosphère. Comme il n'y avait plus de fleurs en cette saison, je cueillis des branches de pin et d'épicéa pour leur parfum frais et piquant. Tout en travaillant, une idée me vint, aussi claire que le son d'une cloche. Je ne rejoindrais pas ceux du clan du loup dans leur maison longue, à l'intérieur de l'enceinte du village. Je resterais ici. Les malades viendraient à moi. Je les soignerais comme ma grand-mère m'avait raconté que les sœurs le faisaient autrefois, avant que les hommes du roi Henry ne les chassent et ne laissent leur prieuré, leur infirmerie et tout le reste tomber en ruine.

J'expliquai mon intention à Satehhoronies. Il réfléchit un instant avant de répondre.

– Les gens me respectent, mais ils ont peur de moi, dit-il en caressant de la main le masque posé à côté de lui. Ils ont peur de ça, ajouta-t-il tandis que sa main s'élevait vers son visage ravagé. Et de ça, fit-il en agitant son hochet en écaille de tortue. Ils ont peur d'*ohtonkwa*, l'esprit, mais toi, tu n'as peur de rien. Je resterai auprès de toi.

Je ne manquais pas de compagnie. Wahiakwas, Celle qui cueille les baies, me rendait souvent visite en amenant d'autres femmes, et nous travaillions ensemble, côte à côte. Elles me montraient comment elles travaillaient l'écorce de bouleau et les peaux avec des poils d'élan enduits de teinture. Je leur apprenais à broder comme on me l'avait enseigné, avec des aiguilles en acier achetées aux Hollandais. Ensemble, nous embellissions les objets du quotidien.

La première chose que je fabriquai fut une boîte pour ranger mes affaires personnelles, la seconde un étui à poignard qu'Ephraïm devait porter lors de sa cérémonie de baptême. Il me rendait souvent visite. Il aimait parler avec Satehhoronies, car le sorcier avait voyagé dans de lointaines contrées, et il adorait l'entendre évoquer les endroits où il était allé.

Satehhoronies avait choisi le nouveau nom d'Ephraïm. Il devait désormais s'appeler Kaheranoron, Épis de maïs rares. C'était le nom d'un défunt, parti dans le monde des esprits, et la cérémonie de baptême eut lieu lors de la fête du maïs mûr. C'était un événement important, qui marquait non seulement l'admission d'Ephraïm dans la tribu et dans le clan, mais aussi son passage à l'âge adulte. Il était temps qu'il quitte sa mère. Je me serais inquiétée de son sort, car il n'avait plus de père depuis que Feu d'étincelles n'était plus à nos côtés, si Renard Noir n'avait été là. Il aiderait Ephraïm.

Renard Noir avait lui aussi un nouveau nom. Il s'appelait maintenant Tekaionhake, Deux Fleuves. C'était également le nom d'un autre, venu de Kaniatarakaronte, la Porte du Pays, le nom mohawk du lac Champlain. Désormais, mon fils était membre de la tribu, où il était admiré pour sa force, sa bravoure et son habileté à manier les armes. Ephraïm ne pouvait rêver d'un meilleur guide dans le monde des hommes.

Le garçon grandissait de jour en jour, comme les épis de maïs auxquels il devait son nouveau nom, et il devenait vigoureux, adroit à la chasse et rompu à l'art de la guerre. Je le considérais avec la fierté d'une mère et, à l'idée de son départ, je ressentais également le chagrin d'une mère, sans toutefois le montrer. Je savais qu'il ne prendrait pas le sentier de la guerre et j'en remerciais le ciel, mais je comprenais aussi qu'il ne resterait pas parmi nous. Le rythme de la vie du village était trop lent pour lui. Il rêvait d'aventure et devenait chaque jour plus impatient de partir.

Au printemps, des groupes de guerriers se rendaient à Kahnawake, un village mohawk situé à l'écart de Mount Royale. Là-bas, ils achetaient des fourrures de castor aux habitants pour les revendre à Albany, où les prix fixés par les Hollandais étaient plus élevés. C'était l'un de ces groupes qui nous avait trouvés à moitié noyés sur la rive du lac. Ephraïm avait hâte de partir avec eux. Il revint sain et sauf de l'expédition, mais je savais que l'an prochain, au retour des guerriers, il ne serait pas avec eux. Il n'avait jamais oublié les histoires qu'il avait entendu raconter à Missisquoi autour des feux des *coureurs des bois*. Je savais qu'il les rejoindrait et que son départ n'était plus qu'une question de temps. Cet éloignement se lisait déjà dans son regard, avec le désir d'horizons vastes et de ciels lointains.

– Je vais retourner dans le nord, Mary, vint-il me dire au printemps, peu avant le départ des guerriers pour Kahnawake. Il utilisait toujours mon nom anglais lorsque nous étions seuls.

– Et cette fois-ci, tu ne rentreras pas ? lui demandai-je, devinant la réponse.

Il ne répondit pas tout de suite.

– Tu te souviens du jour où je te l'ai donné ? demanda-t-il en saisissant le collier de griffes d'ours que je portais toujours. J'en étais si fier. Je voulais tellement être comme un fils pour toi, faire tout ce que Renard Noir savait faire…

– Tu as été comme un fils pour moi. Et je suis fière de toi.

J'élevai la main pour toucher son visage. Il était grand maintenant, et sa joue était semée de poils de barbe aussi pâles et fins que du sable. Il avait un corps d'homme aux contours durs, mais il gardait le large sourire d'un petit garçon et ses yeux étaient pleins d'espoir et d'attente.

– Un jour, tu seras encore plus fière de moi, Mary, dit-il. Je veux partir avec les Français. J'ai entendu dire qu'ils allaient loin, vers l'ouest. (Ses yeux brillaient encore plus à l'évocation de cette aventure.) Ils vont traverser les lacs qui se succèdent, jusqu'au dernier, qui est aussi grand que la mer. J'en ai parlé à Satehhoronies et il m'a dit qu'au-delà de ces lacs, il y a de grandes montagnes où aucun Blanc n'est jamais allé, et des plaines, des forêts et des fleuves que pas un seul Blanc n'a encore vus. Peut-être qu'on donnera mon nom à un fleuve, ou à un lac, ou au sommet d'une montagne. Ou peut-être que je donnerai le tien à l'un d'eux. (Il sourit en me regardant, mais ses yeux bleus étaient déjà troublés par des visions du futur et la pensée des adieux.) C'est là-bas que je veux aller, Mary. *Voyageurs*, c'est ainsi qu'on appelle ces hommes, et c'est ce que je veux devenir.

– Alors tu dois suivre ta destinée. Avant ton départ, j'ai quelque chose à te donner.

En prévision de ce jour, j'avais confectionné pour lui une cartouchière assortie à son étui de poignard. Il l'éleva entre ses mains pour examiner les dessins que j'avais gravés dans le cuir et qui représentaient notre vie : un loup, un lynx et un renard dans un paysage de forêts, de lacs et de montagnes encadré d'une bordure où alternaient des motifs d'eau frémissante, de fleurs et de grands épis de maïs. Ephraïm passa la cartouchière par-dessus sa tête et la disposa sur sa poitrine.

– Merci, dit-il. Merci, Mary. Je la porterai toujours, et ainsi je te garderai près de moi.

Ephraïm partit et ne revint pas de Kahnawake avec les autres. Il se joignit à une expédition française qui partait pour l'ouest. Il devint un *voyageur*. Il venait nous voir quand son chemin le menait au village. Il arrivait avec une cargaison de cadeaux et une foule d'histoires fabuleuses. Il restait un mois, parfois plus, mais bientôt il devenait impatient de reprendre sa vie errante. Il ne devait jamais plus mener une vie sédentaire.

Il me restait un fils, Renard Noir, ou Tekaionhake. S'il considérait toujours Ephraïm comme un frère, lui-même n'avait pas l'intention de quitter le village. Déjà, son cœur avait élu une jeune femme, Kanehratitake, Celle qui porte les feuilles. Il était clair qu'un mariage allait bientôt être célébré. Je commençai les préparatifs ; j'achetai de l'étoffe rouge aux Hollandais, je travaillai des peaux pour les rendre bien blanches et souples et j'en teignis d'autres afin qu'elles soient aussi noires que le velours. Puis je taillai et brodai des vêtements pour lui. Je fis tout moi-même, bien résolue à ce que mon fils soit le plus beau des mariés. La mariée était la fille du sachem et leur mariage fut le plus beau des mariages. Tekaionhake alla vivre avec sa femme dans la maison longue de sa mère. Désormais, sa place était au sein de la tribu.

La jeune épouse de Tekaionhake n'avait pas une vie facile. Elle avait peur pour lui comme moi autrefois et aujourd'hui encore, car il adorait partir sur le sentier de la guerre. Il s'était révélé un guerrier redoutable, célèbre pour sa ruse, courageux jusqu'à la témérité et si impitoyable qu'il avait gagné l'admiration d'un peuple renommé pour ses qualités guerrières. Il était très estimé, et cette estime devait encore grandir par la suite. La guerre entre la France et l'Angleterre était imminente. Bientôt, ces deux nations dresseraient les Indiens les uns contre les autres, mais à vrai dire, les Kahniakehaka ont toujours aimé se battre : il aurait été impossible de les en dissuader. C'est ainsi que Tekaionhake combattit avec sa tribu aux côtés des Anglais, ceux-là même qui avaient tué son père. Tels sont les aléas de l'existence.

La guerre nous donnait fort à faire, mais Satehhoronies et moi-même traitions tous nos patients de la même manière : malades, blessés, guerriers ou prisonniers, cela ne faisait aucune différence à nos yeux. Notre maison devint célèbre, non seulement chez les Haudenosaunee, mais également parmi d'autres nations. Les visiteurs affluaient des quatre coins de l'horizon – jeunes, vieux, hommes, femmes, Indiens, Africains et Européens. Ils venaient apprendre l'art de guérir et chacun apportait ses propres connaissances. Nous leur transmettions toutes nos connaissances. Nous ne leur demandions qu'une chose : c'était de venir avec des intentions pacifiques, de renoncer à toute haine et d'oublier toutes leurs différences en les déposant comme leurs armes au seuil de la maison.

C'est ainsi que j'ai vécu.

CHAPITRE 41

AU LAC MIROIR

Agnes se sentait délivrée. Elle éprouvait un soulagement presque physique. Elle se leva alors que le soleil sombrait au-dessus de l'eau et redescendit vers la cabane d'un pas plus rapide et plus léger qu'il ne l'avait été depuis nombre de jours.

La camionnette de Sim avait disparu, mais la voiture d'Alison était toujours garée près de la maison. Par la porte entrouverte, un rai de lumière tombait sur le porche. À l'intérieur, Agnes vit tante M. Elle était assise à la table, Alison en face d'elle. Elles étaient en pleine conversation. La lampe à huile répandait une lueur douce sur l'amas confus de papiers et de cartes déployés sur la table. Agnes hésita un instant, puis elle s'arrêta pour les observer de l'extérieur. Jusque-là, tout s'était joué entre elle-même et tante M., sans la présence d'un tiers.

Tante M. mit fin à son dilemme en se levant et en s'approchant de la porte.

– Entre, Agnes, dit-elle. Je voudrais fermer : il commence à faire froid.

Agnes s'assit à la table et commença à raconter la suite de l'histoire de Mary. Alison l'écouta avec la plus grande attention jusqu'à la fin, ne l'interrompant que pour changer la cassette du petit magnétophone qu'elle avait apporté.

– Ils ont fondé une société secrète de guérisseurs ouverte aux hommes et aux femmes, à toutes les tribus, et même aux Blancs, dit Agnes. Et voilà. C'est ainsi que sa vie s'est terminée.

Le doigt d'Alison resta suspendu au-dessus du bouton *off*. Elle leva les yeux vers tante M. pour lui demander si cette société secrète de guérisseurs exerçait toujours. Cependant, quelque chose dans le regard de la vieille femme lui fit comprendre que ce serait une question de trop.

– Maintenant, Alison devrait te dire ce qu'elle a découvert à Montréal, dit tante M.

Sentant venir la question d'Alison, elle était désireuse de l'esquiver. Les sociétés secrètes de guérisseurs étaient un sujet tabou.

– Oh, eh bien… commença Alison, puis elle se mit à rire. Je pensais que c'était le gros lot, mais c'est peu de chose à côté de ce que vous avez découvert toutes les deux. (Elle regarda Agnes.) Tu voudrais bien tout mettre par écrit pour moi ?

– Bien sûr.

– Merveilleux, dit Alison avec un sourire. Je le classerai dans un dossier intitulé « récit d'Agnes Herne ». Juste avant que tu n'arrives, ta tante allait me montrer la boîte.

– Ah oui, la boîte…

Tante M. se leva et alla tirer un coffre de sous le lit. Elle l'ouvrit et y prit quelque chose qu'elle apporta en le tenant dans ses mains en coupe comme si c'était un nid rempli d'œufs.

Elle posa l'objet au centre de la table. C'était une boîte en écorce de bouleau ornée de broderies en poil d'élan. Agnes la reconnut aussitôt.

– Est-ce que ça pourrait être la même ? demanda Alison d'une voix étouffée en fixant la boîte, les yeux agrandis, comme si c'était un être vivant.

Tante M. secoua la tête.

– Probablement pas. (Elle sourit devant l'air un peu déçu d'Alison.) Je ne pense pas que ça soit vraiment important, dit-elle en retournant la boîte entre ses mains. Ce sont les motifs qui comptent, pas la matière. Ils se conservent, car ils sont tracés à neuf par chaque femme qui fabrique une boîte semblable à celle-là. C'est comme ça qu'ils sont préservés.

– Fais voir, dit Agnes en se penchant par-dessus la table.

Le fermoir du couvercle était une petite tête de renard noir. Elle ne l'avait pas remarqué la première fois ; à ses yeux, ce n'était alors qu'un fermoir. Il était toujours aussi difficile à défaire. Elle parvint enfin à le dégager de la boucle d'herbes tressées et souleva le couvercle en tournant la boîte vers Alison afin qu'elle puisse également voir l'intérieur.

– Oh, mon Dieu !

Alison se sentit soudain oppressée.

Agnes n'avait pas vu ces objets depuis son enfance. Elle n'avait pas demandé à les voir dès son arrivée. Elle avait alors des affaires plus urgentes à régler. Elle n'avait pas voulu voir ces objets. À présent, elle les voyait. Elle se pencha pour les observer de plus près. Ils paraissaient plus petits, plus à l'échelle humaine et plus usagés que dans son souvenir, comme c'est souvent le cas avec les choses remémorées ou imaginées, ou celles que l'on a jamais vues, mais longtemps désirées. Ils n'en étaient pas moins uniques.

– Prends-les, dit tante M. On est pas au musée.

Agnes secoua la tête. Non, elle ne voulait pas les toucher. Pour l'instant, il lui suffisait de les regarder.

Alison ne voulait pas les toucher non plus. Elle estimait qu'elle ne devait pas le faire, du moins pas avant Agnes, mais elle avait du mal à garder les mains posées sur la table.

– Ça pourrait très bien lui appartenir, dit-elle d'une voix plus haute sous l'effet de l'excitation. Ce bout de papier suffirait comme preuve. Et la moitié de shilling sertie au centre du collier… (Elle les regarda de plus près.) Elle doit correspondre à l'autre moitié de la pièce, et le bout de papier au coin déchiré de la page du journal de Mary. Il faudrait que je les emporte pour vérif… (Soudain inquiète, elle s'adressa à tante M. en se rappelant ce que lui avait dit Agnes : elle ne voulait pas donner l'impression que pour elle cet emprunt allait de soi.) C'est-à-dire… c'est-à-dire, euh, si vous voulez bien. Si vous me donnez votre accord.

– C'est pas à moi de décider, répondit tante M. en haussant les épaules.

– Pardon ? demanda Alison, l'air éberlué.

– C'est pas à moi de donner mon accord. Je ne suis pas la propriétaire, dit-elle. C'est à elle qu'il faut demander, reprit-elle en désignant Agnes d'un signe de tête.

– Oh, non, tante M. ! s'exclama Agnes en levant les mains.

– Il n'y a pas de non qui tienne, répliqua tante M. en poussant la boîte vers sa nièce. Prends-les. Tu les as gagnés. Ils sont à toi, maintenant.

– Non, non. (Agnes sourit, referma soigneusement le couvercle et poussa la boîte vers l'autre côté de la table.) Pas pour l'instant, en tout cas. Je veux qu'Alison les emporte pour vérifier. Et je veux qu'ils figurent dans son exposition.

Alison tendit le bras vers Agnes et leurs mains se touchèrent pour donner et recevoir. Au début, en voyant la boîte ouverte, Alison avait été bouleversée. Et maintenant, penser que tout cela lui était confié… elle se sentait prise de vertige. Ces objets lui étaient prêtés, et c'était un grand honneur pour elle. Elle avait passé la journée à parler – à parler et à poser des questions. À présent, elle ne trouvait plus rien à dire. Elle ne pouvait que regarder Agnes avec un sourire d'émerveillement et de gratitude.

– Vous laissez ce petit magnéto tourner, Alison ? demanda tante M. Cette histoire n'est pas encore finie, vous savez. Bon, dit-elle en se renfonçant dans son fauteuil, les mains croisées sur la table. Tekaionhake, son fils, celui qu'on appelait autrefois Renard Noir, a eu une fille. On l'a appelée Ojijiagauh, Petite Fleur, parce qu'elle ressemblait à sa grand-mère. Elle avait ses traits, ses expressions et son rire. Elle est devenue une très belle jeune femme et elle a embrassé la carrière de guérisseuse.

À l'enterrement de Katsitaioneh, Celle qui apporte les fleurs, sa petite-fille a lâché un oiseau blanc au-dessus de sa tombe, comme c'était la coutume en ce temps-là, afin d'aider son esprit à prendre son envol pour arriver plus vite dans les plaines du ciel. Alors qu'elle lâchait l'oiseau, un geai surgit de la forêt. Ils s'envolèrent ensemble, de plus en plus haut, jusqu'au moment où ils ne furent plus que deux points dans l'immensité bleue du ciel, et disparurent. Voilà l'histoire que l'on m'a racontée. L'histoire des grand-mères.

Agnes écoutait sa tante et avait la sensation d'aller à la rencontre d'elle-même. L'histoire qu'elle avait vue se dérouler et celle qui venait d'être racontée ne faisaient plus qu'un. Cela aurait dû boucler la boucle, mais en réalité elle n'éprouvait qu'un sentiment de solitude. Depuis que Mary s'était détachée d'elle, elle se sentait abandonnée et encore plus perdue qu'auparavant. Elle fronça les sourcils et regarda sa tante, ses yeux gris implorant une aide.

– Parfois, c'est dur, dit tante M. en se levant. C'est dur de trouver sa place, de savoir où trouver sa place dans ce monde. Voilà comment je vois ça, dit-elle en ouvrant une autre boîte, dans laquelle elle prit une ceinture de *wampum*.

Cette ceinture mesurait environ soixante centimètres de longueur sur quinze à vingt de largeur et elle était brodée de minuscules perles blanches et violettes formant un motif récurrent.

– Vous en avez déjà vu de semblables ? demanda-t-elle à Alison.

– Seulement dans un musée, mais je connais leur importance.

Elle savait que ces ceintures étaient uniques, sacrées. Par la parole, on avait inscrit en elles lois et traités. Elles contenaient l'histoire d'un peuple.

– Vous m'en voyez ravie, dit tante M. d'un air sévère.

Elle n'appréciait guère la façon dont les *wampum*, ou *gehsweda*, étaient profanées, dévalorisées et méprisées depuis plusieurs décennies. D'abord par les Européens qui, faute de comprendre leur signification symbolique, les avaient prises pour une monnaie d'échange, ensuite par les collectionneurs et enfin par les ignorants qui utilisaient leur nom dans un sens argotique.

– Ces perles n'ont jamais servi de monnaie aux Indiens. Ces ceintures contiennent la parole, le code, la loi. Elles sont sacrées et font partie intégrante de notre peuple. On les utilise encore et on les utilisera toujours. Chaque perle est vénérée, mais chaque perle est très petite, dit tante M. en indiquant leur taille entre le pouce et l'index.

« Isolées, elles tombent et se dispersent, ajouta-t-elle en ouvrant la main et en la retournant. Mais en les assemblant, on obtient autre chose. Ensemble, elles forment quelque chose de grand. Ensemble, elles préservent la parole, dit-elle en regardant Agnes. C'est ainsi que je nous vois tous : toi, moi, Mary, les gens qu'elle a connus, les gens sur lesquels Alison a découvert quelque chose, Alison elle-même, nous sommes tous comme les perles de cette ceinture. Quand on nous regarde séparément, on n'apprend pas grand-chose, mais quand on nous assemble, on peut reconstituer toute l'histoire.

Notes historiques

Première note: Elias Cornwell (? 1631-1713)

Le révérend Elias Cornwell a été un écrivain prolifique. Ses archives personnelles contiennent de nombreux documents, notamment des pamphlets et des sermons. C'est son journal intime qui nous intéresse ici. Il comprend plusieurs volumes couvrant la quasi-totalité de sa vie, de son séjour à Cambridge à la fin de sa carrière de ministre du culte établi et respecté à Boston. Les passages qui concernent son séjour à Beulah constituent une aide précieuse pour nos recherches, dans la mesure où ils apportent un éclairage nouveau sur la fuite de Mary et des informations complémentaires sur le sort d'autres personnes impliquées dans cette histoire, ainsi que sur le destin de la communauté de Beulah dans son ensemble. Nous citons les passages en question.

Extraits du journal d'Elias Cornwell (volumes 6 et 7):

Le 1er novembre 1660

Je dois relater ici certains événements douloureux et terribles récemment survenus à Beulah. Ils concernent l'orpheline Mary Newberrie. Cette jeune fille (j'hésite à la désigner ainsi en raison du déshonneur qu'elle a jeté sur tout le genre féminin, et d'abord sur les pures jeunes filles, fleurs de notre communauté, dont elle a si cruellement abusé), cette jeune fille a été accueillie dans notre communauté avec la plus grande charité chrétienne. Sans le savoir, nous avons caché en notre sein un serpent, un serviteur du Malin. Dieu seul sait quels ravages elle aurait pu exercer si elle n'avait été démasquée. Mais Il veille sur nous comme un père et nous a envoyé Son serviteur Obadiah Wilson comme un ange saint venu nous délivrer du mal.

Le 2 novembre 1660

Le méchant fuit quand bien même nul ne le poursuit (Proverbes, 28,1), et il en a été ainsi d'elle. Elle s'est enfuie de la colonie. Et, bien que nous l'ayons cherchée avec le plus grand soin dans les environs pendant une nuit et un jour entiers, nous ne l'avons pas retrouvée.

Les hommes qui participaient aux recherches sont rentrés. Le temps s'est dégradé de manière surprenante, même pour le climat rigoureux de ce pays : il fait très froid et les chutes de neige empêchent de voir quoi que ce soit. La troupe chargée des recherches risquait donc de perdre des hommes, des chiens, ou les deux. Ils n'ont absolument rien trouvé. Pas la moindre trace. Aucune empreinte dans l'épaisse couche de neige couvrant le sol. Certains prétendent qu'elle a fait tomber la neige afin de dissimuler sa fuite et qu'elle a effacé ses traces au fur et à mesure. D'autres affirment qu'il n'y a pas de traces parce qu'elle sait voler comme ses semblables.

Le 3 novembre 1660

Toute la nuit, la neige est tombée et le vent a hurlé. Au lever du jour, la tempête s'est enfin apaisée, mais la neige montait jusqu'aux avant-toits des maisons. Personnellement, je crois inutile de poursuivre les recherches, mais le révérend Johnson a de nouveau envoyé des hommes en leur ordonnant d'emmener tous les chiens qu'ils avaient. Il est bien résolu à ce qu'elle ne leur échappe pas.

Le 5 novembre 1660

Les hommes sont de nouveau revenus bredouilles. On dirait qu'elle s'est volatilisée. Les plus superstitieux soutiennent plus fermement que jamais qu'elle s'est envolée à cheval sur un balai ou qu'elle a été emportée par des démons. Les plus terre à terre seraient plutôt d'avis qu'elle a été ensevelie sous la neige et la glace, ou emportée par des loups ou d'autres animaux féroces vivant au fond de la forêt. Je prie pour qu'il en soit ainsi, pour que cette perfide créature, ce bras de Satan, ait bel et bien péri.

Dire que j'ai nourri de tendres sentiments à son égard ! Mon sang se glace dans mes veines à cette pensée. Le révérend Johnson, homme avisé s'il en fut, l'a également été en cette circonstance. Alors que j'essayais de la protéger et que je protestais de son innocence, il m'avait en effet averti en me citant les Proverbes, chapitre 5, versets 3 à 5 :

Car les lèvres de l'étrangère distillent le miel et ses paroles sont plus fluides que l'huile ;

Mais la fin qu'elle poursuit est amère comme l'absinthe et aiguë comme le glaive à double tranchant.

Ses pieds descendent vers la mort, ses pas mènent à l'enfer.

Telles sont les paroles qu'il m'a citées, mais j'étais alors trop aveuglé pour voir clair. J'avoue que j'ai été stupide et crédule, presque au point de me laisser prendre à ses artifices, mais je ne dois pas me montrer trop sévère avec moi-même. En effet, j'ai été cruellement dupé. Car ses paroles étaient suaves comme le miel, et irrésistibles ses sourires. Elle était vraiment belle, et aussi subtile et séduisante que le serpent lui-même. J'ai échappé à un sort terrible et je rends grâce à Dieu de m'avoir délivré de l'emprise de ce démon femelle, de cette véritable Lilith.

Et je trouve plus amère que la mort la femme, dont le cœur n'est que pièges et filets. (L'Ecclésiaste, chapitre 7, verset 26).

Le 2 décembre 1660

Le dégel est arrivé, prompt et imprévu, emportant la plus grande partie de la neige. Ce redoux a été suivi d'une nouvelle période de froid rigoureux qui a gelé les routes, rendant ainsi les déplacements plus faciles. Obadiah Wilson a hâte de repartir, car il a le sentiment que sa tâche à Beulah est accomplie.

Le 4 décembre 1660

Obadiah Wilson s'est laissé persuader de prolonger encore un peu son séjour. L'état de l'une des jeunes victimes nous donne des inquiétudes. Hannah Vane se porte toujours aussi mal. Je crains que certains parmi nous, toujours préoccupés de l'action du Malin, ne visitent régulièrement l'infortunée malgré les interdictions, au détriment de sa santé physique et morale.

Personnellement, je suis également inquiet pour Obadiah. C'est la saison des rhumes et des grippes, or il est souvent secoué d'une mauvaise toux et crache du sang tous les jours.

Le 20 décembre 1660

Le gel persiste, durcissant tout. Je constate une fois de plus la vérité des Proverbes, chapitre 28, verset 1 : *Le méchant fuit, quand bien même nul ne le poursuit,* car Martha Everdale et Jonah Morse ont quitté la colonie. Bien que ce ne soit pas la saison pour voyager, ils sont repartis sur les routes. Lorsqu'il est question d'eux, Obadiah Wilson sourit entre deux accès de toux. Il n'y a pas de fumée sans feu, dit-il, et il ajoute que les sorcières opèrent rarement seules.

Le 6 janvier 1661

Peut-être Obadiah Wilson a-t-il raison, car la petite Hannah semble se remettre. Selon Wilson, c'est le signe indéniable que le Mal nous a désertés ; je prie pour qu'il en soit ainsi. Lui-même se prépare à repartir. Son travail ici est terminé, mais on a besoin de lui ailleurs, afin que le Malin ne puisse exercer ses ravages dans notre belle Nouvelle-Angleterre. Bien que ce ne soit pas la saison pour voyager, les routes sont bonnes et il y a peu de neige. Je lui ai proposé de l'accompagner à Salem, car je ne crois pas qu'il survivra aux rigueurs du voyage s'il part seul. Sa toux ne s'est pas améliorée. Il n'a plus que la peau sur les os et, depuis peu, une fièvre ardente épuise son corps et teinte ses joues de rouge. Il a besoin des services d'un médecin, or nous n'en avons pas ici et, à présent, nous n'avons plus d'apothicaire, ni personne qui s'y connaisse en herbes et en remèdes. S'il ne cherche pas de secours rapidement, je crains que ce n'en soit bientôt fait de lui.

Le 9 février 1661

Obadiah Wilson nous a quittés, que son âme repose en paix. Avant-hier, il a été saisi d'un irrépressible accès de toux, et il est mort d'une hémorragie, étouffant et râlant, noyé dans son propre sang.

Le 1er mars 1661

L'hiver s'achève enfin : le dégel a commencé, annonçant le retour du printemps. Les jeunes victimes sont toutes rétablies. Le révérend Johnson a pris soin des sœurs Vane,

Deborah et Hannah, sur lesquelles la malédiction avait pesé le plus durement. Deborah, l'aînée, est particulièrement bien portante. Toute son affliction l'a quittée et elle s'épanouit en présence du révérend.

Je suis également enchanté des progrès que j'ai accomplis avec Sarah Garner. Elle est sous ma responsabilité et je suis fier de la voir se porter si bien grâce à mes soins. Ses crises et ses accès de prostration ont cessé depuis quelque temps et sa santé est florissante. En vérité, je pourrais considérer ma tâche comme terminée si elle ne m'implorait tant de continuer mes visites, de peur que le mal ne revienne. Elle pleure quand je m'en vais et sa mère m'a dit qu'elle se languit de mon retour de la manière la plus affligeante. Pour ma part, je dois reconnaître que je me suis profondément attaché à elle. C'est une si douce enfant, si différente de *l'autre*, aussi innocente et candide que le jour. Dès qu'elle sera assez rétablie pour assumer les devoirs d'une épouse, j'espère qu'elle fera de moi le plus heureux des hommes.

Le 14 août 1661

Le temps reste chaud et lourd, ce qui est des plus déplaisant. Mes inquiétudes au sujet du révérend Johnson ne font que croître. Sa jeune épouse n'a pas réussi à lui rendre sa bonne humeur et il devient de plus en plus mélancolique. Il reste chez lui toute la journée, à broyer du noir. Sa barbe et ses cheveux sont striés de fils blancs et deviennent de plus en plus hirsutes. Quand il ne s'enferme pas chez lui, il erre au loin. Je crains qu'il ne soit victime d'une affection du cerveau. Il est certain qu'il néglige honteusement ses devoirs. Je suis obligé de visiter les malades à sa place et j'ai dû assurer le service du dimanche quatre fois de suite.

Le 8 septembre 1661

Aujourd'hui, j'ai appris une nouvelle épouvantable. J'ai à peine la force et la volonté d'écrire. Le révérend Johnson est mort noyé. On l'a retrouvé ce matin dans les marais, la tête sous l'eau.

Le 26 septembre 1661

Le révérend Johnson a été inhumé au cimetière, à côté de l'épouse qu'il a perdue un an auparavant et de ceux de ses enfants que Dieu a repris. Certains murmurent cependant que sa place n'est nullement ici et qu'il devrait plutôt être enterré à l'extérieur du cimetière. Selon certaines rumeurs, la mélancolie dont il souffrait depuis quelque temps s'est si bien emparée de son esprit qu'il s'est rendu coupable de suicide. C'est une accusation terrible que j'ai pris soin de rejeter avec la plus grande fermeté. Comment un homme aussi vertueux que le révérend Johnson aurait-il pu commettre un péché si horrible ? Comment aurait-il pu ainsi tourner le dos à notre Seigneur pour suivre la voie du méprisable Iscariote jusqu'à l'arbre de Judas ? Ce serait un double crime contre Dieu et contre la communauté qu'il n'était pas dans sa nature de commettre, mais malgré tout, la rumeur persiste. Il a été retrouvé dans une mare d'eau saumâtre d'à peine trente centimètres de fond.

Le 5 octobre 1661

La mort du révérend Johnson, et surtout les circonstances de cette mort, ont bouleversé notre communauté. Beaucoup en ont été profondément affectés, en particulier la petite Hannah Vane. Cet événement semble lui avoir fait complètement perdre la raison. Elle refuse de boire et de manger et maigrit de jour en jour. Elle n'a pas quitté son lit depuis la nouvelle de cette mort et gît recroquevillée, le visage tourné vers le mur. Sarah pense qu'elle n'en a plus pour longtemps en ce monde.

Le 14 octobre 1661

La mort du révérend Johnson a semé le doute dans les esprits. De nombreux habitants de la colonie étaient arrivés d'Angleterre avec lui, traversant les mers sur son ordre et le suivant dans les contrées sauvages comme les Israélites ont suivi Moïse. D'autres, comme moi, sont venus plus tard, pleins de foi et de confiance en lui et en sa vision d'une cité sur la montagne.

À présent, certains affirment que cette vision était erronée. Ils soutiennent que le révérend Johnson a mal choisi le site de la colonie. Ce n'était pas un fermier et ses visions l'ont aveuglé sur les défauts de cette région : la terre est dure à labourer, chaque acre de terrain doit être disputé à la forêt et les marais dégagent des miasmes nocifs, apportant en été des moustiques et des essaims de mouches harcelants.

Le 20 octobre 1661

John Rivers a eu des nouvelles de ses frères, qu'il était venu retrouver ici. La moisson est terminée et il se prépare à partir. Sa femme et lui seront accompagnés de Tobias Morse, de son épouse Rebecca et de leur jeune enfant. J'ignore où ils se rendent, mais j'ai entendu dire qu'ils iront vers le sud-ouest, jusqu'à la vallée du Connecticut.

Le 24 octobre 1661

Deborah, la veuve du révérend Johnson, n'a pas perdu de temps pour retrouver un mari. Sarah, ma chère épouse, m'a appris qu'elle allait épouser Ned Cardwell, un homme de condition inférieure à la sienne qui avait d'abord travaillé comme serviteur pour son oncle. J'ai exprimé mon profond étonnement à cette nouvelle. J'ai dit à Sarah que Cardwell épousait certainement Deborah pour son argent. Je sais que le révérend Johnson a laissé sa femme à l'abri du besoin. Sarah est du même avis. Quant à moi, j'ai récemment entendu dire que Deborah et Cardwell étaient depuis longtemps accordés, et peut-être même plus. Bien entendu, je ne le répéterais à Sarah pour rien au monde. De tels commérages offenseraient sa pudeur et feraient monter le rouge à ses joues.

Le 26 octobre 1661

Hannah Vane n'a pas survécu assez longtemps pour assister aux noces de sa sœur. Elle est morte aujourd'hui, minée par la maladie.

Le 27 octobre 1661

Deborah et Ned Cardwell sont mariés et Sarah me dit qu'ils ont l'intention de partir pour Gloucester. Ned en a fini avec le métier de fermier, a-t-il déclaré, et il souhaite ouvrir une taverne avec sa fortune fraîchement acquise. Gloucester est un port maritime se prêtant bien à de telles entreprises.

D'autres envisagent également de quitter Beulah. Une nouvelle colonie a été fondée dans le nord, à l'endroit où notre petite rivière en rejoint une plus grande. Le révérend Johnson désapprouvait toutes relations avec nos voisins, craignant de mauvaises influences, mais il n'est plus de ce monde et le bruit court que cette nouvelle communauté a besoin de colons. Il paraît que la bonne terre abonde dans les environs, que les prairies y sont vastes et que l'on peut pêcher tant que l'on veut dans les rapides.

Le 1er novembre 1661

J'ai moi-même résolu de partir. J'ai l'intention d'emmener Sarah et l'enfant qu'elle attend (car notre union a été bénie !) à Boston, où je chercherai un nouveau ministère. J'ai toujours trouvé les gens d'ici de basse extraction, ignorants et incultes pour la plupart. J'aimerais vivre dans une communauté plus agréable, qui nous apporte une nourriture tant intellectuelle que spirituelle. Malgré tout, je serais resté à Beulah pour y accomplir le travail du Seigneur si ses habitants avaient jugé bon de me choisir comme guide spirituel, mais ils en cherchent un autre. Ainsi soit-il.

Note 2: Deborah Vane

L'examen des archives du comté d'Essex montre que Deborah n'a pas connu un sort heureux après son départ de Beulah. Après leur mariage, les époux Cardwell sont partis vivre à Gloucester, où ils ont acheté une taverne. Peu de temps s'est écoulé avant qu'ils ne soient cités dans les comptes-rendus d'audience pour violences, souvent exercées l'un contre l'autre. Ned était fréquemment le plaignant.

1. Déposition de Ned Cardwell contre Deborah Cardwell sous l'inculpation de voies de fait simples, dans un compte-rendu d'audience du comté d'Essex, en 1665 :

Elle m'a saisi à la gorge et m'a donné des coups de poing dans la poitrine, si bien que je commençais à étouffer. Puis elle s'est ruée sur moi, une hache à la main, me forçant à m'enfuir…

2. Déposition de Deborah Cardwell, plaidant la légitime défense :

J'ai agi ainsi après qu'il m'a frappée à plusieurs reprises, menacée avec un fouet et un couteau, et traitée de la manière la plus barbare.

Décision de la cour : l'accusé est déclaré non coupable, mais les deux parties sont sommées de s'amender, eu égard à « leur comportement violent », sous peine d'être condamnées ultérieurement à l'amende et à la flagellation.

Par la suite, ils ont été condamnés pour ivresse en 1667 et 1668, et pour avoir tenu une maison de débauche. En 1669, tous deux ont été accusés *« d'avoir reçu (chez eux) des personnes dissolues et de leur avoir servi des vins et des liqueurs fortes qui les ont enivrées, le tout sans mesure, tant pour la quantité que pour la dépense ».*

Leur licence leur a été retirée.

Le nom de Deborah Cardwell apparaît de nouveau en 1670 sur la liste des passagers du navire *Fortune* en partance pour la Virginie. Le nom de Ned Cardwell ne figure pas sur cette liste.

En 1673, Mrs Cardwell, récemment arrivée du Massachusetts, a comparu devant le tribunal : on l'accusait d'avoir transformé son domicile en *« un véritable lieu de perdition fréquenté par des repris de justice, des prostituées, des débauchés et des escrocs ».*

Telle est la dernière mention officielle de Deborah.

Note 3: le sort de Beulah

Beulah a disparu des documents officiels dans les années 1660. Cette disparition n'a en réalité rien de vraiment surprenant. À l'époque, les villes poussaient comme des champignons. Certaines s'étendaient, tandis que d'autres déclinaient et s'éteignaient. Il y avait de nombreuses raisons à ce déclin : certaines colonies étaient trop isolées, ce qui les rendait par trop vulnérables aux attaques des tribus indiennes locales, d'autres avaient été bâties sur des sites peu propices à leur développement. Dans d'autres cas, des divisions étaient survenues entre les habitants. L'administration trop rigide ou trop laxiste de certaines de ces colonies avait provoqué le départ d'habitants qui n'avaient pas été remplacés. Lorsque le chiffre de la population descendait au-dessous d'un seuil critique, la colonie cessait d'être viable.

En l'absence de documents officiels, seules des découvertes d'ordre archéologique permettent de faire progresser les recherches sur Beulah.

Beulah ? Peut-être
fwd fr Toni T :
FROM : InHouse Archaeology
http ://www.InHouseArch.com/editorial/20010408/ 1047257.asp

Dernières découvertes

D'intéressantes découvertes ont été effectuées sur un site archéologique situé entre Lowell et Billerica. Selon le rapport du directeur du site, le maître de conférences en anthropologie Ed Jordan, lui-même et ses étudiants ont effectué des fouilles sur les lieux durant deux semaines au cours de l'été dernier. Ces travaux ont permis à l'université locale d'étudier la vie des colons européens au milieu du dix-septième siècle. Alors que d'autres sites déjà explorés datent de plusieurs milliers d'années, l'intérêt du site Dowell de la région de Billerica, qui figurait au programme de l'été 2000, réside, toujours selon Jordan, dans le fait qu'une colonie anglaise y a probablement vécu entre 1650 et 1670. Les objets découverts lors de ces fouilles sont maintenant exposés dans la bibliothèque locale.

Jordan a décidé d'entreprendre ces fouilles après la découverte dans les années 70, par des archéologues amateurs, de ce que l'on pense être les vestiges d'un temple quaker. Les fondations de cet édifice ont été fouillées ultérieurement. La plupart des vestiges que l'on y a retrouvés sont d'origine européenne et remontent à l'époque coloniale. Ils comprennent un fourneau de pipe en terre et des débris de tuyau de pipe, des clefs et des gonds rouillés, une boucle de ceinture, de la vaisselle en terre et en verre et des balles de mousquet en plomb. Ces fouilles ont entraîné une autre découverte particulièrement intéressante : il semblerait que certaines pierres de l'édifice soient de provenance indigène. D'autres vestiges, datant du sylvicole supérieur[12], comprennent des débris de coquillages, des restes de fumier, des perles et des pointes de flèches.

12. De 500 av. J.-C. à 1500, soit la période précédant l'arrivée des Européens (*N.d.T.*).

Des fonds ont été débloqués pour le programme de fouilles de l'été prochain, au grand soulagement d'Ed Jordan et de son équipe. « Grâce à ces fonds, nous avons maintenant l'occasion passionnante d'étudier dans leur continuité les usages successifs d'un site donné, nous a-t-il dit. Nous avons encore beaucoup de travail. L'exploration complète du site pourrait demander plusieurs années. »

Note 4: Jonah et Martha Morse

Mariés en 1662, ils se sont établis à Boston. Jonah a ouvert une pharmacie dans l'actuel quartier de North End, en choisissant un emplacement avantageux, sur un lieu de passage important entre Old Mill Cove et les docks.

Selon des archives du cadastre, il a acheté une maison comprenant un logement et une boutique, avec une arrière-cour dans laquelle il a probablement planté des herbes médicinales.

Voici quelques documents concernant cette pharmacie :

Drogues et médicaments :
Mr Jonah Morse
a récemment reçu un assortiment complet
de drogues et de médicaments
de premier choix
qu'il vend en gros et au détail
dans son magasin sur le passage
entre Cove et Cove
ainsi que
des teintures chimiques variées
récemment importées d'Angleterre

(Placard publicitaire, propriété de la Boston Historical Society. Cette société est également en possession d'un opuscule intitulé *Quelques remèdes.*)

Pour soigner la toux :

Prendre une once de chou puant, une once de lobélie, une demi-once de turnep indien, un quart d'once de sanguinaire, une poignée de marrubes et la même quantité de pas-d'âne. Ajouter un poids équivalent de miel purifié, broyer tous ces ingrédients et les mélanger avant d'en faire prendre au patient ce que son estomac peut supporter. Continuer jusqu'à son rétablissement complet.

Pour soigner la jaunisse :

Prendre des mesures égales de serpentaire, de bardane, de patience crépue, de pissenlit et de têtes de coucou, les mettre à tremper ensemble et boire le tout jusqu'à rétablissement complet. Ce remède est infaillible.

On notera le mélange de plantes d'origine anglaise (pas-d'âne, pissenlit, coucou) et de plantes indigènes d'Amérique (serpentaire, chou puant, turnep indien).

Le testament de Jonah Morse, en date de 1672, comprend :

« Diverses jarres
Un alambic en cuivre
Un alambic en verre
Un alambic en terre
Deux mortiers avec leurs pilons (un grand en pierre et un autre, plus petit, en cuivre)

Une balance
Un meuble de rangement et son contenu.
Ces objets, ou le produit de leur vente, doivent revenir à mon épouse Martha. »

Martha a survécu à son époux et repris son commerce sur une plus petite échelle jusqu'à son propre décès, en 1674.

Son testament comprend :

« Deux tabourets en bois de frêne, cinq chaises en bois de chêne (dont une magnifiquement sculptée), une grande table en chêne, une grande commode en chêne, un banc à haut dossier pour s'asseoir devant le feu, un lit, une timbale en argent, des cuillers et un chandelier » légués à Tobias Morse ;

« mon plus beau jupon en kersey rouge, mon gilet en kersey gris, mon tablier blanc en toile de Hollande avec une petite bordure de dentelle », légués à Mrs Humphries, une voisine.

Enfin : « mon tour de cou en soie noire, deux mètres de dentelle et six mètres d'étoffe rouge, une boîte en bois au couvercle sculpté et la couverture en patchwork qu'elle contient », légués à Rebecca Morse.

Jonah et Martha Morse sont enterrés ensemble au cimetière de Copp's Hill.

Note 5: Les Rivers et les Morse

Extraits des archives personnelles des familles Rivers et Morse.
Correspondance entre Sarah Rivers et Rebecca Morse:

Juillet 1675

Ma chère fille,

Je vous prie instamment de venir nous rejoindre. La guerre a éclaté entre les colons et les Indiens. Bien sûr, les combats se déroulent au sud, mais nous vivons néanmoins dans la peur que les tribus des environs ne s'y joignent, malgré les bonnes relations qu'elles ont semblé entretenir avec nous jusqu'ici.

Ta mère qui t'aime,
Sarah Rivers

Août 1675

Ma chère fille,

Les nouvelles qui nous parviennent ne font qu'accroître mon inquiétude pour vous. Qhabog [l'actuelle Brookfield] a été saccagée et tout le monde se prépare à de nouvelles attaques. John, Joseph et Joshua ont répondu à l'appel. Seul Noah est resté avec moi. Quoi qu'il en pense, il est encore trop jeune pour se battre. Susannah et Rachel sont également ici, leurs maris étant absents, et j'aimerais que tu nous rejoignes. Hadley n'est certes pas à l'abri de toute attaque, mais c'est néanmoins un endroit plus sûr que celui où tu te trouves en ce moment. Je me fais tant de souci pour toi et les petits !

Joseph doit partir avec une troupe envoyée en renfort à la garnison de Pocumtuck. Si tout reste calme, il a l'intention de vous accompagner à Hadley, toi et tes enfants. Je te prie instamment de le lui permettre.

Ta mère qui t'aime,
Sarah Rivers

Août 1675

Ma chère mère,

Je suis sûre que cette lettre te trouvera en bonne santé et en sûreté. Je te suis reconnaissante de t'inquiéter pour moi et je peux t'assurer que j'ai pleinement conscience du danger auquel nous sommes exposés. D'autres partent pour Hadley et Hatfield ; pour ma part, je te confie mes enfants.

Joseph m'a assuré qu'il te les remettra sains et saufs avant de rejoindre sa compagnie. Je dois avouer que cela m'a fendu le cœur de le revoir, et qu'il en sera de même quand il partira avec les petits, mais je dois rester fidèle à la promesse que j'ai faite à Tobias. Ma place est auprès de lui. Il n'est pas disposé à abandonner tout ce qu'il a construit ici, et du reste nous avons beaucoup de travail en ce moment avec les bêtes à soigner et la moisson qui approche. Il ne pourra pas faire ce travail tout seul et si je ne reste pas ici pour l'aider, nous n'aurons plus rien pour l'an prochain. Il ne veut pas quitter la maison, car alors les Indiens ne manqueraient pas de la saccager et de la brûler.

Avec Joseph et les enfants, je t'envoie également ma boîte et son précieux contenu. Je prie Dieu pour que tous arrivent chez toi sains et saufs.

Je demeure à jamais ta fille obéissante et aimante,

Rebecca Morse

Septembre 1675

Ma chère mère,

J'ai bien reçu ta lettre et je rends grâce à Dieu de ce que Joseph ait pu te remettre les enfants sains et saufs.

J'écris ces lignes en hâte. Nous sommes dans une situation désespérée. Beaucoup de gens se sont réfugiés chez nous, notre maison étant la plus solide de la colonie. Les Indiens nous ont attaqués. Nous les avons repoussés, mais nous craignons un nouvel assaut. Au moment de l'attaque, nous allions partir pour Pocumtuck, où nous aurions été plus en sûreté, mais à présent ce n'est plus possible. Nous craignons que l'ennemi ne nous encercle, auquel cas il serait pour moi aussi dangereux de partir que de rester. Je fais donc mon possible pour me rendre utile ici. Au besoin, je chargerai des mousquets et je tirerai. Pour l'instant, je ravitaille les hommes et je fabrique des bandages avec des draps en prévision de la prochaine attaque, qui devrait avoir lieu à tout moment.

Elle a eu lieu à l'aube. Un petit groupe appartenant à un détachement plus important nous a assaillis en espérant nous surprendre dans notre sommeil, mais nous montons la garde en permanence. Comme les Indiens étaient en petit nombre, il a été facile de les repousser, mais nous avons quand même perdu deux hommes, l'un tué d'une balle dans la tête, l'autre d'une flèche qui lui a traversé la gorge alors qu'il tentait de regagner la maison. D'autres ont été blessés plus légèrement. Les Indiens ont également perdu des hommes. Quatre d'entre eux gisaient au sol après l'attaque.

Je suis sortie pour voir si je pouvais les secourir, mais ils étaient morts. Parmi eux, il y avait un homme que j'ai supposé être leur chef. J'en ai jugé ainsi d'après sa stature, la peinture ornant son visage et le beau collier qu'il portait au cou, un assemblage de perles blanches et violettes orné de disques en argent et en cuivre martelé. L'un de nos hommes s'est penché sur lui pour le lui arracher et il a brandi son coutelas comme s'il voulait lui trancher la tête, en s'exclamant : « Ça doit être le roi Philip en personne ! »

J'ai retenu son bras en le suppliant de se maîtriser. Il semblait tout disposé à se quereller avec moi et répétait qu'il aurait sa tête, « car c'est ce que les Indiens font à nos morts », disait-il, mais je le lui ai défendu et j'ai donné l'ordre d'aller déposer les cadavres à la lisière de la forêt.

Nous attendions une nouvelle attaque, qui ne s'est pas produite. Les Indiens ne sont revenus que pour emporter leurs morts, après quoi ils ont de nouveau disparu dans la forêt et nous ne les avons pas revus.

Peut-être nous épient-ils, cachés dans la forêt, mais nous devons néanmoins profiter de l'occasion qui nous est offerte. Tobias pense que s'ils reviennent à la charge, quel que soit leur nombre, nous n'y survivrons probablement pas. Nous partons donc aujourd'hui pour Pocumtuck, où nous espérons être plus en sûreté. De là, cette lettre sera acheminée vers sa destination.

Sans m'attendre au pire, j'ai réfléchi aux dispositions que je voudrais prendre en cas de malheur. Mes volontés sont les suivantes :

J'espère et je suis sûre que tu prendras soin de mes enfants. Ceux de mes biens qui subsisteraient devront être gardés pour eux, en particulier la boîte confiée à Joseph, qui devra être remise à Mary Sarah le jour de son mariage. Elle devra conserver cette boîte et son contenu afin de les remettre à sa propre fille ou, si elle n'en a pas, à la femme de son fils aîné. Raconte-lui ce que tu veux de l'histoire de la couverture en patchwork, mais surtout dis-lui, et insiste bien là-dessus, que cette couverture ne doit pas être utilisée quotidiennement. Elle doit servir uniquement à la naissance d'un enfant, comme ce fut le cas pour moi autrefois : elle doit être étendue sur la mère et le nouveau-né pour les réchauffer et les réconforter.

Nous nous reverrons si Dieu le veut.

D'ici là, j'ai confiance en Son infinie bonté et je demeure à jamais ta fille aimante,

Rebecca

Extrait des notes d'Alison Ellman sur Rebecca Morse

Contrairement à la colonie qu'elle a quittée, Rebecca a survécu. Pocumtuck était le dernier avant-poste résistant encore à la frontière[13]. Toutes les villes des environs avaient été désertées, incendiées ou saccagées. Femmes et enfants, y compris Rebecca, avaient été évacués, tandis que les hommes restaient pour combattre. Après un affrontement particulièrement violent à un endroit qui en a gardé le nom de Bloody Brook[14], Pocumtuck fut abandonnée, ses maisons incendiées et ses récoltes pillées. Elle devint une ville « habitée par les chouettes », selon une expression de l'époque.

Tobias a survécu aux combats et retrouvé sa femme et ses enfants à Hadley, qui était relativement plus sûre. La perte de sa maison, de sa ferme et de toute son entreprise a dû être un rude coup pour cet homme jeune et ambitieux ; du moins était-il vivant et décidé à repartir à zéro.

Rebecca et Tobias sont finalement rentrés avec d'autres colons pour reconstruire leur ville dévastée, qui par la suite a été rebaptisée Deerfield. La ville a connu d'autres périodes troublées, mais la famille Morse y est restée et a prospéré. Certains de ses descendants y vivent encore.

13. La frontière désigne ici la limite des terres colonisées (*N. d. T.*).
14. Bloody Brook : littéralement, « ruisseau de sang » (*N. d. T.*).

Note 6: La couverture en patchwork

Pièce appartenant à la collection privée Rivers/Morse. Extrait de la revue *L'aiguille dans la botte de foin*, 1916:

Notre série « Vieilles couvertures en patchwork de la Nouvelle-Angleterre » se poursuit aujourd'hui avec la fascinante chronique familiale d'Eveline Travers Harris, qui a pour sujet une couverture en patchwork, pièce rare d'une collection splendide.

La couverture en patchwork Morse

Peut-être ne paie-t-elle pas de mine, étant monochrome, et de couleur terne par-dessus le marché, mais ce ne sont pas la couleur, ni le dessin, ni l'habileté du travail ou la complexité des broderies qui font de la couverture Morse, comme nous l'appelons entre nous, un objet unique. C'est son ancienneté, et la signification qu'elle revêt pour nous. Elle est dans notre famille depuis toujours, et je dis bien : toujours. Elle n'a pas été confectionnée ici, aux États-Unis, ou plutôt aux colonies. Selon l'histoire familiale, elle a vu le jour en Angleterre au cours du dix-septième siècle. C'est donc une pièce très ancienne.

Elle est arrivée ici avec l'une des premières familles de pionniers. Certains affirment que c'est un Morse qui l'aurait apportée, d'autres que c'est un Rivers, d'autres encore racontent qu'à l'origine elle n'appartenait à aucune de ces familles, mais une chose est certaine : elle est toujours restée dans notre famille depuis lors, et elle a été transmise de génération en génération par les femmes. Elle a connu toutes les périodes de troubles et tous les dangers, la rébellion et les guerres indiennes, sans parler de la guerre d'Indépendance ni de la guerre de Sécession, et elle leur a survécu, comme notre famille.

Elle représente donc beaucoup pour nous, surtout dans la tradition familiale remontant aux « premiers temps ». On raconte que Rebecca Rivers Morse (1643-1714) de Deerfield en a été la première propriétaire. Lorsqu'elle l'a cédée à sa fille Mary Sarah le jour de son mariage, elle lui a donné les instructions suivantes : elle devait remettre la couverture à sa propre fille, et ainsi de suite. Au cas où elle n'aurait pas de fille, la couverture reviendrait à la femme de son fils aîné. Curieusement, presque toutes les femmes de la famille ont eu des filles, et cela jusqu'à la génération actuelle.

La couverture n'a jamais fait l'objet d'un usage quotidien, bien au contraire, elle a toujours été considérée comme un objet précieux. Elle était conservée dans sa boîte d'origine ; on ne l'en sortait qu'à la naissance d'un enfant, pour l'étendre sur la mère et le rejeton. Elle était censée les protéger lors des premières semaines après la naissance qui, jusqu'à une époque relativement récente, étaient une période dangereuse pour la mère comme pour l'enfant. Aujourd'hui, grâce aux antiseptiques et à l'anesthésie, on pourrait penser que la protection de la couverture est devenue inutile, et beaucoup ont tendance à rejeter cette tradition comme une vieille superstition. À ceux-là, je répondrai que pas un seul des bébés sur lesquels on a étendu cette couverture n'est mort ; au contraire, tous sont devenus sains et vigoureux, et pas une seule mère n'est morte des fièvres qui en emportaient tant après leurs couches.

Pour ma part, j'ai bien l'intention de perpétuer la tradition familiale. J'attends avec impatience le moment où je pourrai faire don de cette merveilleuse couverture à ma fille Etta May, le jour de son mariage.

Eveline Travers Harris, le 17 septembre 1916

Eveline Travers Harris est décédée en 1981. La couverture a été acquise par J. W. Holden en 1985. À sa mort, en 1996, elle a été transférée à la collection Holden de la fondation éponyme.

Note 7: Jack Gill

Transcription d'un entretien avec Richard Gill, à Nantucket, le 6 avril 1999.

A. E. : Je m'intéresse à un certain Jack Gill. Êtes-vous l'un de ses descendants ?

R. G. : Pour sûr. Il y a eu des Gill sur cette île pratiquement depuis le début de la colonisation. Je m'appelle Richard Gill. Jack doit être mon arrière-arrière-arrière-grand-père, ou quelque chose d'approchant. (Silence.) Enfin, bon. Ce bon vieux Jack Gill. Il n'était pas de l'île. Il ne faisait pas partie des premières familles de pionniers, mais il est arrivé quasiment au début de la colonisation. De Long Island, à ce qu'on raconte, mais il s'était baladé un peu partout sur la côte Est, de la Nouvelle-Écosse à la Virginie, en passant par les Antilles.

« Il avait amassé en route un joli petit pécule, mais il était incapable de se poser quelque part, de s'installer, c'était comme s'il cherchait quelque chose ou quelqu'un. Et puis un jour, son bateau a fait escale ici pendant une tempête. Une fois à terre, il a rencontré une fille de l'île. Une jolie petite chose, à ce qu'on raconte, avec des yeux gris comme la mer en hiver et des cheveux dorés comme le sable. Peut-être qu'il était mûr pour arrêter de bourlinguer, ou peut-être qu'il a renoncé à chercher ce quelque chose ou ce quelqu'un, toujours est-il qu'il est tombé amoureux d'elle, et elle de lui.

Cette fille venait de l'une des premières familles de l'île, et elle était quaker par-dessus le marché, alors quand elle l'a épousé, elle s'est mariée au-dehors, comme on dit ici. Il n'est pas devenu quaker pour autant, mais il n'a plus jamais quitté l'île.

A. E. : Et qu'a-t-il fait ensuite ?

R. G. : Il ne voulait plus faire de commerce, alors il est devenu baleinier. Ça se faisait déjà à l'époque, mais sur une petite échelle comparé à ce que c'est devenu plus tard. Les chalutiers faisaient du cabotage. Il y avait des postes de guet tout le long de la côte et, dès qu'une baleine était en vue, un équipage prenait la mer pour la chasser.

A. E. : Quel genre de baleine chassait-on alors ?

R. G. : Des baleines franches, en général. Elles passaient par là chaque automne, pour migrer vers leurs lieux de reproduction dans le sud. Elles le font toujours, d'ailleurs – enfin, ce qu'il en reste. Bon, alors ce vieux Jack s'est contenté de ça un moment, mais il voyait plus grand. Il a emmené son bateau de plus en plus loin au large, hors de vue de la côte. Là-bas, il a chopé un cachalot – la première fois, ça a probablement été un coup de chance. Il faut savoir que l'huile du cachalot est de meilleure qualité que celle de la baleine franche, surtout l'huile de la tête. On l'appelle le pactole, car elle est légère et pure, et elle rapporte bien plus que l'huile de baleine. C'est ce que Jack cherchait. Il rêvait d'avoir toute une flotte de sloops – plus tard, on les a considérés comme de petits bateaux, parce que c'étaient seulement des trente ou des quarante tonnes, mais ils pouvaient aller en haute mer. Donc, Jack avait de grands projets, mais il se faisait vieux. Il ne pouvait plus les réaliser lui-même. Il ne pouvait plus tenir le gouvernail, ni manier le harpon. Il était trop vieux pour prendre la mer.

(Un silence.)

A. E. : Trop vieux pour prendre la mer ?

R. G. : Je veux dire, il avait plus de soixante ans à l'époque.

(Un silence.)

A. E. : D'accord. Mais alors, de quoi est-il mort ?

R. G. : Le vieux Jack ? Il est mort dans son lit.

A. E. : Quoi ?

R. G. : Quel mal y a-t-il à ça ?

A. E. : Aucun. Continuez, finissez votre histoire.

R. G. : Donc, il a cédé l'affaire à son fils Ichabod. C'est lui qui devait mener les sloops en haute mer, où Jack rêvait d'aller, pour y chasser les grands cachalots.

« Maintenant, il faut dire que ces bêtes-là, c'est autre chose que les baleines franches qu'ils avaient l'habitude de chasser. Elles sont plus grandes, elles ont plus de valeur, c'est sûr, mais elles sont aussi drôlement plus rapides et plus dures à attraper. Et mauvaises. Vous avez lu *Moby Dick*? Elles étaient connues pour faire chavirer les bateaux.

(Un silence.)

R. G. : Enfin, où est-ce que j'en étais ?

A. E. : À Ichabod ?

R. G. : Ah oui. Ichabod était quaker, comme sa mère avant son mariage. Il se rendait au temple, une chose que

Jack n'a jamais faite, et il a épousé une fille de l'une des familles quakers de l'île. Il était aussi ambitieux que son père, mais il n'avait pas son esprit d'aventure, son côté bourlingueur. Ichabod ne laissait jamais rien au hasard. Il était aussi strict que les quakers, et les quakers ne veulent pas entendre parler de hasard. Ni de superstition, alors avant son départ, quand le vieux lui a mis sa pièce porte-bonheur dans la main, Ichabod la lui a rendue aussitôt en lui disant qu'il n'en avait pas besoin.

A. E. : Sa pièce porte-bonheur ? Qu'est-ce que c'était ?

R. G. : La moitié d'une pièce en argent que lui avait donnée le capitaine d'un des bateaux sur lesquels il avait travaillé. Jack ne jurait que par elle, il partait jamais en mer sans elle.

A. E. : Et l'autre moitié de la pièce ?

R. G. : Aucune idée. Je suppose qu'il l'avait donnée à une bonne amie – c'était ce que faisaient les marins dans le temps. Bref, Ichabod est parti en mer sans la pièce porte-bonheur et il est jamais revenu. Son bateau a chaviré et tout l'équipage y est resté. Quand il a appris que son seul fils était mort comme ça, le vieux s'en est jamais remis. Il s'est mis au lit et il a rendu l'âme à la marée suivante. Ils l'ont retrouvé froid le lendemain matin, la moitié de pièce dans son poing serré.

A. E. : C'est donc Ichabod qui a été tué par une baleine, et pas Jack ?

R. G. : Ouais, c'est ce que je viens de vous dire.

Note 8: Ephraïm Carlton

Inscription d'une plaque de cuivre scellée dans un rocher sur la rive du Missouri:

Cette plaque est dédiée à la mémoire des voyageurs Ephraïm Carlton et Jean Dupré et de leur guide indien Tonsa, arrivés ici en février 1695. Ils furent parmi les premiers à ouvrir la voie à l'exploration et à la colonisation du vaste continent américain.

Informations complémentaires sur E. G., la mère de Mary:

Provisoirement identifiée comme Elinor Garfield, épouse du colonel Garfield, officier de l'armée de Cromwell et signataire de l'ordre d'exécution de Charles Ier.

Selon des sources contemporaines, Elinor était une femme d'une intelligence, d'un courage et d'une ingéniosité exceptionnels, « supérieure au commun des femmes ». Elle a servi la cause du Commonwealth avec une grande loyauté, demeurant toujours aux côtés de son mari dans les pires épreuves, et le sauvant de l'exécution après la restauration de la monarchie.

Alors que l'on en sait beaucoup sur sa vie d'adulte, on ignore presque tout de son enfance et de sa première jeunesse, si ce n'est qu'elle a vécu dans un grand manoir des environs de Warwick, au cœur de ce que l'on appelait autrefois la forêt d'Arden. Sa mère mourut à sa naissance et elle fut confiée à une nourrice (qui était peut-être Eliza Nuttall). Son père et son frère ont été parmi les premiers à se ranger du côté du Parlement au début de la Guerre civile et tous deux ont servi dans l'armée de Cromwell. Nous pouvons seulement supposer qu'avant son mariage avec le colonel Garfield, un ami de son père, Elinor est restée seule au manoir alors que les hommes étaient partis combattre.

C'est vraisemblablement durant cette période de solitude qu'Elinor a conçu Mary et lui a donné le jour. Quant au père de Mary, nous n'avons pas la moindre information sur lui. Personnellement, je suis convaincue que c'était bien le roi des aulnes.

Alison Ellman, le 31 août 2001

TABLE

DANS LA COLLECTION

Tom Cox et l'Impératrice sanglante
Franck Krebs, 2000

Tom Cox et l'Œil du pharaon
Franck Krebs, 2001

Tom Cox à la poursuite de Merlin
Franck Krebs, 2003

Journal d'une sorcière
Celia Rees, 2002
Prix Sorcières, 2003

Tu ne me connais pas
David Klass, 2002

Duel à Jérusalem
David Grossman, 2003

Aldabra
Silvana Gandolfi, 2003

Rue Charlot
François Le Terrier, 2003

Bonne nuit, sucre d'orge
Heidi Hassenmüller, 2003

L'Infante de Velasquez
Marie Brantôme, 2003

RÉALISATION : PAO ÉDITIONS DU SEUIL
IMPRESSION : NORMANDIE ROTO IMPRESSION S.A.S À LONRAI (ORNE)
DÉPÔT LÉGAL : MAI 2003. N° 51084-3 (04-0406)
IMPRIMÉ EN FRANCE